国家出版基金项目

U0622721

当
代
作
家
论

中国当代作家论

谢有顺 主编

项 静/著

韩少功论

作家出版社

项静 ■ 山东泰安人，华东师范大学副教授，中国现代文学馆特聘研究员。获第八届唐弢青年文学研究奖，入选"上海文学艺术奖青年艺术家"培养计划。著有论文集《肚腹中的旅行者》《我们这个时代的表情》，小说集《集散地》等。

主编说明

自从到大学工作以后，就不时会有出版社约我写文学史。很多文学教授，都把写一部好的文学史当作毕生志业。我至今没有写，以后是否会写，也难说。不久前就有一份高等教育出版社的文学史合同在我案头，我犹豫了几天，最终还是没有签。曾有写文学史的学者说，他们对具体作家作品的研究，是以一个时代的文学批评成果为基础的，如果不参考这些成果，文学史就没办法写。

何以如此？因为很多学问做得好的学者，未必有艺术感觉，未必懂得鉴赏小说和诗歌。学问和审美不是一回事。举大家熟悉的胡适来说，他写了不少权威的考证《红楼梦》的文章，但对《红楼梦》的文学价值几乎没有感觉。胡适甚至认为，《红楼梦》的文学价值不如《儒林外史》，也不如《海上花列传》。胡适对知识的兴趣远大于他对审美的兴趣。

《文学理论》的作者韦勒克也认为，文学研究接近科学，更多是概念上的认识。但我觉得，审美的体验、"一个灵魂唤醒另一个灵魂"的精神创造同等重要。巴塔耶说，文学写作"意味着把人的思想、语言、幻想、情欲、探险、追求快乐、探索奥秘等等，推到极限"，这种灵魂的赤裸呈现，若没有审美理解，没有深层次的精神对话，你根本无法真正把握它。

可现在很多文学研究，其实缺少对作家的整体性把握。仅评一个作家的一部作品，或者是某一个阶段的作品，都不足以看出这个作家的重要特点。比如，很多人都做贾平凹小说的评论，但是很少涉及他的散文，这对于一个作家的理解就是不完整的。贾平凹的散文和他的小说一样重要。不久前阿来出了一本诗集，如果研究阿来的人不读他的诗，可能就不能有效理解他小说里面一些特殊的表达方式。于坚也是一个典型的例子。很多人只关注他的诗，其实他的散文、文论也独树一帜。许多批评家会写诗，他写批评文章的方式就会与人不同，因为他是一个诗人，诗歌与评论必然相互影响。

如果没有整体性理解一个作家的能力，就不可能把文学研究真正做好。

基于这一点，我觉得应该重识作家论的意义。无论是文学史书写，还是批评与创作之间的对话，重新强调作家论的意义都是有必要的。事实上，作家论始终是中国现代文学的一个宝贵传统，在1920—1930年代，作家论就已经卓有成就了。比如茅盾写的作家论，影响广泛。沈从文写的作家论，主要收在《沫沫集》里面，也非常好，甚至被认为是一种实验。中国现代文学研究界的许多著名学者都以作家论写作闻名。当代文学史上很多影响巨大的批评文章，也是作家论。只是，近年来在重知识过于重审美、重史论过于重个论的风习影响下，有越来越忽略作家论意义的趋势。

一个好作家就是一个广阔的世界，甚至他本身就构成一部简易的文学小史。当代文学作为一种正在发生的语言事实，要想真正理解它，必须建基于坚实的个案研究之上；离开了这个逻辑起点，任何的定论都是可疑的。

认真、细致的个案研究极富价值。

为此，作家出版社邀请我主编了这套规模宏大的作家论丛书。经过多次专家讨论，并广泛征求意见，选取了五十位左右最具代表性的作家作为研究对象，又分别邀约了五十位左右对这些作家素有研究的批评家作为丛书作者，分辑陆续推出。这些作者普遍年轻、锐利，常有新见，他们是以个案研究的方式介入当代文学现场，以作家论的形式为当代文学写史、立传。

我相信，以作家为主体的文学研究永远是有生命力的。

谢有顺

2018年4月3日，广州

目录

前　言

　　2017 年开始，陷入不想写的窘境，固然不写作也不是什么大事。诗人但丁在《神曲》开篇就说：在人生的中途，我迷失在一个黑暗的森林中。我知道，这是我的黑暗森林。除了被师友们约稿之外，自己几乎不再是一个主动的写作者，仿佛忽然之间对评论失去了兴趣和动力，所维持的不过是继续说话的外形。适逢谢有顺和李宏伟两位老师为"当代作家论"丛书约稿，圈定了当代文学中几十位有影响力的作家，每人一本作家论，排除了已经被其他作者选择的作家，我衡量了自己的能力和个人趣味，锁定了王安忆和韩少功。

　　选择的标准是，第一，我希望研究我父母同龄人（生于二十世纪五十年代）那一辈的作家，最好有过"上山下乡"的经历，这样就跟我本人具有生活经验上相反的移动路线。他们经历了当代中国曲折复杂的历史，有着丰富驳杂的生活经验，阅读他们不仅仅是关注语言艺术，也是重新阅读和了解一段历史。第二，作家持续不断地创作，同时也在当代文学各类思潮和现象中做出过自己的反应。创作力和思想力之结合，是我理想中的作家形象。多年来，由于在上海生活和工作，我几乎阅读过王安忆的所有作品，她是我从学生时代起一直会追踪阅读的作家，偶像一样的存在，我也陆续发表过一些关于她的大大小小的文章，我和出版方都认为可能写王安忆老师会合适和妥帖一点。人在一些需要做出选择的时刻，并不受制于理性，经常把陌生作为第一选择，以此做一些浪漫的自我幻想。后来听说最终去写《王安忆论》的是刘复生老师，顿觉没有遗憾了，刘老师的选择思路和过程跟我如出一辙，结果正好相反，也值得一记。最终我选择了韩少功先生作为我的写作对象，一个居于陌生之地和远方的作家，跟我平时喜欢的文学风格也有距离，对他的了解仅限于文学史上出现的名篇《爸爸爸》《马桥词典》《暗示》等几部作品。之后两年时间中经历的写作困难和自我怀疑，证明我高估了自己的能力。

开始购买了一套安徽文艺出版社的《韩少功全集》，用半年的时间通读了一遍，韩少功的全部作品大体有了基本的感官知觉。然后按照写论文的要求，搜索研究论文和研究著作，大体也就了解了时人对韩少功这个作家的基本判断。然后我做了很多形式主义的准备，韩少功老师赠送我一套上海文艺出版社的作品全集，于是家里和单位各放一套不同版本的全集，方便随时随地翻看。我在这几年的出差和上下班的途中，随身都会带着一本韩老师的书，我是一个需要仪式感的人，由于经常拿出来翻看和交替，家里的书带到了单位，单位的书也会落在家中，到最后它们交错混合排列在家中和单位的书架上。这一段时间内，韩少功几乎成为我看待文学的标准和聊天讨论中援引的例证，当然无论做多少额外的仪式，都不能更改我写不出来的现实。

我经常拿《韩少功论》的写作去抵挡各类约稿，用得太多以至于别人都不相信这个理由。我也因为写不出和不知道怎么写这部书稿，而自暴自弃地去接了一堆稿子来写，填补无事可做的空虚。最大的一部稿子是自己的短篇小说集《故地时间》，本意是修改一下写于 2004 年的故乡风物人情的系列散文，修改的过程中发现无法再回到从前的感觉，几乎是重新书写，当然这本书也不可避免地延期了，个人也无可奈何地蜕变成一个拖延症写作者。在写不出一个字的时候，就到处看看闲书，记得看到詹姆斯·伍德写杰夫·戴尔的一篇文章，杰夫·戴尔打算写一本关于劳伦斯的评论集，但不管他什么时候试图开头，总有些什么事情分散了他的注意。首先，是他对写小说的想法："尽管我已下定决心要写一本关于劳伦斯的书，但我也决定要写一本小说，而且虽然写劳伦斯的决心下得要晚一点，但它也并没有完全替代掉早先的那个决心。起先我胸怀大志打算两本都写，但是这双份的愿望把对方互相消磨到我没有动力写任何一本书的程度了。"杰夫·戴尔感叹关于劳伦斯的书变成了一本关于没法动笔写劳伦斯的书。他早期作品中写了很多无法动笔的作家，并不是由于他们疏于写作而是因为他们太想写了，消极自由表达的是对完成的恐惧，如果从来没有开始一项工作，至少意味着你没有完成的机会，不开始行动是针对损失做出的先发制人。我当时想，这个世界上再没有人像杰夫·戴尔那样描绘出跟我如出一辙的心情，那种对未来结果和完成的恐惧，我想它几乎命定是一本乏味和见识平庸的作品。无法完成的、无路前行的、延迟的写作，对，这本关于韩少功的书会成为一本关于写不出韩少功的书。写不出的理由有一万条，综合概览了当代文学中关于韩少功的各种著述、论文、史料之后，发现关于一个作家能讲述的一切几近完成，赞美的路线与批评的道路已经会合；作为研究对象的韩少功，理性思维和感性思维同样发达，我所想说的一切，可能他都已经说过，他对自己和当代写作的理解甚至高过众人对他的评述，这可能让一场爬梳变成一场像孙悟空在如来佛手心里折腾式的一无所获的追寻；如果只是一场致敬，在众多优秀的研究成果之后，根本没必要进行一次重复性的写作。内心的失败感与试图重新寻找一种接近作家的方式，一直纠缠在一起。2019 年 1 月我新换了工作单位，好像为了完成一件事，为了甩掉一个旧我，所不管不顾去做的一些尝试，期望借助新的时间和开始去甩掉旧包袱，其时这本书稿只完成了两万字，有四五万字的读书笔记。合同上要求 2017 年年底交稿，我要求推迟至 2018 年 6 月交稿，后来延缓到 2019 年年初，这个时候我已经不太相信能写出来。不过在跟李宏伟老师的交流中，自我催眠式地一次次假装快写完了，也试图让他放心，幻想西西弗斯终于甩开了大石头。

人到中年，这是一个写作和生活都应该产生自觉的时间。而在一个作家身上我们永远只会佩服那些我们自己身上也有其萌芽和根源的品质。那么，我对韩少功的研究和阅读注定无法成为严谨的富有创见的学术论文，而只能是一种自我教育。我把韩少功当作不可复原的一代写作者中的杰出代表，去寻求和描述那个不可复原性。即使我们深知那是一种良好的品质和德性，但已经无法再次于现实中重逢。历史的中间物所带来的写作的能量，社会主义革命所赋予一代人的国际视野和理想激情，他们健旺的生命力和正义道德感、责任感，在二十世纪九十年代的数次争论中，固然已经遭遇了足够的嘲笑和恶意，但他依然故我，他们拥有建设者和主人翁的自信，就像张承志的倔强一样，就此别过，他们唱歌，我去上坟。即使对这些作家保有好感和认同，我也无法完全理解其中的志趣和情感，依然能感觉到其中的空洞与徒然，但毫无疑问，那是一种不可多得的逝去的美和可能。解构是现代人最愿意操持的工具，我对文学批评和研究中动辄解构一切的批评家保持警惕，自居道德和正义是危险的，他们同样危险，比道德主义的那种还危险。我的导师蔡翔先生把前三十年的文学称为"建设者"的文学，后续的文学是"异议者"的文学，大概我也是在这个序列里认识韩少功的文学创作的，固然身处异议者文学的生态之中，却留存了"建设者"的品质。

按照《暗示》附录中的自我陈述，我直录于此："作者 1968 年至 1974 年作为知青下乡插队，从事各种农业劳动，组织过农民夜校和对官僚滥权现象的斗争，接触过知青中不同的一些圈子，包括当时一些有异端色彩的青年以及他们的理想主义实验。书中对农民和知青的理解和观察，大多来源于此。"生于 1953 年的韩少功，经历了"文化大革命""上山下乡"，持续不断地把自己的生命经验和历史记忆作为塑造理想世界的资源。他不可能成为一个简单站队的人，从 1982 年《文学创作中的"二律背反"》开始，他就注定只能是面对难题的人。经历了新时期文学历次重要的文学思潮，并且参与其中，他是"寻根文学"最重要的作家之一，他是一个具有思想能力的作家，是一个杂志社的主编，翻译过重要的文学作品。一个全面派，一个看起来不可能的"作家"，所以是一个标本。我想借着他可能理解和再历我未曾经历的世界，通过一个作家和写作，能够理解上一辈人的文学。文学与世界。

2017 年 10 月 14 日，第一次去湖南汨罗，参加第二天于天井茶场（知青下放地）举办的韩少功先生的汨罗老乡见面会。同一天上海有一个"青年写作与文学冒犯"的研讨会，何平老师希望年轻人能够冒犯世界，冒犯上一辈作家，或者冒犯文学体制和种种成形的意识形态。带着一种怀疑一切的心情，踏上了湖南的土地。到湖南岳阳站已是晚上八点，来接我的师傅是本地人，一路上心惊胆战，深夜的省道上到处都是运煤的大卡车，师傅每一次超车我都担心得捏一把汗，刺眼的远光灯从未停歇过。一路惊险，到达汨罗县城附近才有改观，路上人烟稀少，秋风乍起，道路两旁树木摇曳盘结，好像乡村、小镇让气氛一下子轻松下来。师傅经过任弼时故居，还特地停下来让我看一眼建筑的外观，他讲了这所建筑修建的历史、波折和开放日期，为我错过开放时间而不住地惋惜，然后还建议我一定要去八景峒隔壁的长乐镇看看杨开慧的故居。韩少功先生早期写过人物传记《任弼时》，是一本本土革命家的传记，我特地淘了一本旧书来看，因为是合著，看不到太多个人痕迹。可想而知的意识形态表述和认识，但韩少功说这本书的写作，带给了他很多影响，他带着任务北上南下，采访了很多高级将领和相关的人员，后来又接受过写三震的任务，对于革命、战争和历史都有了切实的了解。此后创作《同志交响曲》《七月洪峰》等作品，其中的老干部形象多少受到过这些真人故事的影响吧。一地的人物，就像陈渠珍、熊希龄个人气质和秉性对沈从文创作的影响一样,他们之魂魄潜行蹑踪地转入作品中的人物身上。当然人物的光辉身影以不可辩驳的印记,留在了这片土地上,留在多少年之后一位司机师傅的自豪感中。

汨罗老乡见面会是一个特殊的文学研讨会,举办地在湖南省汨罗市罗江镇群英村,原天井公社长岭大队团坡里。一辆大巴拉着各地来的专家和媒体记者,还有很多本地韩少功先生的文学好友自行驾车前来,浩浩荡荡开往天井茶场。乡村公路勉强只能两辆汽车通过,大巴车出现,加上相向而行的卡车,出现了堵车现象。最后大家徒步进去,沿途电线杆上都可以看到会议的指示牌,跟田间地头的泥泞和奋力开放的紫色雏菊、小镇上门派各异的商店、抄着手在路边看热闹的本地居民突兀而和谐地组合在一幅画面中。背景板是韩少功青年时的照片,穿着褪了色的绿军装,年轻而青涩,还有巨幅的海报,悬挂在村民家的后墙上,以墙根为虚拟的主席台,由此反向延展而去就是一个小型的剧场,其实就是一个大的农村场院,平时肯定是晒粮食和儿童玩耍之地,沿街墙上还有韩少功先生创作成就的展示。韩少功一进村,就跟村民们闲聊起来,用本地的方言自然而热切地问好。他们一定有一些只属于彼此的秘密,他们边说边大笑的时候,有一种熟人之间的笑闹感。"一下子还真没认出来!你没以前好看呀!""四十年前,你们来这里插队时,我还是个小孩子呢!"

本地出身的作家黄灯主持,她也说方言,让我这种外地人只听出急切和亲热来,小说中的原型人物和本地的村民们陆续进场,按照简单排定的座位坐在观众席上。《马桥词典》中的复查、盐早、铁香从人群中站出来谈作品和作家,他们说:"我们都叫他韩花。""扇面胡子,不蛮高也不蛮矮。""有才!没架子,平易近人。""他当年年纪小,长得帅,又多才多艺。我们笑他是朵花!"

"我是李复查,《马桥词典》里复查的原型。这本书出版的时候，我崽在东莞打工，回来就带了本书给我。他书中写的我是个不好不坏的人，比较好！哈哈哈，有'比较'两个字。"

"丙崽就是我们队上的丙伢子，因为有些智障，只会说两句话，其中一句就是'爸、爸、爸'……"

"成立宣传队，把我们这些老百姓带开发的！第一个节目还记得不？""我就还记得呀则！你写的《养猪》！"宣传队的康爱水一边回忆，一边给大家表演："东风吹，送喜报，毛主席会上发号召，从干部到群众，家家户户都发动，建设社会主义新山区。"

"我不会说，给大家唱两段，表达我的心意！"宣传队的戴迪香摆出了演员的招式和身段，绘声绘色地唱起《补锅》，一看就是当年爱笑爱唱的热闹人。

有人感伤地说："书中的原型人物好多都过世了……"

原本是借鉴和模仿了小剧场的排座方式，韩少功、太太梁预立女士面朝众人，众人直视着前方，越聊越热烈，他们也不会忌惮形式，过了大概一个小时，场面就变换成一个圆形，大家几乎围坐在一起。梁预立女士说："我们感谢毛主席，我们在这里学到了很多很多。"在小广场上空，是媒体的直播航拍相机嗡嗡地来回旋转，人们时不时仰起头来看天空，他们直白的眼神、紧抿的嘴巴，让人觉得一切都很隆重。单正平老师还爬上附近一家村民的房顶，房顶上站满了拍照的围观的人，在那里俯瞰底下的现场会看得更清楚。"韩少功你不要犯错误，晚节不保……"大家哄堂大笑，笑声是最畅通的语言，泪水也是，他们眼中闪烁着泪光，青春也是，他们一定都想起了身强力壮的年纪，有梦有醉，连苦涩都稀释了。在文学语言和关于文学的语言熏染中，我已经能够辨认出虚饰中的真诚、坦率中的假意，甚至在中年之后，我对年轻时保有的冷眼旁观式清醒已经几乎放弃，那种文艺的姿势令人厌倦。你无法把他们称为底层，他们拥有乐观和指点江山的语气，拥有此地的历史和记忆。他们中有一些耄耋老人，拄着拐杖，接近生命的尾声，他们自然而蓬勃地释放着生命，跟焦虑的知识分子群体和高涨的国际竞争力，隔着山水，这里是另一个中国。靠着几个小时的接触，没有谁敢说了解他们内在的悲喜，或者以后还会付出时间和意愿以文字与他们为邻，而韩少功先生已经如此十七年了。

活动结束是一场大聚餐，摆在村民家的房子里，现场排上各家各户拼凑起来的桌子凳子，屋里坐不开就在院子里，据说是新杀的猪，菜饭也都是新鲜的家常菜。有本地宣传系统的领导，外地来的嘉宾，还有本村的好友。我看到负责这次活动的工作人员盛情邀请韩少功夫妇去主桌就座，革命会打破界限，但世界总是有秩序的，革命的第二天总是会遇到这个问题。心里略微犯了嘀咕，去还是不去都是一个难题。韩少功夫妇最后选择去跟村民们一起吃饭，从一张桌子到另一张。这一选择没有对错与高下之分，只是一个无足轻重的小事，有局外人的吹毛求疵和看戏心态，但我还是觉得若有所得，没有落空。

初秋的湖南，凉意渐起，刚刚下过雨的土地上依然泥泞，大地的泥泞，靠着手里捧着的一杯擂茶，才能在心里升起一股热气，热辣辣的香气。从前有个湖南朋友的美意，她从湖南给我寄过一些擂茶，我鼓捣了半天都不知道怎么喝，按照说明书泡好了之后，家人都觉得这个味道奇怪并且感觉不到它的好处。这一次在湖南屈子祠游览，一杯接一杯地喝，方觉得它的味道恰如其分，微辛的姜、糖、黄豆、花生、芝麻混合的香气，中和着空旷山谷中微寒的秋天。擂茶就是此时此地的景物，它移植进另一种生活场景无法诞生出这种气味和需要，文学也是如此。真正的先锋写作者，一定是在创造一种无法移植和模仿的写作，韩少功从"寻根文学"开始，就开始了对自己此时此地生活经验的深度凝视，熔铸出了九十年代的一系列散文随笔和《马桥词典》《暗示》《山南水北》《革命后记》这样具有探索性的作品。它们都有明确的对话对象和问题意识，由此地产生，借由现代知识的烛照又返归本地事物，所以作品的气质是乡村与现代结合的，具有超越性，跟很多当代作家对生活地气和质感之追求是悖反的。从八十年代开始，韩少功就在《文学创作中的"二律背反"》中讨论写作的复杂性，这也奠定了韩少功日后思维的一个基本模型，既不是左派也不是右派，提供一个平台供最优秀的头脑来辩诘，提供出更好的思想和认识；好作品主义；站在农民的角度批评摆起小架子的城里人，站在现代文明的角度批评乡村人对现代医药的执迷和轻视自己的本土资源，等等；反对对西方文学作品的拿来主义、故意欧化，又积极翻译和汲取它们的精华；他看到第一世界的强大又批判它们的霸权，他选择性亲近第三世界，也对它们的腐败之处知无不言；他以知识的面目出现，而又对当代学术之偏颇大加挞伐，珍惜《天涯》来自普通读者的声音，又关注这个时代最核心的知识思想命题，等等。他从来没有确立一个强烈的正面意识，而是在不同立场、空间、人群之间的运动中做抉择、挑选，并且不断地更换自己的阵地。恰如他早年主动选择去下乡，逃离了城市"文革"对一个少年的伤害和打击，后又靠着个人努力脱离尚未开化的乡村，这个他曾经开办夜校和教育农民遇到失败的空间，久居城市功成名就，返回乡村再次书写乡村世界。舍离与新的寻找，跳出习惯之地，在两种彼此对立的空间中来回往返，在清理习惯和旧意识中一次次更加接近真理，似乎是对他行为和个人思维的一种解释。

赵月枝以城乡关系的视角，讨论和探索什么样的生活是我们大家可欲和可求的"美好生活"以及我们如何实现的问题。她说希望自己的研究是一个促进自己和研究对象在互动中共同重新认识自己和重构自己的过程。当然在我看来，在一个知识行为中，可能重构自己更重要，如果不然，写作则是虚空之作。韩少功的写作，从九十年代以来几乎是一种知识行为，而不能被理解为一般性的写作，在创办《海南纪实》的过程中，有朋友对事务性工作会耽误他写作存有疑虑，他回答这是比写作更重要的事情。这当然也是问题之所在。韩少功有没有能力写一部通常意义上的小说，一部在当代文学现场所形成的审美标准所认同的长篇小说，《日夜书》大概算是最符合这个标准的长篇作品了。即使如此在这部作品中，我们可以找到斑斑点点的抗拒，对正在成形的长篇小说的抗拒，他不相信人们从历史中梳理出来的线索和故事。所以他会在《修改过程》一书中为同一个人设置两个结局，有一种游戏性，也有其真实性。这永远是一个谜语和互相撕扯的矛盾，我曾经跟很多同行朋友讨论韩少功老师到底能否创作出一部让质疑者闭嘴的长篇小说，有的人认为以他对翻译和他国文学的了解程度，以他对当代中国现实的认知深度和思辨能力，完全可以碾压当代中国众多作家单薄幼稚孱弱的历史观和价值观，创作出一部上乘之作；也有人说，以韩少功的思维方式，应该创作出一部跟其他人差不多的"故事性"小说，以证明这在他根本不是问题，他没这么做，那么可能间接证明他无法写出这种作品；另外有人说，如果他根本不认同这种文学理念，怎么可能背离本心写出一部好作品呢，再则，在另一种价值观中洗礼日久，已经无法再回到另外的文学之中。争论没有结果，但有一个共识，所谓的"纯文学"与思想性的结合的好作品，可能韩少功是当代中国作家中为数不多的处于被期望能创作出来的作家之一。但他到底能不能？《修改过程》当然不是答案，沉溺于"变"也不总是一件好事，答案暂时是一个未知数。

我很喜欢韩少功在《革命后记》中的一句话："作为一份艰难的证词，我必须对自己供述如实"。作为这本书稿的前言，我也需要认真对待自己内心的声音。借着一个作家和他的全部作品，我获得了什么？赞美总是空洞的，一代人的不可复原性，能否成为我自己的文学品质，是一个未知数。知道其美，但到达的路径不可复制，《故地时间》的写作中多少也沾染了马桥的一些气息，鬼魅的部分，还有对农民生活自足性的理解和认识。本书的写作，注定是没有完成的写作，作品的庞杂和作家思考的复杂，让我无法处理成一部中规中矩的作家论，必然存在一些环节上的疏漏，比如对八十年代作家重要文学理论命题引起的论争只是作为背景一带而过，九十年代中短篇小说除了在相关论述中涉及，对其细读基本略过。在已有成果的基础上，采取了关键词的方式，比如公民写作、中间状态、修改与主体意识、翻译与选择性传统等，试图以不同的路径去了解作家，基本按照时间的顺序去爬梳资料，但在论述过程中却尽量使用了纵穿全部创作历程的方式，比如"公民写作"是比较晚近的提法，但我用在了早期作品的描述中，意在沟通前后创作的某种共同特质，也对新时期文学发轫期的写作有另一种理解思路，尤其是在近下的文学特质体察中再次反观彼时的写作，自然别有一番滋味。如果一定要追寻一个目的地，我想那就是希望再次确认韩少功的创作是当代文学集体记忆的一个重要组成部分，他以个人之力塑造"当代文学"的另类品质。哈布瓦赫认为一个人物、一个历史事实只要进入集体记忆，就会被转译成一种教义、一种观念、一个符号，并获得一种意义，成为社会观念系统中的一个要素。韩少功的作品及其思考，是当代文学系统中一个有益的要素。我为从事过韩少功的研究而自豪，即使它尚且是一个半成形状态，但我所期待的，没有落空。

第一章 "公民写作"与问题小说：
韩少功的早期作品

      韩少功 1972 年开始写小说，他的太太梁预立回忆时说："我记得，又送走一批伙伴回城之后，他写了第一篇小说习作《路》，就是在队长家的堂屋里写成的。那时他在我们知识青年中算是能写点什么的了，出黑板报，或是为文艺宣传队编点什么说唱剧、对口词、三句半，等等。他不满足，于是就写小说。"[①]1974 年陆续有作品在《湘江文艺》《工农兵文艺》《汨罗文艺》《湖南日报》等地方办刊发表，其中短篇小说《三篙伯》发表于《工农兵文艺》，短篇小说《红炉上山》、短篇小说《一条胖鲤鱼》发表于《湘江文艺》，时论《"天马""独往"》发表于《湘江文艺》（批林批孔增刊）。韩少功在汨罗知青中属于创作有成绩的写作者，1974 年 12 月，他被汨罗文化馆录用，结束了六年知青生活。随后两年，创作有短篇小说《稻草问题》（《湘江文艺》1975 年第 4 期）与《对台戏》（《湘江文艺》1976 年第 4 期），时论《从三次排位看宋江投降主义的组织路线》（《湘江文艺》1975 年第 5 期）和《斥"雷同化的根源"》（与刘勇合作，《湘江文艺》1976 年第 2 期）。韩少功此一时段的写作被评论家孔见认为"可以成为社会学、文化学分析的个案，但在文学上、美学上，没有多少值得书写的价值"[②]。在出版的各种文集和选本中，韩少功也没有给 1977 年之前的作品留出多少空间，似乎是有

---

① 韩少功：《诱惑》，湖南文艺出版社 1986 年 7 月，第 260 页。
② 孔见：《韩少功评传》，河南文艺出版社 2008 年 4 月，第 31 页。

意识地把这一阶段的历史沉入遗忘中。在高度意识形态化的时代，这一阶段的创作主题受制于当时流行的政治概念，人物刻画也难以避免地有概念化模式化的缺陷。跟当时所有热衷于写作的文学青年一样，韩少功的作品内容基本都来自于生活中正在发生的事，是身边的历史和生活，作家们迫切地需要表达和呼喊，带着改造社会和人生的热情。作为一个文学新人，其早期作品也受到关注和鼓励，以生活材料、人物、情节摹写世界的能力已经具备，评论家王福湘认为《七月洪峰》等作品"初步显示了作者刻画人物、结构故事的才华"[1]，曾镇南更注意到韩少功此时作品与其他作品的异质性，如《战俘》便"开启了用一种更为真实的眼光去表现那些在政治上被贬斥的人物的内涵人性的新的创作思想"[2]，等等。

第一节　喊出人民的苦难、伤痕和意志

1981 年韩少功已经意识到时代面临两种不同文学："我的创作手法基本上还是传统的'白描、叙事、写实'。这在有些同志看来比较陈旧和笨拙。可能与自己的题材选择、文学素养和处世态度有关。""我对上两个世纪的现实主义作品有较深的印象，湖南不少前辈作家的风格也给我很大影响。而那些非现实主义的'现代派'作品，我看得不多，看了也记不牢。一些当代电影和小说中违反生活真实的洋腔洋调，使我疾首蹙额。这样，我在动笔时往往更多地想到庄重质朴的托尔斯泰和鲁迅，而不是奇诡凄迷的加缪、萨特、卡夫卡。我总希望自己保持一种生活的积极，正视现实，面对客观而不沉溺于主观。肉眼所及的客观世界相对于主观世界来说，就具有

---

[1]　王福湘：《生活·思考·追求——评韩少功近几年的小说创作》，《湘江文学》1982年第 3 期。

[2]　曾镇南：《韩少功及其创作》，《文艺报》1981 年第 19 期。

一种相对的时空常规性，存在稳定性，画面明晰性。因此，'现代派'作品中大量出现的反常、跳荡和隐晦，就往往被我排斥于稿纸之外。"[1] 彼时的韩少功苦于找不到一种满意的艺术形式，一方面他追踪前辈作家们去学习、试验、探索，另一方面也开始注意"现代派"。他提到当时已经跟湖南的中年乡土文学作家孙健忠讨论过这样的问题：怎样突破传统的局限？怎样使乡土文学更满足现代青年的思维需求和美感需求？向"现代派"吸收一些长处，来增强自己认识和表现生活的能力，比如《回声》这部作品已经开始做了实验："通过小说剖析一些问题：人性和阶级性的关系；政治和超政治矛盾的关系；人在环境中被动性和自主性的关系；集体主义和个人主义的关系……""在我的知识结构和社交结构中，哲学和政治始终闪着诱人的光辉。"[2] 所谓的政治，应该就是现实主义对于现实的干预功能，从《七月洪峰》开始，1978 年和 1979 年的作品"大多是激愤的不平之鸣，基本主题是'为民请命'。我想满怀热情喊出人民的苦难和意志。1980 年的创作相对来说冷静了一些，似乎更多了些痛定泪干之后的思索"[3]。当时另外一位比较引人瞩目的作家冯骥才也认为作家的社会职责是"回答时代向我们重新提出的问题"，作家的写作是"在惨痛的历史教训中开始的，姗姗而来的新生活还有许多理想乃至幻想的成分"。在这样的时代，"作家必须探索真理，勇于回答迫切的社会问题，代言于人民。""作家应是人民的代言人。"[4] 这是经历了刚刚过去的"文革"的那一代作家最具社会担当与思想勇气的一句话，当时的那一代作家都自觉地把自己钉在"时代责任"的十字架上，也把身上的压力自我"坐实"："它是特殊时代打在我们这一代骨头上的烙印，一辈子抹不去，不管背负

① 韩少功：《月兰》，广东人民出版社 1981 年 5 月，第 268 页。
② 韩少功：《月兰》，广东人民出版社 1981 年 5 月，第 269 页。
③ 韩少功：《月兰》，广东人民出版社 1981 年 5 月，第 268 页。
④ 冯骥才：《激流中：我与新时期文学（1979—1988）》，人民文学出版社 2017 年 9 月，第 5 页。

它有多沉重，不管平时看得见或看不见，到了关键时候它就会自动'发作'。"①

韩少功为民请命的早期宗旨非常明显，满怀热情地喊出人民的苦难、伤痕和意志，《月兰》《火花亮在夜空》是对时代伤痕的展示和困惑，是"伤痕文学"的一部分，《月兰》的叙事者发出了发自内心的困惑和呼喊："我无意推脱我身上的罪责，也不敢祈求你对我的宽恕。可是这是怎么回事呵？你热爱社会主义，我们工作队员也热爱社会主义。我绝不相信那逼得你走上绝路的是你我都热爱的社会主义。我怎么会成为杀害你的工具之一？到底谁吃掉了你？这是怎么回事？月兰！"②"醒着的良心常常使我想到这个不幸的孩子，想到支撑着我们伟大的社会主义祖国赖以生存和发展下去的千千万万像海伢子妈那样的劳动妇女，她们是不应该遭受那样不幸的命运的！……这些意念使我奋发，叫我沉思，沉思那些我应该沉思的一切……"③《癌》与《火花亮在夜空》都是写"文革"对人性亲情的戕害。癌症误判之后，"她"不希望妈妈来，但是来不及阻止，"她"开始担心，妈妈来了之后，怎么办？该不该叫妈妈，该不该拉手，该不该接过行李，该不该去打洗脸水，等等。窗外有脚步声。现在任何一种脚步声都会引起"她"的恐惧，好像一片阴影正一步一步向"她"走来，甚至——比癌还可怕。《火花亮在夜空》以童年视角中的人际关系，窥到了一片陌生的天地，那是与正常人性亲情格格不入的陌生之地，有着可怕的复杂和怯懦，蓄存着沉重的呼吸和不安的目光。

---

① 冯骥才：《激流中：我与新时期文学（1979—1988）》，人民文学出版社 2017 年 9 月，第 6 页。

② 韩少功：《月兰》，广东人民出版社 1981 年 5 月，第 97 页。

③ 韩少功：《月兰》，广东人民出版社 1981 年 5 月，第 98 页。

第二节　对德性光芒的反复探寻

　　韩少功早期作品基本都是问题小说，而"人物"是最重要的立足点，并且在不自觉地指引问题的解决。韩少功这一阶段把"写好人物，把人物写活，纠偏除弊，忠于生活，写出各色各样真实而复杂的人物"作为重要目标。早期作品中跟很多作家不同的是，他塑造了一批具有德性光芒的官员形象和老革命形象，比如《七月洪峰》中的市委书记邹玉峰，专业能干心中有人民，但是被以阶级斗争为纲的政府官员所掣肘，无法正常发挥作用。在洪峰灾害面前，他表现出了一个负责任的政府官员应有的担当与专业判断，靠着心中的信仰（对祖国的爱和对真理的坚持）、革命时代的战斗经验（游击战争的战斗画面一直激励着他）和对人民负责的态度（对被洪水夺去亲人的小姑娘的关爱），战胜了自然和政治灾难。《夜宿青江铺》中带领民工参加会战的地委副书记常青山也是一位深得民心的干部，和蔼可亲没有架子，与民工们同吃同住。在青江铺的雨夜寻找住宿地的时候，他遭遇了官僚主义作风的"吴党委"，这位官员对待投宿的民工倨傲怠慢，看人下菜，无视民工们的辛苦和劳累，常青山对"吴党委"的做派进行斗争并安置了民工们。小说的结尾是常青山和一个青年民工合盖一床被，身贴身，肩抵肩，热乎乎地挤在地铺上睡觉，仿佛预示着未来人人平等、天下大同、上下同心的美好图景。《同志交响曲》中的将军不愿意被像干部一样接待，雷厉风行，最恨养尊处优和官僚主义，体恤下属，躬身亲为而又务实。《西望茅草地》中的老革命张种田，虽然从革命生活中形成的行为习惯和生活理念跟管理农场总是脱钩，跟知青们有各种各样的矛盾，但是他也有公而忘私，真心实意关心知青的一面。他始终是一个父亲一样的长者形象，也是知青离开之时，心中惦念和无法简单地高兴的重要原因。

具有道德光泽的德性的人物并非来自于概念，小说都安排了合理的逻辑和前后路径，这些人物的德性和背后都有革命历史作为依托。《夜宿青江铺》开头就回忆了动乱前的和谐与"正"，1966年"文化大革命"刚开始时，常青山来看到的是旅社干净明亮整洁舒适，服务员态度热情，亲切的关照时时叫人心里发暖。后来"四人帮"的黑手伸到这里，一切都改变了，现在墙上还隐约留有一些"火烧""砸烂"之类的大字报残迹。在前后对比寻找病灶原因的过程中，还把历史拉长线索，插入动人的新中国成立之初的回忆：1950年，洞庭湖畔的湘阴县城刚解放不久，街头流落着一些刚从水灾逃出来的灾民。一天，街头出现了一支穿灰制服的人马，为首的高高个子，腰挎手枪，这就是这个县的第一任县委书记。他望着满街的灾民，眼里滚动着热情的波光，当即命令干部们立即全力安置灾民。作为《七月洪峰》中邹玉峰正直勇敢品质的历史背景和道德谱系则来自战争年代，当年那些牺牲了的战友，面容模糊，清晰，又模糊……好像听到他们在呼喊他："好战友！你是我们中间好不容易留下来的幸存者，你要把我们的事办到底！要像当年一样冲杀啊！"[1]

韩少功早期作品中所塑造的老革命人物形象，基本上都有对革命历史的正面解读，对德性光彩的反复探寻。"文革"结束之后，拨乱反正是整个社会的主流意识，青年往往是作为受伤害者的形象出现的（比如竹林《生活的路》、梁晓声《今夜有暴风雪》、韩少功《飞过蓝天》，等等）。这种人物形象有渴望返城的知青，有被"四人帮"文化毒害的青年（刘心武《班主任》），而"正"成为一个迫切的意识诉求，当时很多文学作品把这个"正"回溯到革命谱系，出现了很多老干部形象，他们是真正的革命者，经受了社会主义革命的考验，有的还在社会主义经济建设中验证过工作能力，品

---

[1] 韩少功：《月兰》，广东人民出版社 1981 年 5 月，第 27 页。

质上正直勤勉，同时他们拥有对未来的理想和前景规划的能力。这类"好人"形象是文学作品中的正面人物，他们的命运恰好卡在拨乱反正的"正反"结构中，其纵深度又适合放在更深远的历史文化背景中。按照李杨的解释，"在'文革'结束后的相当长的时间内，中国作家最激烈的历史冲动，并不是要回到后来被阐释为历史起点的资本主义的'五四'，而是要回归'好的社会主义'的'十七年'"[①]。新时期之初的"伤痕文学""反思文学""改革文学"中所涌现的大量老干部正面人物形象，正是此一时期社会人心所向和文学虚构想象的基本母本和框架。除了虚构文学，刘传霞在新时期文学的男性人物形象研究[②]中注意到，"纪实性"的历史剧、散文也塑造了一大批以老一辈革命家为代表的男性形象，周恩来、朱德、陈毅、贺龙、彭德怀、陶铸等男性革命家成为文学界集中书写的对象，如领袖人物剧《报童》《丹心谱》《西安事变》《秋收霹雳》《陈毅出山》《彭大将军》《曙光》，哀悼散文《望着总理的遗像》《巍巍太行山》等。韩少功本人直接参与了对革命历史人物的访谈，与人合著革命人物传记《任弼时》，小说《同志交响曲》直接借用了王震将军的形象，使得他对历史有了更切身的感受和认识，除了对于"十七年好的社会主义"的想象之外，还有韩少功对于"革命历史"所辐射出来的平等意识，比如《同志交响曲》中将军对真实生活的寻找，厌恶官僚主义，内心深处的平等意识使得他在视察的途中充满了冲突。然而当时文学在老干部形象的塑造上并没有更进一步，越来越变成点到为止，止于概念化和平面化，也迅速被其他更有吸引力的人物形象所取代。

韩少功 1998 年发表《熟悉的陌生人》一文，他再次追忆了八十、九十年代之交的变化对于自己的冲击，把解决方式寄托在人而非制

---

① 李杨：《重返"新时期文学"的意义》，《文艺研究》2005 年第 1 期。

② 刘传霞：《论新时期文学的男性形象再现与男性气质建构（1976—1989）》，《海南师范大学学报》2017 年第 5 期。

度上："一个刚愎的共产主义者，最容易成为一个刚愎的反共产主义者。""一切急功近利的社会变革者，便更愿意用'阶级''民族'等族群概念来描述人，更愿意谈一谈好制度和好主义的问题，而不愿意谈好人的问题，力图把人的'性情'一类东西当作无谓小节给随意打发掉。""在这样的历史文本里，人只是政治和经济的符号，伟业的工具，他或者她是否'刚愎自用'的问题，几乎就像一个人是否牙痛和便秘的闲话，必须被'历史'视而不见"。① 也就是说，他尽管意识到制度的存在，但依然把重心放在人的问题，因为"一个有起码生活经验的人，不会不明白制度和主义的重要，但也不应该忘记制度和主义因人而生，由人而行"②。这和当时从制度上批判市场的思路有着明显的差异。固然略显牵强，但《熟悉的陌生人》一文似乎是早期作品中"好人""好干部"形象的遥远呼应，也是那个时代理想主义的一种回音："我知道，我没有资格谈高尚，没有多少高尚的朋友，我错过了一个个想象中的高尚时代，错过了一个个想象中高尚的群体，但我于心不甘，希望能抓住任何一丝高尚的痕迹，那是我挣扎出水面的大口呼吸。"③ 时代与革命主题无论对文学曾经产生过多少负面影响，都无法更改一个事实：它标杆性地想象过一种"高尚"的生活，并且在一代写作者心目中留下深刻的烙印，它蹑迹潜踪地埋伏在种种危机和拂逆的时刻，成为想象性解决问题的思想资源和参照倒影。

第三节　农民影像和知青叙事者

韩少功还塑造了众多农民形象，小说《月兰》《风吹唢呐声》

---

① 韩少功：《熟悉的陌生人》，《空院残月》，安徽文艺出版社 2014 年 1 月，第 354 页。
② 同上。
③ 韩少功：《暗示》，安徽文艺出版社 2013 年 4 月，第 216 页。

《乡邻》《吴四老倌》，在新时期文学初期农村题材作品中非常醒目。《月兰》中贤良勤快被贫穷和激进政策害得失去生命的月兰，使小说笼罩着一种压抑和悲伤，而《吴四老倌》则明朗起来，吴四老倌以农民的生产经验和对国家体制的想象，戏谑官僚（同样是被取绰号吴党委）的教条主义政策："我活了六十多岁，做了五十多年田，当了十三年队长，未必咯一点都还不晓得？……如今上面的一些人只晓得一张嘴巴喊，不晓得基层干部好难当啊，批资批资，批个鬼！"[1]《雨纷纷》里青年农民曹正根潜心试验研制土法防治稻蓟马成功，贵老倌感叹如今政策好转，论功行赏，不再是喊空口号、搞浮夸、拍马屁，而是靠本事吃饭。无论年轻还是年老的农民，都有一种向上的激情和动力。当然也有像《近邻》里的农民彭三爹，做了多年干部，沉浸在开会做报告中，专靠领补助生活，对庄稼活几乎一窍不通，是一个滑稽的农民形象。进入新时期以后，农村社会的发展也表现在不同的农民身上，《风吹唢呐声》中的两兄弟就是截然不同的性格，哥哥精明能干，在改革时代迅速致富，但却自私自利，弟弟身体不健全却内心善良，尽管读者对弟弟掬一把同情之泪，但依然无法抵挡哥哥成为未来的主人公。如果延展一下，还有一个农民形象是《回声》里的根满，《回声》可以看作《爸爸爸》的前身，也是韩少功早期作品中被忽视的一篇重要作品，很少见诸评论和研究视野。这篇小说主体部分是对"文革"期间农村械斗和农村阶级斗争生活的描写，在主人公根满身上可以看到《爸爸爸》中丙崽的雏形。单身汉刘根满住在屋场侧边孤零零的茅屋里，穷得灶冷猪栏空，搬家一担箩筐就差不多，邋遢得茎根上结黑壳。"大跃进"的时候，在长沙当过两年水泥工，后来搞"下放"才回了乡，长沙就成为他穷困生活的精神支柱，以半个长沙人自居，喜欢听新闻的后生子间或也找他问问城里的新鲜事。对城里人总是有点

---

[1]　韩少功：《月兰》，广东人民出版社 1981 年 5 月，第 79 页。

暗暗的反感，城里人不做田有饭吃有钱花，还可以进戏院、坐汽车，男女青年可以成对地游马路。根满对于革命的追逐是稀里糊涂的，"破四旧"的热闹中，他觉得被砸碎的木器可惜，偷偷藏起暖水瓶的铝盖子准备去换酒喝。看到拒绝他相亲的翠娥缎子被面被当众撕破，心中升起恶毒的快感。但是他给人家帮工很热心，有求必应，而且不要什么报酬，只渴望要二两酒。他还是个维护集体的积极分子，得过几次表扬以后更加卖力，每次为山村问题同隔壁队吵架，总是一马当先，对那些偷偷摸摸的贼，简直是恨之入骨，要是哪个想揩集体的油，只要根满看见，必定不能得逞。红卫兵路大为是准备来吃苦的，他不去外地闹革命，从城里自愿走到乡村，带着革命的美好理想，改造乡村世界走进刘家大屋，要同贫下中农真正结合。路大为憨直热情卖力学功夫虚心不修边幅，拿钱给社员看病，办农民夜校，扬言要建立起一支真正的贫下中农左派队伍，建立农村"文化大革命"的"根据地"。路大为与根满建立起革命同盟，却走上了宗族械斗的路，他发动的群众却是根满这种调戏妇女走向个人私利的典型，他们进省委大院揪斗省委书记，砸烂学院"伪文革"，在混乱中杀死了单纯地爱慕自己的竹珠。小说最后是 1969 年发布的逮捕令，刘根满一个"在野"的农民造反派的陨落，也是路大为革命路线的失败，他沮丧地退出乡村生活，回到城市。韩少功所着力书写的是阿 Q 在二十世纪六十年代的复生，"力图写出农民这个中华民族主体身上的种种弱点，揭示封建意识是如何在贫穷、愚昧的土壤上得以生长并毒害人民的，揭示封建专制主义和无政府主义是如何对立又如何统一的，追溯它们的社会根源。从某种意义上说，这是不再把个人'神圣化'和'理想化'之后，也不再把民族'神圣化'和'理想化'。这并不削弱我对民族的感情，只是这里有赤子的感情，也有疗救者的感情"[①]。小说以一个闹

---

① 韩少功：《月兰》，广东人民出版社 1981 年 5 月，第 268 页。

剧似的乡村故事，让革命的纯洁性目的和它内部形形色色的私欲膨胀对照在一起，"文革"中的极端专政和仿佛无政府般的混乱胶着在一起，写出了"荒诞背后的合理性，以及这些合理加在一起后所形成的荒谬的结果——也就是革命的不合理。革命并不能解决一切问题，如果把它看作是真理而不加以限制地随便使用，真理也就成了谬误，谬误进而就演绎成了更加巨大的历史悲剧"[①]。

韩少功自 1968 年插队汨罗务农开始，到 1974 年上调该县文化馆工作，在六年的农村生活中，结识了各种各样的农民，悲情的月兰、简单直接的吴四老倌、悲剧的根满、内心悲怆却又被时代无情抛弃的哑巴德琪，等等，他们是土地和时代的声响。他们的形象贯穿到后来的写作中，鸡头寨、太平墟、马桥、八景峒依然活跃着他们的身影，随着作家认识的深入，农民的影像也脱离了简单的人物故事，他们是与时代共沉浮的鲜活生命，是叙述他们的知识分子的参照系，是当代中国的现实和未来中国的构想。所以农民既是抽象的也是具体的，他们的形象在韩少功的书写中几乎都不是单纯写实的，受制于他的随笔体小说的文体，也服从于他理性化的思考，农民形象往往更靠近抽象的端点。

知青形象是韩少功作品中与农民紧密联结的形象，他往往是作家（或者叙事人）的一个分身，《月兰》中的"我"既是观察者也是故事的主角，《风吹唢呐声》中叙事人是一个参与度不高的观察者，《西望茅草地》中"我"是叙事者，也是充满理想主义主动的下乡知青，他们讲述的乡村故事带着作家对乡村世界浓厚而复杂的情感，也契合了作家本人在乡村世界的位置。"农民有可怜的一面，是善良的，也有他们的缺点，我曾经真心想为农民争利益，没想到他们向干部揭发我。我贴大字报，反对农村官僚权势，农民出卖了我。但苛求农民是不应该的，你可以跑，他们祖祖代代在那儿，跑

---

① 何言宏：《中国书写：当代知识分子写作与现代性问题》，中央编译出版社 2002 年 5 月，第 50 页。

不了。我也不很恨他们，我在农村办农民夜校，普及文化知识和革命理论，希望他们有力量来主宰自己的命运，但成效很小。"①

小说《飞过蓝天》《西望茅草地》《回声》和《归去来》中的知青和叙事者都有类似作家本人的情感和心理反应，基本是作家早期作品中的"自我故事"。《回声》中红卫兵路大为是本县农科院的学生，1965年已经到乡村进行社教运动，1966年随着狂热运动的爆发，兴趣转移到哲学、国际共运史方面，自觉自愿沿着革命前辈们的足迹，扎根具有革命传统的乡村，做一番大事业。事与愿违，革命热情和农村的社会现实，裹挟着他走向不可控制的非理性状态。知青在乡村有悲剧和错位感，《飞过蓝天》中的"麻雀"刚下乡时充满了火热的幻想，瞒着母亲转户口，揣着诗集偷偷溜进下乡行列。他渴望在瀑布下洗澡，在山顶上放歌，在丛林中燃起篝火，与朋友们豪迈创业，就像要建起一座康帕内拉幻想中的"太阳城"。他还想靠自学当一个气象专家或林业专家，登上现代化科学的殿堂。农村的现实加上返乡的现实，使得"麻雀"成为颓丧的知青，热情消失，算计增加，关于托洛茨基和德热拉斯的讨论早早停止，社会调查记录什么的被人们撕了卷烟，连菜园子也变得荒草丛生。对干部的顶撞、与农民的纠纷、知青户内部为大事小事发生的争吵几乎成为知青生活的主流。此番情景与《远方的树》中颇多相似，田家驹是个奇怪的知青形象，他不怕队长威胁，只喜欢开会，开会就可以不干活，名正言顺一歇手脚。还会主动找干部开会，说自己最近思想觉悟低，又想好吃的又想好穿的，就想过地主老财的生活，真真假假，被队长骂"臭知识分子"，调皮捣蛋，是有名的疯子，三天两头惹祸，人见人烦，人见人怕，但画画能力强，最后靠着特长顺利离开农村。但知青生活和经历必然也包含着不可预知的收获，就像《西望茅草地》结尾所追问的，茅草地只能用知青离开时的笑声

---

① 　廖述务编：《韩少功研究资料》，天津人民出版社2008年6月，第66页。

来埋葬吗？田家驹在精神危机中再一次返回知青下放地，寻找灵感和精神。知青叙事者在韩少功作品中成为一个随作家自身变化的形象，在《马桥词典》《暗示》《山南水北》《日夜书》《修改过程》中，真实的作家身份与叙事人的知青几乎达到了难解难分的状态，也形成了韩少功独有的创作特点：把一个独特的群落作为解读当代中国的视角和方法。

韩少功早期作品中的老干部、农民、知青形象几乎结构了他的文学世界，他们携带着社会的问题和症候，复制着当代中国的现实生活，也因为每一个群体所折射出来的道德意识，参与着对一种更加合理、合情、合乎人性的社会的想象。

第四节 "成熟"后的停滞

1984 年 12 月韩少功致信南帆解释自己创作停顿的原因。他对前期小说写作感到不满，希望在思维方式和审美方式上有所突破，在探索小说新样态的过程中，时常地感到阵脚混乱和力不从心。南帆也指出了韩少功创作"成熟"后的停滞："对于种种题材的理解程度好像只能在某一个层次上徘徊……艺术处理也往往是光滑得使人既抓不住缺陷也感觉不到好处。"[1] 1984 年可以看作韩少功前期创作转折的一个关键时间，从韩少功年谱[2]看这一年他的社会活动比较多，3 月与作家莫应丰、于沙等为株洲北区文化馆在电厂开设的文学讲习班授课，此次学习班历时四十天；任湖南省总工会《主人翁》杂志副主编，参加叶蔚林的作品研讨会；多次去湖南师院听教

---

① 南帆：《人生的解剖与历史的解剖——韩少功小说漫评》，《上海文学》1984 年第 12 期。

② 主要参考武新军、王松锋《韩少功年谱》，中国社会科学出版社 2017 年 4 月；廖述务《韩少功·文学年谱》，汨罗市作家协会内部资料 2017 年 10 月。

授讲老庄哲学，参悟中国艺术精神，他认为老庄对中国艺术的影响比儒家大；1984年12月12日至16日参加被文学史命名为"85新潮"和"寻根文学"起源的"杭州会议"；1984年12月29日到1985年1月5日在北京参加中国作家协会第四次代表大会，1985年2月奔赴武汉大学英文系进修，在几个月的时间里，戒除使用中文。在《归去来》《爸爸爸》等作品发表之前，1984年韩少功发表了一些理论文章，如《文学创作中的一般规律和特殊规律》(《求索》1984年第6期)，《欢迎爽直而有见地的批评——韩少功给陈达专的信》(《光明日报》1984年2月23日第3版)，《信息社会与文学前景》(《新创作》1985年1—2期，写作于1984年9月)，《文学的"根"》(《作家》1985年第4期，写于本年1月)，《面对空阔和神秘的世界——致友人书简》(《当代文艺探索》1985年第3期)。从创作的停顿、这一年的活动和偏向理论的写作可以看出作家的确处于一种寻找和探索的过渡阶段。关于某个作家创作的分期，肯定是一种回望的行为，一方面是后续研究者为了叙述和分类的方便，另一方面必须有异质和更新的内容出现，后续的"寻根"作品与韩少功之前的作品相比获得了更大讨论空间和社会影响，韩少功认为自己的"创作大体上没有明显的分期。如果硬要找的话，1985年'寻根文学'出来的时候是一个分界点"[①]。"寻根文学"也被众多论者视为韩少功个人创作的阶段分界点和当代文学小说观念变革的重要议题，几乎成为公论。

我们今天谈论韩少功，几乎都是从"寻根文学"谈起的，很少涉及他的早期作品，"寻根文学"的强大影响和后续创作的独特性，使得韩少功的"少作"被搁置起来。评论家孔见的看法具有普遍性："他和当时许多中国作家一样，接受时代精神和观念的限制，1985年以前的作品，尽管获得诸多高尚的荣誉，但现在看起来

[①] 孔见等：《对一个人的阅读：韩少功与他的时代》，江苏文艺出版社2013年3月，第261页。

还像是习作。"① 韩少功对自己的早期"习作"也有自我批评，比如他认为《西望茅草地》语言夹生，过于戏剧化，等等，但除了艺术质地的粗糙外，早期创作本身"作为一种政治行为，我对此并不后悔……作家首先是公民，其次才是作家，有时候作家有比文学更重要的东西"②。这句话颇为重要，不仅仅是对早期作品敝帚自珍的问题，表面上看起来是文学与政治的对立，其实是对于何为文学的不同认知和不同时间段内文学观之间的缝隙。韩少功认为早期写作背后有那一代人受马列主义学习教育的背景和社会主义现实主义的文学观，是时代的特殊性，"贾平凹、张抗抗、陈建功、刘心武……都在写问题小说"③。但另一方面又有一种恒定性，他又认为自己几十年来核心的立场和看法没有改变："我给两个出版社编过作品的准全集，有机会回头审视一下自己新时期以来的写作。还算好，我只是删除了以前一些涉嫌啰嗦、平淡的章节，基本上未发现过让自己后悔和难堪的看法。"④ 如果把 1985 年以前的写作称为"少作"的话，那么这一时间阶段的写作侧重于写作的公共表达，问题意识是文学比较重要的品质，具有现实的直接参与性。问题意识与韩少功在 1987 年跟施叔青所说的"作家首先是公民"共同点在于强调作家对时代和历史的参与性和自发性，并没有把语言、形式和审美放在首要的位置。但第一次是非自觉的集体文学意识，而第二次是新时代文学意识形成后对早期问题意识的重新指认。韩少功在九十年代以后能够持续在具有公共性的问题上发言，并以此激发出对文学形式的思考和创新，与早期的文学实践和主张具有延续和紧密的关系。

---

① 孔见：《韩少功评传》，河南文艺出版社 2008 年 4 月，第 43 页。
② 韩少功：《鸟的传人——答台湾作家施叔青》，《精神的白天与夜晚》，泰山出版社 1998 年 6 月，第 81 页。
③ 同上。
④ 韩少功、王雪瑛：《访问韩少功》，《收获》2017 长篇专号（夏卷）。

第二章　早期作品的"修改"
　　　与作家的主体意识

　　韩少功出版过三套全集（人民文学出版社 2008 年，安徽文艺出版社 2013 年，上海文艺出版社 2017 年），全集对 1985 年之前的早期发表作品做了许多修改和重写。韩少功对作品的修改与当代文学中被研究者多次论及的由于意识形态和出版体制原因的被动修改殊为不同①，它是隐性的主动的修改，包含了作家丰富的主体意识。关于这些修改韩少功有明确的解释，在为 2008 年人民文学出版社九卷本《中国当代作家·韩少功系列》作的总序《修订的理由》一文中阐述得明白细致：

　　　　一是恢复性的。二十世纪七十年代末期以来，中国内地的出版审查尺度有一个逐步放宽的过程，作者自主权一开始并不是很充分。有些时候，特别是在文学解冻初期，有些报刊编辑出于某种顾忌，经常强求作者大删大改，甚至越俎代庖地直接动手——还不包括版面不够时的相机剪裁。这些作品发表的七折八扣并非作者所愿，在今天看来更属历史遗憾，理应得到可能的原貌恢复。二是解释性

---

① 关于被动"修改"的研究成果可参见杨义：《五十年代作家对旧作的修改》，《中国现代文学研究丛刊》2003 年第 2 期；王福湘：《几部经典文本的修改与当代文学的版本问题》，《海南师范学院学报》1998 年第 2 期；苏奎：《〈沉重的翅膀〉的"沉重"修改》，《中南大学学报》2014 年第 5 期等文章，主要观点是"修改"行为造成了对作品原本艺术性的损害。

的。中国现实生活的快速变化，带来公共语境的频繁更易。有些时隔十年或二十年前的常用语，如"四类分子""生产队""公社""工分""家庭成分"等，现在已让很多人费解。"大哥大""的确良"一类特定时期的俗称，如继续保留也会造成后人的阅读障碍，为了方便代际沟通，我对某些过时用语给予了适当的变更，或者在保留原文的前提下略加阐释性文字。三是修补性的。翻看自己旧作，我少有满意的时候，常有重写一遍的冲动。但真要这样做，精力与时间不允许，篡改历史轨迹是否正当和必要，也是一个疑问。因此在此次修订过程中，笔者大体保持旧作原貌，只是针对某些刺眼的缺失做一些适当修补。有时写得顺手，写得兴起，使某些旧作出现局部的较大变化，也不是不可能的。[①]

经过对韩少功早期作品的重新阅读与修改前后的比对，对以上三种修改，我的判断倾向于第三种说法，即修补缺失而导致的重写。因为第一种，基于政治和审查制度的考虑而做的恢复性工作是一个很难考证的部分，需要作家的手稿等材料去佐证，另一方面韩少功的早期作品也很少有意识形态犯忌的部分；第二种解释性的修改，起到注解和说明的作用，属于细枝末节，对文本修饰和改变的意义不大。以《爸爸爸》为例，该作品入选洪子诚主编的《中国当代文学史作品选》（北京大学出版社），第一版第一次印刷（2008年11月）采用1985年《人民文学》版本。稍后作者提出应该采用他2006年修订的、编入人民文学出版社"中国当代作家系列"的本子，《中国当代文学史作品选》从第二次印刷开始改用修改本。洪子诚在《丙崽生长记》一文中详细讨论了这一文本的修改问题，他

---

① 韩少功：《进步的回退》，上海文艺出版社 2017 年 8 月，第 267 页。

引述日本学者盐旗伸一郎对《爸爸爸》新旧版本的细致考校，称1985 年第 6 期《人民文学》版本是 22708 字，修改本是 28798 字，也就是增加了六千多字；如果以新旧版本不同的字数计，则有 10725字之多。修改力度非常大，新修改本增加了有关丙崽、丙崽娘的描述，加重了仁宝和仲裁缝的分量，也深化了打冤前吃肉仪式和交手杀戮的具体情景。对于修改的结果洪子诚说："拿《爸爸爸》新旧版本比较，感觉是原来某些抽象、生硬词语被替换，语调更顺畅。段落划分也有值得称道的改变。这在我看来是在趋向'完善'。"① 而日本学者加藤三由纪则认为原版本更有价值，因为"生硬的文字，刺眼的缺失也是构成《爸爸爸》文本的重要因素，因为《爸爸爸》是要打破规范式书写"②。对修改结果的评判，基于不同的解读标准和文学标准，得出的结论是截然不同的。但无论洪子诚还是盐旗伸一郎都认可《爸爸爸》修改后的版本"写得更加成熟、动人、更有安慰和人情味。相比之下，旧版本显得生硬，有点概念化的感觉"③。修改后的《爸爸爸》，作品层次感更加明显，与后来作品的互动性明显加强，基本符合韩少功关于修改的第三种表述："有时写得顺手，写得兴起，使某些旧作出现局部的较大变化，也不是不可能的。"④

　　伊格尔顿在谈"什么是文学"这个问题时强调："好的写作或者用修辞抛光的写作都不能用来定义文学"⑤，重要的是一种文学机制和作家主体意识的改变。韩少功关于《爸爸爸》的修改正是跨越了文学转型的时间点和文学机制之后的修辞表现，是两种语境之下

① 洪子诚：《丙崽生长记——韩少功〈爸爸爸〉的阅读和修改》，《中国现代文学研究丛刊》2012 年第 12 期。

② 同上。

③ 张志忠主编：《在曲折中开拓广阔的道路》，武汉出版社 2010 年 5 月，第 188 页。

④ 韩少功：《进步的回退》，上海文艺出版社 2017 年 8 月，第 267 页。

⑤ ［英］特里·伊格尔顿著，阴志科译，陈晓菲校译：《文学事件》，河南大学出版社2017 年 8 月，第 42 页。

文学的规训和结果，同时也因为修改、修订、重写，打开了认识作家的空间，使得作家的前后阶段更细致地区分开来，重要转折时段的创作空间和作家的复杂诉求更为明显地呈现出来。

第一节　剥离：让世界自己说话

在新的时代风气和文艺创作氛围下，韩少功二十世纪八十年代初期的创作表现出多种面向，跟这个时间点上的中国社会一样，有多种选择的可能和解读空间，洪子诚认为此时的作品"具有明显的精神探索、精神重建的性质。作为精神探索的文学创作潮流，它有不同的'流向'，也表现为多种式样。呼唤失落的崇高感和英雄形象是其中一种；重塑现实人生与精神价值是另一种；从'历史'、传统中寻找、挖掘对现实'有用'的因素，也是着力的一方面"①。如果把韩少功八十年代前后作品组合在一起，可以更清楚地看到作家期望突破前期写作的瓶颈，进行多种探索的尝试，这一阶段的作品除了引起全国反响的《月兰》《飞过蓝天》《西望茅草地》，还有三篇小说——《风吹唢呐声》《远方的树》《回声》，是特别成熟的中短篇作品，重新阅读可以在作品内部感受到作家在转型时期内心的困惑和价值犹疑。这三篇小说都没有明确的崇高感和英雄形象，对立人物之间在个人特点和性格表现上是旗鼓相当的，充满了不同类型人物形象之间的张力。比如《风吹唢呐声》中德琪和德成，两个性格地位追求不同的兄弟，哥哥作为较早致富的农村精英，精通世事，弟弟身体有残疾但心地善良，他们的为人处世和生活命运，表面上有一个一正一邪的结构，但跟正在进行的改革开放和农村变革缠绕在一起，作品给予了充分的表现空间，即使还可以在当时的人

---

① 洪子诚：《作家姿态与自我意识》，北京大学出版社 2010 年 1 月，第 32 页。

性美丑中分别解读，但已经出现了一些缝隙，让读者能够感受到作者内心的怅然和余波犹存。而《回声》则一改之前作品中主题明确的风格，承担了更多的社会容量和对人性的理解，对于特殊历史时期的青年红卫兵、农村内部所谓的自发革命者、走资派和普通民众等等都给予了充分的理解式呈现。这两篇作品中直接出现的叙事者的声音，像是旁白又像是外在于表现世界的他者目光，让读者感受到作者在给予人物定型方面的犹疑，面对复杂变化世界时的困惑。这些空间和缝隙的存在，为后续的修改提供了可能。

1981 年 5 月广东人民出版社发行了韩少功的第一部中短篇小说集《月兰》，收入了短篇小说《风吹唢呐声》，小说讲述的是农村改革发展过程中出现的新矛盾，是新形势下人性美与丑的探讨，弥漫着淡淡的忧伤情绪。2017 年 8 月上海文艺出版社韩少功作品系列收入了这个小说的修订版本，此处做一个简要的前后文本对比。

例一：

> 德琪哑巴是吴冲的一个好社员——那里人都这样说。他听不见广播盒子响，但每天起得早，有时还去敲队长的窗户，催队长派工。他是唯一有权不参加任何会议的人，但不管开社员会还是干部会，好多人都借口"肚子痛"或"寻鸡婆"溜了，他却是积极到会者，看看这个，看看那个，不知是想凑凑热闹，还是羡慕那一张张嘴和一只只耳。吊壶水开了，他吹掉壶盖上稀稀一层柴火灰，自觉地来给大家筛茶……
>
> "割尾巴"盛行的时代，责任和义务在变形，冷漠在穷困中生长，被伤害者有时也能伤害他人。有些人觉得哑巴头脑简单，好支派，经常把一些重功夫塞给他，犁溽田啦，进榨房啦。（1981 年版）

例二：

　　吴德成大脸盘，腰圆膀壮像筒树，眼珠一转就计上心头，用当地话来说，是个"怪气"人，"百能里手"。他从小就跟着叔叔开屠坊，贩牛，烧窑，脚路宽见识广，以前家里殷实，总是纸烟不断，猪油不断，芝麻豆子茶不断，做起一栋两包头九大间的瓦屋，玻璃窗子亮晃晃，队上人说像半条街。走到他的大屋前，会感到一种财富的威严。但他终究是只蚂蚁。大队挖"绊脚石"，挖走了他的猪婆和一窑砖，拆了他两间屋，把他限制在队里下水田，气得他直骂无名娘。好在他负担不重，哑巴德琪的工分还归他管，他还不至于勒紧肚皮。（1981年版）

例三：

　　我并不很熟悉他。我们被命运分隔在两个生活领域。但我想我是会记得那些白天和黑夜的。在我人生的旅途中，它们帮助我理解贫穷和富足，理解人在种种物质压迫面前应有的坚定。它们将使我在每个黎明想起：那善与美永恒的星光，怎样照耀着人类世世代代的漫漫长征，穿过黑暗，指向完美……人总是在记忆的冰川前，才有一片纯净明亮的思索。（1981年版）

　　2017年的上海文艺版本中，例一中的借口"肚子痛"或"寻鸡婆"被删除，改成笼统的"溜会躲会"；"'割尾巴'盛行的时代，责任和义务在变形，冷漠在穷困中生长，被伤害者有时也能伤害他人"，这一句带有议论性质的话被删除，在哑巴筛茶之后加上了一句"看见有人抽出纸烟，他急忙用火钳夹一块燃炭，给人家点火"；

在哑巴干的活里又加上了"烧马蜂窝啦，总是把他使在前面"。例二关于哥哥吴德成的介绍，删去了"'怪气'人"这种地方性强的称呼；增加了主语"人们"和副词"都"，强化了"人们都会感到一种财富的威严"；去掉了"但他终究是只蚂蚁"，这句话本身包含着大时代之下普通人命运的不由自主，对吴德成有一种体恤和悲悯的议论。修改最大的是例三，作为结尾的作者抒情被整体删掉。

从以上三个修改例证我们可以看出，韩少功在表述中尽力祛除了地方性较强的用语，同样在这篇小说中，在评价德琪的时候，有三句话："唉，一个好人！""老班子言：好人命不长，可惜！""做了好事在那里，阎王老爷记得的。"①上海文艺版删除了具有更强地域特征的第二句话。韩少功早期作品中，地域特色是以人物口语的形式零星出现在作品中的，是写作中下意识出现的，并不具有整体性特征，无论从主题还是语言表达上看，当时的韩少功的写作跟同时代其他作家作品都具有一种共时性特征，地域性较强的表达会显得突兀，这种删除应该是为了语句更加通顺，也符合当代读者对彼时的文学想象。祛除地方性色彩的修改跟后续的"寻根文学"的主张并不矛盾，从边远之地或者被汉文化压抑的少数民族文化中寻找支持，并不是简单的地方特色，而主要是一种审美风格和解放的力量。

其次，语句增加的部分都在着意强调画面的丰富性，增加几个同类动作，延续和加强原有的情感，有利于读者更好地去想象人物和生活的纵深感。这一点在《爸爸爸》中也有类似修改，比如战斗、祭神等残酷场面的描写更加入微、逼真。这个部分看起来是对作品无关宏旨的无效改动，但也是最能见"文学性"效果的改动，对于早期作品中理念化比较浓的倾向，有松弛和柔性的作用。删除评价性、判断性，具有主观倾向性的句子，相对前面两种改写，这

---

① 韩少功：《爸爸爸》，上海文艺出版社 2017 年 8 月，第 283 页。

一点比较重要，明显是受到后续中国当代文学叙事倾向的影响，尽力克制作家的主观判断，让事实自我呈现。

修改过程中也有较大动作，《风吹唢呐声》中，哑巴德琪的哥哥与嫂子二香结婚，有一个在小说中被称为"闹茶"的重要情节，其实就是闹洞房。为保护嫂子，德琪跟乡民们之间起了冲突，这一节主要为了突出德琪对嫂子的保护和心地善良，有一个完整的起承转合，结束时，嫂子跟哥哥有一个对话，她发现德琪是一个心好的人，而哥哥德成则沉浸在数礼金中。"闹茶"这一节在最初版本中共有541字，关于这个乡俗的主要描写如下：

> "闹茶"开始了——这是一种已经衰落的乡俗，带着远古野蛮的痕迹。胆大的一声喊，男客们在哄闹中，可以对新娘表示有限的放肆和亲热，而主家则不能见怪，免得冲散喜气。但这一天，几个后生子挤眉弄眼刚准备动手动脚，突然令人扫兴的事出现了：哑巴一声"嗷——"，挤进人群，一边用身子护着嫂嫂，一边对着这个那个直摇头，手中的唢呐像是一把利斧。

简单的几句话，对于这一习俗的两个定语都有所修改，"衰落"改为"残存"，"远古野蛮"去掉了"野蛮"一词，这其实是对作家表现出来的情感态度的有意模糊，最初版本中的"衰落"和"野蛮"都是带有明显价值判断的词语，德琪作为小说中最重要的一个人物形象，为了维护柔弱的嫂子是向这种乡俗奋不顾身挑战的，同时也是衬托势利无情的哥哥德成，他在自己爱人危难之时是缺席的。更大的修改是，上海文艺版在这一节就这一乡俗，加入了250字的解读，并且这一节的篇幅几乎扩展了一倍，用来呈现现场的对话和人们的议论。直接加进来的对于"闹茶"的描述：

胆大的一声喊，男客们就开始起哄，不但对敬茶的新郎可以百般刁难，还可以把新郎哄出门去，然后对新娘来点放肆和亲热。据说一轮茶恶闹下来，有的新娘不论如何事先充分准备，紧紧实实裹上三层袄，事后还发现全身青一块紫一块的。

　　要命的是，这种胡来意味着欢迎和喜气，主家万万不可见怪，否则就是坏了规矩和冒犯客人。二香当然知道这一点，一见几个后生子开始挤眉弄眼，一听有人浪浪地喊闹茶，脸就刷的一下变得惨白。但她完全无能为力，眼看着自己任人摆布，被一个汉子抱在腿上，在一片欢呼声中又被抛向对面另一个后生，扎进不知是谁的怀里。

　　这个场景很容易让人联想起韩少功在《马桥词典》中的"放锅"词条，这一段描写几乎是闹茶习俗的原样重演，只不过把"闹茶"放在乡村社会的伦理中，尽管从作家的视角来看，表现出了外来者的惊恐，能够看到一个女子在这种场景中"要哭的表情"，但整个叙述的落脚点却是闹茶习俗存在的合理性和不一样的伦理价值，它甚至能够破坏掉一个婚姻，修改显然吸收了"寻根文学"对于本土价值的重视。

　　日本学者盐旗伸一郎有一个看法："1985 年以后的韩少功作品中尤为显著的特点是'世界的多层次性'"[1]。实际上，以上几种修改都是为这个目的服务的。修改之处，除了语句上通畅和情绪上更加和谐、前后一致外，因为修改而引起的作品中细微的感情起伏，并不会产生非常大的影响，也不会改变作品的基调和人物的形象。但修改最大的意义在于叙事者的形象，叙事者从早期的直接出场、易于抒情者、判断者变成一个更后撤的人，让世界自己说话，尤其

---

① 　盐旗伸一郎：《寻不完的根——今看韩少功的一九八五》，见张志忠主编《在曲折中开拓广阔的道路》，武汉出版社 2010 年 5 月，第 184 页。

在涉及人物表现的时候。比如《同志交响曲》几乎重写了开头和结尾部分，那个年代比较常见的直白夸张的写法，带有溢美性的人物塑造、景物的抒情性描写，放在今天文学的约定俗成中，显得突兀而不合时宜，作家忍不住进行了重写。

> 雪峰像一位银发苍苍的老人，更像大海中陡拔的一座小岛，那垦区是漫漫无际的绿色海洋。海洋中有多少辛勤的汗水！他们被浪涛卷上岛岸，变成了雪——凝成了满岛的皑皑白盐。那么窝棚呢？是漂在海上的点点帆影吗？将军的汽车呢？是穿行于波峰浪谷之间的快艇吗？（1981年版）

> 远处的雪峰像老人，像海岛；不，连绵群峰，更像一道威严的长城吧？砖衔着砖，石垒着石，欢乐压着苦难，意志叠着理想。它在古老的土地上默默地生长出来，捍卫着共和国一个湿润的早晨。（2017年版）

修改后的结尾淡化了对于将军个人英雄主义式的描述、将军与司机之间戏剧化的表现方式，修改版本更简洁和朴实，就像激烈的感情回到正常的水平线。以修辞的方式剥离跟政治过于紧密的关系，自觉不自觉地承接了二十世纪九十年代以来的"文学性"和文学传统，韩少功的修订看起来是隐秘的个人行为，但从修改的结果和方式中，可以看到当代文学发展过程中的刻痕，也能看到作者以修辞润色创造一种文学的公约数，与不同文学观念之间协商和妥协的努力。

对于"修改"问题，韩少功多次援引托尔斯泰的修改前例："俄国作家老托尔斯泰把《复活》重写了好几遍，变化出短、中、长篇的不同版本。中国作家不常下这种功夫，但遇到去芜存菁和补旧如新的良机，白白放过也许并不是一种对读者负责的态度。"①津津乐道于作家的这种执着与认真、对作品的负责，"补旧如新"很大程度上是在文学所形成的基本标准和价值取向中，淘汰掉显然落伍过时的陈词，做一些修辞性修改和符合读者关于文学基本想象的填充。另外，韩少功翻译佩索阿给他带来了关于新旧作品的启示，佩索阿在作者意识中有一个"异名者"的概念，他坦陈面对旧作的恐慌和疑惑、惊吓："一个绝对的他者，一个异己的存在，居然属于我。"②"旧作中有一种表达的力量，一些特定的词组，特定的句子，写就于完全乳臭未干之际，看上去却像眼下的手笔，得到过岁月流逝和人生历练的指教……我困惑于这种进步所包含另一点，即当年的我，与现在的我，居然并无二致。这当中有一种神秘，在蚀灭和压迫我。"③韩少功在为上海文艺版的全集所作的自序中，提到旧作与修改问题。回顾之前的写作，挑拣文字做成一套书，必然面临少作的问题，他既为早期作品的陌生而迷惑茫然，也承认"我"的统一性，把这些也归结于隐秘不可解和现代意义上"作者"的消失——"一个隐身的大群体授权于我在这里出面署名"④，在作者意识上出现了与纯文学概念中的作者意识的协商，"此我非我，此他非他，一个人其实是隐秘的群体……一位难忘的故人，一次揪心的遭遇，一种知识的启迪，一个时代翻天覆地的巨变，作为复数同名者的一次次胎孕，其实都是这套选集的众多作者，至少是幕后的推手"⑤。

纵观韩少功几十年的写作，时代感受和价值选择是作品的基本

---

① 韩少功：《进步的回退》，上海文艺出版社 2017 年 8 月，第 267 页。

② ［葡］费尔南多·佩索阿著，韩少功译：《惶然录》，上海文艺出版社 2017 年 9 月，第 270 页。

③ ［葡］费尔南多·佩索阿著，韩少功译：《惶然录》，上海文艺出版社 2017 年 9 月，第 272 页。

④ 韩少功：《西望茅草地》，上海文艺出版社 2017 年 8 月，第 2 页。

⑤ 同上。

要义。早期的作品随着时代变迁很多已经成为"死去"的文学，除了文学研究的意义，它们几乎不再跟正在发生的现实产生关系，大部分普通读者也不会意识到此间的差别，修改在很大程度上只对作家自己有意义，成为隐性的写作和内在的思考。作家有意识地"改写"仅仅被看作字句的修订，那就过于简单了，修改是给予"过去"以现在的空气，也是作家意识的显影剂。作者主体无法等同于一个纯文学意义上的自我，他包含了"很多人""异名者"，是不同时间空间中作者和意识的差异所在，修订和重写是旧我与新我的沟通行为，是对自我同一性的确认，也是对现代作者意识的怀疑，到底是不是诞生于本雅明意义上孤独的自我，离群索居的人①。

根据文章末尾注明的写作时间，韩少功的修订发生在 2006 年，写作者在重新面对过去的文学时，同时发现巨大的差异感和并无二致感，矛盾又统一。在这种个人与时代的相互探询中，表面上的语言修辞、增删修饰获得了一种现时感和现代感，前期作品因为修改而与作家目前的心境、所历公共文学历史重新获得联系和协商，以一种可以被接受的方式"补救如新"。已经被很多批评家和研究者判决死期的"文学"依然作为一种力量、精神背景活在韩少功的修改行为中，曾经的"为民请命"立场，对公平正义和理想的追求，对于败北的年代和知青运动、农民、农村的持续关注，不仅仅是题材，还是一种正在整合的文学立场和作者意识，继续规划着未来文学的标准和想象。

第二节　改写：再造精神空间

作品修改在修饰和抛光效果之外，还有一个时间轴，是现在

---

① ［德］瓦尔特·本雅明著，李茂增、苏仲乐译：《写作与救赎》，东方出版中心 2017 年 8 月，第 94 页。

对过去的修饰。杨义对二十世纪五十年代新中国的作家们对作品的大规模修改，用了非常抒情和理解性同情的语句来描述其复杂性："修改，在某种意义上讲，是今天质疑昨天，是昨天蜕变成今天。这里的昨天、今天，既是个人的，也是时代的；既是主动的，也是无奈的；既有欢欣的，也有痛苦和惶惑的，其间还存在着许多过渡性的中间状态。"[①] 时间、记忆也是韩少功小说中一个非常重要的主题，历史记忆（过去）修改着现在（日常生活和现实），是修改的另外一层含义。

　　韩少功的《归去来》讲述了知青黄治先一次奇幻经历，他在返城多年之后因收购粮食来到一个陌生的村庄，跟他曾经插队的地方面目相似，他被乡民们误认为是曾经在此地插队落户的"马眼镜"，共同的知青经历和情感体验让黄治先半推半就地走进过去与现在时空间中，并在人们的讲述和自己的回忆中陷入混沌。从知青的叙事角度来看，是自我身份认同上的一次冲击，而以下放地农民的叙事主体来说，则是对知青记忆和历史的改写。那个被他人（本地农民）记忆和文化书写的"我"对"我"施加了压力，造成了"我"记忆的困难，改写"我"原初自然的历史，不同的叙事主体在同一个历史事件上，呈现出了融合的视界。在《山上的声音》中，"我"重返一个叫作棉花畲的村寨，熟人们见到"我"之后都大为惊喜，说"我""过得旧"，没有忘掉穷地方和穷朋友。他们知道"我"是作家，却不知道"我"写的小说，很多都取材于此地，他们都不看小说，也不知道"我"在小说中写过他们。但"他们一口咬定我在《人民日报》上的征联十分了得，三年之内居然无人可以对出下联。我大吃一惊，问这是听谁说的。他们说是中学的胡老师说的。我问那上联是什么。一个后生想了片刻，才想出来：童子打桐子桐子落童子乐"。"我"无法纠正他们的误传，越是否认，他们越是觉得

① 杨义：《五十年代作家对旧作的修改》，《中国现代文学研究丛刊》2003 年第 2 期。

"我"谦虚，不过是低调做人，免得树大招风和引人攀附，在这件事上"传说"与善意的想象改写了生活事实。

两篇小说的基本思路都是本地农民本着一种善意和友爱，以自己的想象和生活经验创造了"我"的历史，"我"对此陷入尴尬和不能辩解的处境，一是这种改写没有恶意，二是对自我主体性的犹疑，比如《归去来》中，黄治先在两种记忆中间模模糊糊，并没有强烈地排斥。在往事和细节中村庄（村民）表达出来的误认与改写，是基于知青"马眼镜"在村庄里的历史记忆，而黄治先知青生活中个人记忆和命运的相似性，让他不由自主、半推半就地再次回归到知青命运共同体中，再次与过去的时空相遇。到底是"马眼镜"还是黄治先，对他来说已经失去了重要性，重要的是他在这个错位的空间中接通了历史，发现和创造了一个不同于现实中的"我"。小说的结尾："我累了，永远也走不出那个巨大的我了。妈妈！"这一声"妈妈"的呼喊非常尖厉，"我"妈妈在小说中没有任何交代，突兀而迅疾地出现在叙事者的焦躁和疲惫中，结束了小说中似真若幻的复杂和混沌。何言宏认为这个改写或者重新书写行为是恢复历史的丰富性和本来面目。[1]对个人记忆和历史的改写，同时暗示另一种历史叙事主体的可能性空间和中国革命的隐约成果，也就是毛泽东时代的大命题——让人民改造知识分子，潜在中形成了对于八十年代以来日益泛滥的知识分子写作主体的一次反拨。

韩少功意识到记忆的不可靠性："写作是对遗忘的抗争，是对往事的救赎，甚至是一种取消时间的胆大妄为——让难忘的一切转化为感知上的现时性事件，甚至在未来的书架上与我们一次次重逢。只有在这一过程中，人性才能够获得记忆的烛照，才能够获得文明史的守护和引导。"[2]珍藏、清理、复活，不仅是对遗忘的抗

---

[1] 何言宏、杨霞：《坚持与抵抗：韩少功》，上海人民出版社 2005 年 11 月，第 75 页。

[2] 韩少功：《与遗忘抗争》，《在小说的后台》，山东文艺出版社 2001 年 3 月，第 264 页。

争和对人性的烛照，还是对自我精神世界的再次编织。在小说《暗香》中，独自在家的老魏遭遇了不速之客竹青的旋风式来访，后者对这个家庭十分熟悉。尽管老魏不断去试探，以年龄、姓名和自己的履历、表情特征为线索，一步步开掘自己茫茫的记忆，却终于没有想起竹青到底是谁，对方翩然离去，十年之后又再次重演旋风式的相遇和离去。偶然的机会，老魏看到了年轻时代的一部小说手稿，蒋竹青原来是他的小说原型，因为有一台相机，被怀疑从事反革命活动，开除出教师队伍，当上了一名花工，在校园火灾中蒙受冤屈，被当作纵火犯，送往公安局。但他事实上是一个好人，多年来帮助一位素不相识的邻家哑女，哑女后来成为一个画家。"他越看越觉得恼恨。他怎么写出了这样糟糕的东西呢？竹青被打成右派，肯定是冤枉。把他写进公安局，更是冤上加冤，居心何忍。他恼恨自己当初缺乏足够的勇气，还竹青一身清白——他至少应该写出，竹青仁义之士也，不但不会犯罪，而且正是他真正关心着孩子们的健康成长。"于是他窝在自己的房间里修改旧稿，重写过去的日子，追补自己的一番情义。

通过这种对于"过去的日子"的特殊方式的"重写"，小说中的老魏不仅在精神上重获安宁，甚至还变得重生般的振奋与昂扬——他"跨上木椅，志得意满，无限风光。他站在上面从容四顾，看到整个世界在他面前突然怯怯地矮了一截"。强行闯入的记忆导致了已近暮年的老魏在精神深处完成了一次灵魂的洗礼，也使得他的生命散发出特有的芳香。老魏的孩子不理解，无法相信竹青这个人的存在和来访，历史的巨大隔膜和遗忘功能已经开启。竹青的来访就像记忆的回访机制，若有若无，却又切实存在。

由《暗香》《余烬》《北门口预言》等小说，何言宏提炼出了记忆的重写功能："宿命一般无法摆脱的历史记忆，就是这样借助于一切可能的机缘与物事刺破着我们遗忘的假象，让那些我们曾经遗忘的历史，那些或者是杀气腾腾、狰狞可怖（《北门口预言》），或者是别含隐曲、有待追悔（《暗香》）的社会或者个体生命的历史重新进入我们的生活，重塑着我们的精神与灵魂。"[1]

历史的错误、随时再次启动的记忆机制、另外记忆主体的存在，都使得"过去"面临重写的可能性，变动不居成为历史和记忆的存在形式，写作者和书写行为被赋予了再造精神空间的任务和可能性。

第三节　层叠修改：从文学到自我

新作《修改过程》是书写知青生活经历的《日夜书》之延续，作品中的主人公是中国当代历史上具有重要转折意义的1977级大学生，跟韩少功的人生经历非常贴近。这部小说的主体故事，韩少功在二十年前已经写过八万字，但因为自己不满意而废弃了，最主要的问题是"自恋"，我们可以猜测早期版本更多侧重于知青们的个人生活和精英心态，没有滤去青春怀旧、伤感的气息，是如《日夜书》中类似主人公们"伤疤"式的呈现方式。重新书写和修改则是因为"拉开二十多年的距离，用后事比对前事，才会有新的角度和聚焦"[2]。这也可以看作韩少功对于这一代人和八十年代的反思："有可贵的热情和勇气，但那时的精英心态也害人。有些老哥们甚至永远停留在那里，再没读过什么书，更没多少实践，几个招牌概念一直叽呱到今天，还动不动就怀旧，是挂勋章、上雕塑的那种劲头。"[3]

韩少功反复书写的这一代人的命运总是被时势所拨弄。首先

---

[1]　何言宏、杨霞：《坚持与抵抗：韩少功》，上海人民出版社2005年11月，第186页。

[2]　韩少功、舒晋瑜：《文学是一种必要的危险品》，《中华读书报》2019年2月27日。

[3]　同上。

是被"革命"打断和修改，而恢复高考则是他们生命中的二次"修改"，他们成为中国教育历史上特殊的一届大学生，空前绝后的经历让他们成为最庞杂多样的一个群体。各路大龄青年带着各自的前历史涌入校园，在高考选拔机制的分界线和新时代的召唤下，像一群"野生动物"般走进了一个陌生、崭新和充满幻想的高校社会空间：

> 其中一些还有过红卫兵身份，当年玩过大串联，操过驳壳枪与手榴弹，不是什么省油的灯。相对于应届的娃娃生，他们有的已婚，有的带薪，有的胡子拉碴，有的甚至牙齿和指尖已熏黄，都自居"师叔"或"师姑"，什么事没见过？照有些老师后来的说法，这些大龄生读过生活这本大书，进入中文系，其实再合适不过。让他们挖防空洞、值班扫地、食堂帮厨什么的，也总是高手如云手脚麻利。但在有些管理干部眼里，这些人则是来路不明，背景不清，思想复杂，毛深皮厚，相当于野生动物重新收归家养，让人不能不捏一把汗。[①]

韩少功选择具有"野生动物"属性的 1977 级大学生作为主要叙述对象，能够在意义和区别上满足叙事的幻想和期待。这个人群几乎蕴含着时代发展和历史背囊中所有的秘密、忧伤、理智、傲慢与愚蠢，他们后续人生的跌宕起伏、风景的光怪陆离，他们聚合的短暂与分离的漫长，以至于看起来跟我们置身的时代波浪互相映衬相得益彰。一代人的生活总是有高低贵贱之分，有浮沉变化，有上层与下层的区别，小说的主人公从肖鹏、陆一尘、赵小娟、林欣、楼开富、马湘南到史纤，再现了社会各个阶层的组成，众人生活现状和人生变故的粗略线条让人对那一代人的基本人生状况和台前幕后

---

① 韩少功：《修改过程》，花城出版社 2018 年 11 月，第 12 页。

的社会景深有一个基本了解。

萨义德有一个说法："把一个开端置于追思的时刻，就是要把一种规划的基础置于那个时刻之中，它始终都要经过修正。这种开端必然包含着一种意图，它在后来的时间里要么在总体上或部分地实现了，要么在总体上被看成是失败的。"① 作家肖鹏的小说记录了"野生动物"们被历史和时代修改的人生，正是记录了他们总体性的失败的时代身影，又在外力和主观意识作用下不断修改他们的人生。小说的结尾有一个"附录一"，简略地记录了班级每一个人的生命轨迹，是对小说呈现生活的典型人物法则之修改，那些没有被小说选中的人获得了出场机会。

《修改过程》是一个层层叠叠的"修改"，作家的原作与再次修改，肖鹏对 1977 级人生的记录与修改，附录对于小说主体的修改，作品中人物命运的两种可能性（楼开富人生轨迹中 A、B 线），每一个层次都有其真实和遗漏，正是在各个层次之间的修复和互补中，汇聚成接近哲学意义上真实的历史和记忆。《修改过程》在同一代人心灵、思想的反映上不如《日夜书》深刻，但却提供了"修改"这一最具当代社会和文学气质的隐喻。作家作为修改行为的主动者，在与文本、文学体制、历史、现实的角力关系中，不断投射自己的思考和内心波澜，试图以之沟通整合建国七十年的社会实践和文学写作，探索什么是这个时代应有的"作者"意识和"文学"的图景。

《修改过程》几乎涉及了这一代人大部分人物形象，但缺少韩少功本人这种实践型的人物类型。韩少功在当代文学作家中，还有一个更为突出的标志，始终保持了理想主义和实践者行动者的本色，是自我生活的修改者。1987 年，韩少功放弃湖南的社会地位和熟悉的生活，去海南寻找"南方的自由"，这是一次正常人生的

① ［美］爱德华·萨义德著，阎嘉译：《论晚期风格：反本质的音乐与文学》，生活·读书·新知三联书店 2009 年 6 月，第 2 页。

重要"修改"，他踌躇满志，"因为建立经济特区，成为一个时代的机遇，它云集商贾，吞纳资财，霓虹彻夜，高楼竞起，成了中国市场经济的一个新的生长点，聚散着现代化的热能和民族的自信"①。"去营建一个精神之岛"的想法不仅使他自己激动，也感染了身边的知识分子好友，张新奇与蒋子丹夫妇、叶蔚林、叶之蓁、徐乃建。韩少功注销了长沙的户口，口袋里带着太太的工作关系、女儿的转学证明及全部存款，就像要去开拓一个新大陆，他把这次生活实践名之为"思考"——"有些人经常需要自甘认输地一次次回归到零，回归到除了思考之外的一无所有——只为守卫心中一个无须告人的梦想。"②

这个梦想具体来说就是建立一个小小的乌托邦组织，在一个有限的角落里，实现关于平等、公正、自由、人权、富裕的人类理想。他和朋友们组织成立了一个公社，即《海南纪实》杂志社，共同签署《海南纪实杂志社公约》，半年内创下了发行量过百万册的奇迹。据孔见先生在《韩少功评传》中记载，"海南公社"主张做一种制度上的尝试，韩少功参考了联合国人权宣言、欧洲人在开往美洲的"五月花"船上签订的《红五月公约》、瑞典的社会主义福利制度等，起草了一份既有共产主义理想色彩，又有资本主义管理规则，又带有行帮习气的大杂烩式的《海南纪实杂志社公约》，建立一种人与人相对平等的劳动股份制，以劳动付出的质量和数量而不是以资本投入的多少为分配的依据。

韩少功认为这是一件比写作更有意思的事情，如果此事能够做成，小说完全可以不写——"作家首先是人，人的概念要优于作家的概念。第一是做人，第二或者第三才是当作家"③。构造一个乌

① 韩少功：《后记》，《海念》，海南出版社1995年6月，第315页。
② 韩少功：《南方的自由》，见廖述务编《韩少功研究资料》，天津人民出版社2008年6月，第88页。
③ 韩少功：《穿行在海岛和山乡之间——答〈深圳商报〉记者、评论家王樽》，《大题小作》，人民文学出版社2008年5月，第146页。

托邦的冲动和行动者身份是对专业主义作家身份的一次超越。1988年10月，《海南纪实》第1期就出版了，而且创下了发行六十万的纪录。它以鲜活的版式风格和特别选题以及不易获得的图片材料，吸引了广大的文化消费者，在社会文化界产生重要影响。《海南纪实》因故停刊后，韩少功主持了《天涯》杂志的改刊，他的许多主张都是一以贯之的，就像对于"作家"身份的认识一样，他始终保持对学院派、专业主义的质疑：《天涯》上凡是有分量的文章，都是眼睛向下看的，都是摆事实讲道理的，以充分的社会调查为基础。"①"我不得不经常警告编辑们不要把刊物办成一般的学报，不要搞成'概念空转'和'逻辑气功'。那些事情也不错，但不是我们应该做的。《天涯》应该让思想尽量实践化和感性化"②。

2000年5月，举家返回汨罗生活又是一种自我的修改行为。早在1986年，韩少功的妻子梁预立女士在为《诱惑》写的"跋"中就提到"悄悄约定一件事"③，即他们会在合适的时间再次返回下乡地湖南汨罗生活。著名作家重返乡村居住生活，在二十世纪九十年代以来当代中国加速城市化的进程中具有明显的话题性。韩少功被多次重复性地问到这一选择背后的隐情、意义和价值，韩少功首先否定了田园牧歌式的文人归隐梦，并把自己返乡生活划分为三个层次。首先，他认为乡村社会提供了一种舒适、自由和健康的生活，汨罗八景峒村，山美水美，基本上没有污染，自己劳动种菜捉虫，拒绝农药。另外，他在此地做过知青，能说当地话，没事的时候去串门，那些农民兄弟很喜欢和他聊天，"在这种闲聊中，作家能够捕捉到最好的生活细节，最亮点的生活闪光"④。第二，乡村提供了一种更健康的现代文明："我希望过一种自然与文明相平衡的生活，

① 韩少功、王尧：《韩少功王尧对话录》，苏州大学出版社2003年11月，第44页。

② 韩少功：《我与〈天涯〉》，《然后》，山东文艺出版社2001年3月，第231页。

③ 韩少功：《诱惑》，湖南文艺出版社1986年7月，第262页。

④ 黄克歧：《韩少功的农家大院》，《文学报》2001年4月12日。

一种体力劳动与脑力劳动相结合的生活，这在乡村就比较方便。在我看来这不是远离现代文明，恰好是追求更健康的现代文明。这也不会导致闭塞，因为现代通信网络可以帮助我们在地球任何一个角落获取大量资讯，而且不了解乡村，不熟悉自然那么多动物、植物、土地、气候，对于都市人来说不也是一种很危险的闭塞？"[1]第三，返回乡村还是一种新的"入世"方式，并由此接通了当代文学的传统，中国当代文学史上的赵树理、周立波和柳青等作家，特别是柳青，都曾这样生活在农村，现在的张承志也经常在西北乡下跑，但他们显然都不是所谓的"出世"，恰恰相反，他们关切底层的人民，正是社会热情的突出体现。[2]

韩少功拒绝承认一般的现代化故事的合理性，以《马桥词典》《暗示》《山南水北》的写作，以汨罗生活作为方法，反观当代中国的边地和中心、语言体制、现代知识机制、城市化进程与人们的精神空间，重新构造了自己的文学世界。韩少功在随笔中多次谈到同年龄的写作者史铁生、张承志，如果我们再去检阅这一代写作者，会发现他们有某种相似性，张承志在1984年走向西海固，史铁生的人生被残疾改写之后，作品中表现出强烈的批判意识和哲学思辨性，韩少功认为"他们的意义在于反抗精神叛卖的黑暗，并被黑暗衬托得更为灿烂。他们的光辉不是因为满身披挂，而是因为非常简单的心诚则灵，立地成佛，说出一些对这个世界诚实的体会。这些圣战者单兵作战，独特的精神空间不可能被跟踪被模仿并且形成所谓文学运动"[3]。这个独特的精神空间的评价同样适用于韩少功。

朱伟有一篇写韩少功的文章，题为《仍有人仰望星空》，阐述了韩少功的独特行动者形象和理想主义，韩少功所仰望的星空，应

① 韩少功、舒晋瑜：《希望知识分子更优秀一些——访作家韩少功》，《中华读书报》2002年9月25日。

② 李静：《韩少功：养鸡种菜写小说》，《北京娱乐信报》2002年9月19日。

③ 韩少功：《灵魂的声音》，《世界》，湖南文艺出版社1996年10月，第31页。

该是一种穿透性的力量，恰如卢卡奇所说："星空就是人们走的和即将要走的路的地图。在星光的朗照之下，道路清晰可辨，那是一切令人感到新奇又让他们觉得熟悉，既险象环生又为他们所掌握。世界虽然广阔无垠，却是他们自己的家园。因为心灵深处燃烧的火焰和头上的璀璨之星辰拥有共同的本性。"[①] 被命运和时代"删改"的经历，主动"逃离"和改写现实生活的冲动，不断衡量着城市与乡村、当代中国前三十年与后四十年、知识分子与知识生产、知识分子与农民（底层）之间的辩证法，以文学和行动不断构造着那个"地图"，重返他们心目中的"家园"。唐小兵在谈"延安文艺"的时候，称其为"反现代的现代先锋派文化运动"，一个核心标志是："艺术由此成为一门富有生产力的技术，艺术家生产的不再是自我或再现外在世界的'作品'，而是直接参与生活、塑造生活的'创作'。"[②] 张承志、韩少功的行为方式，是对大众文艺和延安文艺中的"行动取向"与"生活本身就是艺术"原则的再次借鉴，甚至是对当代文学艺术的某种去魅化，是行动者对艺术的修正，之后张承志几乎放弃了小说写作，韩少功也几乎不信任日益凝固化的小说形式，持续进行写作形式的探索。

在与当代中国社会变迁节奏近乎同步的当代文学写作中，作家的"修改"行为几乎等同于被动的修改，在研究中也被大体放置在意识形态与艺术自律的二元框架中。韩少功对早期作品的主动"修改"，后续作品中"修改"情节，新作中的"修改"隐喻，脱离了与政治意识形态的简单关系，是作家试图构造最大公约数文学空间的努力，也体现了其间的矛盾，打上了当代文学七十年的丰富印记。从修辞、词汇到对历史记忆的思考，再到以个体生命经验对主

① ［匈］卢卡奇著，张亮、吴勇立译：《卢卡奇早期文选》，南京大学出版社 2004 年 1 月，第 26 页。

② 唐小兵：《我们怎样想象历史》，《再解读：大众文艺与意识形态》（增订版），北京大学出版社 2007 年 5 月，第 9 页。

流意识的修改，韩少功为代表的作家以文本和自我实践沟通、模仿历史，他们是历史之子，又是敢于改写历史和自我的人，是当代中国"故事"另类的创造者和书写者，沟通了文学中的社会主义文学传统，打开了当代文学中作者意识探讨的空间。

第三章　翻译：选择性文学传统与塑造"文学"

翻译与写作并重是社会重大转折或者国家开放与交流时期的一个文学特征，"一个社会的性质与它所产生的文学的特征之间不存在单一的关系，而是存在着多种重要的或可能重要的关系，它们似乎是随着实际历史而变化的。既然社会出身确实是以不同的方式与教育机会以及谋生手段（它会影响到作家能否从事他的本行）联系在一起的，那么就可以说这种错综复杂的关系有着永久的重要性，而且显然会部分影响到文学的发展"①。在一个文化自足的社会中，由于文化自信和优越感，对其他文明的观照不会占据重要位置，文明的遭遇、碰撞、冲突、缠斗和互动交错较多存在于实力悬殊的关系中，或者冲决壁垒的全球化的背景之下，而翻译就是文化的旅行，承载着不同文明主体之间凝视与对视微妙的权力关系中。

第一节　传统的接续与流变

具有创造性想象和再现能力的写作者，往往是会在处于权力不等式和约等式的各种文明关系中挑选材料并以此进行建构的主体。回溯中国近代以来的文学历史，民国时期大量的作家在写作的同时

---

① ［英］雷蒙德·威廉斯著，倪伟译：《漫长的革命》，上海人民出版社 2013 年 1 月，第 244 页。

进行翻译工作，创作与翻译并重，近年来传播媒介对民国时期的著名作家、学者几乎都可以冠以"学贯中西"的赞誉之辞，跟当时的社会环境密切相关。在先进／落后的自我认同中，大量作家和学者求学于海外，他们承载着文明和文学新建的重任，借镜西方、日本、俄国甚至东欧诸国，解决"窃火"和"救荒"的当务之急。在这个使命之下，翻译作为创作的前瞻与先锋，集结了作家／译者的教育阅历、创作需要、经济利益、文化追求，还有个人旨趣和艺术价值等功能。这一阶段的翻译与创作的关系呈现出高度的互文性，"文学翻译与文学创作之间具有亲缘般的密切关系，著译不分家、著译合一成为一种普遍现象"①。一大批作家如鲁迅、周作人、胡适、茅盾、郑振铎、郭沫若、郁达夫、徐志摩、闻一多、林语堂、梁实秋、巴金等，本身又都是翻译家，他们的文学翻译活动与创作活动有着深刻丰富的互动关系，并以此为积淀和契机，生成了"五四"新文化的灿烂和多种思想资源的写作。

从十七年文学到新时期文学初始阶段，许多在文学上赢得关注的作家较多受到苏联文艺的影响。朱静宇在《论中国当代文学中的"俄罗斯情结"》一文中，详细列举了那一时期作家创作在题材选择、主题开拓乃至具体的艺术技巧与形式探索方面与俄罗斯文学的或隐或显的参照关系，基本可以反映当时作家与他者文学的关系。②俄国文学中"现实主义精神""民族性""人民性""时代感"等理念都渗透在当时一批作家的文学追求中，王蒙说："我们这一代中国作家中的许多人，特别是我自己，从不讳言苏联文学的影响。是爱伦堡的《谈谈作家的工作》在五十年代初期诱引我走上写作之途。是安东诺夫的《第一个职务》与纳吉宾的《冬天的橡树》照耀着我的短篇小说创作。是法捷耶夫的《青年近卫军》帮助我去

① 黄焰结：《论民国时期翻译与创作的关系》，《杭州外国语大学学报》2013 年第 6 期。

② 朱静宇：《论中国当代文学中的"俄罗斯情结"》，《当代作家评论》2004 年第 5 期。

挖掘新生活带来的新的精神世界之美。在张洁、蒋子龙、李国文、从维熙、茹志鹃、张贤亮、杜鹏程、王汶石直到铁凝和张承志的作品中，都不难看到苏联文学的影响……这里，与其说是作者一定受到了某部作品的直接启发，不如说是整个苏联文学的思路与情调、氛围的强大影响力在我们身上屡屡开花结果。"[1] 那一代作家在战乱和革命实践中成长，只有很少人完整接受正规的大学教育，作家基本上都是以创作为主，创作与翻译兼具反而是比较少见的个案。茹志鹃在访谈中说："我们是作家，但我们不是学者。因为环境的关系，我们青年时代是在战火中度过，所以像我这个年龄的人当中，学者很少。"[2] 同样的原因也导致了作家兼具翻译身份写作者数量很少。

新时期文学到二十世纪八十年代，由于改革开放走出去和引进来的政治动作，文学译介和自身变革的需求使得文学出现了新旧观念的碰撞。借助世界范围内的现代主义文学，中国文学经历了一次重要的内部意识的变革，以先锋小说为代表的文学意识，突出强调文学形式所暗含的意识形态，打破经验体制和文学工具论，完成最强有力的文学意识形态的颠覆，深度促成了"文学"和"政治"的分离，"让文学回到文学自身"成为作家们的集体意识。这一文学变革的本质是"通过建构'20世纪'（现代主义）对'19世纪'（现实主义）的超越和否定，并具体地通过对西方现代主义文学大师的'遗产'的接续，完成了一种'文学共同体'的想象和实践……先锋小说家通过与西方现代主义文学的对话、学习，而将自己结构进一种悬浮于当代文学历史语境的文学传统之中"[3]。在这个过程中，经常被提及的外国作家几乎形成了影响当代中国作家写作的标准书

---

① 王蒙：《苏联文学的光明梦》，《读书》1993 年第 7 期。

② 罗岗：《"骑手"为什么歌唱"母亲"？》，《文艺争鸣》2016 年第 9 期。

③ 贺桂梅：《先锋小说的知识谱系与意识形态》，《历史与现实之间》，山东文艺出版社 2008 年 1 月，第 95、96 页。

目——卡夫卡、乔伊斯、罗伯－格里耶、萨洛特、约翰·梅勒、福克纳、博尔赫斯、纳博科夫，等等，他们在当代中国整体文学机制运转中塑造和影响了新的文学生产机制。

在以上的历史梳理中可以看到，民国时期与二十世纪八十年代因其所浮潜的中西交汇时刻和再造自我的民族诉求，具有某种相似性。写作与翻译都具有超越纯文学自身的潜在肌理，从而使作家兼具翻译者承担了宏大的精神诉求，而文学本身也呈现了开放、阔大、超越性的气象。八十年代能够在这个意义上兼具作家与翻译身份的大概只有张承志、韩少功两位作家。张承志懂西班牙语、德语、日语，尤其是少数民族语言如蒙古语、哈萨克语、满文等，正是丰富的语言世界让张承志确立了自己情感的参照系，并获得对汉语的重新体认和激情写作。相对温和的韩少功更像一个深思熟虑的学者，在早期写作中已经有意识地为翻译和了解其他文学做准备，积极学习英语，一边写作一边翻译。韩少功及其同龄的这一代作家是在社会主义文学的环境中成长起来的，以实践经验、阅读和个人悟性，响应时代的召唤，亲身参与并创造了新时期文学的繁荣，但在文化素养和知识资源上与"五四"新文化的一代具有天然的差距，后者基本上是一种自我选择，而不仅仅是时代的选择。与二十世纪以来尤其是七十年代、八十年代出生的作家相比，在规范性专业性上又不占据优势。更年轻的作家中间有许多是写作与翻译并重，登上写作的舞台的，他们大部分是文学专业科班出身，是职业性的翻译家和写作者，写作的风格与自觉诉求与"五四"时期、十七年时期、新时期都有所不同，他们获得了更大的空间和选择的自由，同时也失去了浓烈社会关切的层面，走进纯文学的内部，成为一种译介、知识和写作常态。

第二节　思考、借鉴、尝试，达成契合

　　韩少功陆续翻译过毛姆、多丽丝·莱辛、雷蒙德·卡佛、乔伊斯、斯坦贝克等作家的短篇小说，1987 年与姐姐韩刚一起翻译了米兰·昆德拉的《生命中不能承受之轻》，1994 年翻译雷蒙德·卡佛的《他们不是你丈夫》，1999 年 1 月翻译佩索阿的《惶然录》。这些在当代中国作家的影响谱系中或热门或冷僻的作家，在韩少功并不丰厚的翻译事业中有偶然性因素的引发，也是一种有意识的选择和传统的创造。其中有对"五四"以来作家兼具翻译家创作传统的自觉接续，有对社会主义时期世界图景想象的自然承担，也有个人文学专业空间的自我开拓和探索，综合几种因素，写作兼翻译成为一个作家内在的精神图景，它所承载的空间要略大于"文学"本身。写作与翻译兼具无法成为衡量一个作家写作水平的尺度，但它却是一个理解他们的角度。翻译与写作的互动，翻译作为一种选择性文学传统的建构，不仅仅为文学带来有效的借鉴，还带来知识、视野和新的写作可能。

　　1980 年，全国高校出现学潮，韩少功就读的湖南师范学院也卷入其中，深度参与协调和对话的韩少功在灵魂上被上了一课。运动内部的黑暗令他极为失落，知识分子的表现和素质让作家极度悲观，他亲眼目睹了民主转瞬间转向专制，这对他造成了心灵上的震惊体验。另一方面，人性的黑暗与脆弱让他非常惊讶，动摇与背叛、推卸责任与密告举报在运动中都表现出来。事件的具体影响是，韩少功从宏观和微观两个角度开始思考中国国民性和人性的问题，也是前一个创作阶段出现转折的临界点。韩少功说 1980 年的学潮是他文学观念转变的契机，在此之前他所有的文学活动多少都带有政治活动和改革宣传的意识，1980 年以后的创作在故事、时代主题之外都有人性挖掘的意图，比如《癌》《西望茅草地》《飞过蓝

天》《远方的树》《爸爸爸》《女女女》《蓝盖子》等，现实经历和在写作中不断唤起的"文革"、知青时代记忆拓展和逾越了早期写作的社会和人性图景。

新的感知需要新的形式。1980 年 7 月韩少功写了一篇反思语言形式的文章《学生腔》[①]，参考比照的对象是阅读和翻译的英语文学，形成了对于汉语言节奏、句式、词汇等表达方式的观照和重新认识：通常人们"一句话"只能说十个字左右，至多也超不过十五个字。中国古代有四言、五言、七言诗，即使形式自由的"古风"，长句也很少有超越十个字的。这就是受语言习惯限制的一例。外语的情况当然有所不同。英语中的连词使用得特别多，还有关系代词、疑问代词、连接副词等等也起到连词的作用。大量使用连接词，借连接词处理语气停顿，使英语中出现了很多长句。亦步亦趋的翻译，生吞活剥的模仿，使不少作者养成了写欧式长句的习惯，不仅增加阅读的困难，而且过多的状语和定语很容易淹没中心词，淹没事物的主要特征，让读者反而不得要领。

韩少功此时已经开始思考中国本土的语言习惯、表达方式对呈现生活的差异和优越性，他参照了中国古代语言表达方式和本土的表达习惯。认识首先来自与文学中欧式长句表达的对比。八十年代参与过大量文学活动和组稿的《人民文学》编辑朱伟回忆，这一时期韩少功到北京，经常由他陪着到外文书店买原版书，当时韩少功已经有意识地去眺望他国的文学世界，并开始少量的文学翻译，《学生腔》对当时文学界语言的关注和反思应该跟这一阶段阅读外国文学和文学态势有关。1980 年前后，当代小说写作领域出现了现代派的写作方式，欧式长句是第一个直接的结果，韩少功认为长句阻碍表达，又影响读者接受，成为他当时小说写作遇到的一个具体问题——如何创造一种具有自我主体性的语言去应对中国的生活世

---

① 韩少功：《熟悉的陌生人》，上海文艺出版社 2017 年 8 月，第 281 页。

界。在第一本小说集《月兰》的后记中，韩少功说自己特别关注西方现代派文学，并尝试借鉴他们的方式去写作，比如《回声》的创作中有意识地使用了意识流的表达方式。1985年6月《爸爸爸》横空出世的时候，文学界在"寻根文学"的讨论热潮中，大部分人的关注点依然聚焦在作品的文化意义，比如巫楚文化、寓言性质、国民性批判等，很少有人去关注其语言的自觉性。对比韩少功早期作品中的语言风格会发现，《爸爸爸》的语言紧实干练、口语化，以短句为主，杂糅其间的地方色彩、本土哲学和生活意象，组合达到了一种成熟的文学形态。作家李洱说："当我读到韩少功《爸爸爸》的时候，我甚至觉得它比《百年孤独》还要好看，那是因为韩少功的句子很短，速度很慢，掺杂了东方的智慧。可能正是由于这个原因，当时有些最激进的批评家甚至认为《爸爸爸》可以与《百年孤独》比肩，如果稍矮了一头，那也只是因为《爸爸爸》是个中篇小说。"① 八十年代初期，韩少功在时代转变和生活的历练中对人的非理性、阴暗、模糊意识有了深刻的感知，他自觉借鉴西方现代文学和拉美文学的表达方式，加之对中国古典文学和地方文化资源的重新发现，寻找一种语言方式来应对重新展开的社会和心灵图景，在阅读翻译、写作实践和现实体验中酝酿发酵，并逐渐形成一种形式上的合力。

1984年1月，韩少功翻译毛姆的《故乡》，刊于《文学月报》第4期，小说讲述的是一间乡绅宅第中发生的故事，乔治一家欢乐、勤劳、和善，一家人生活在完满和谐的秩序中。米道斯老太太年轻的时候在丈夫乔治和他弟弟汤姆之间选择了乔治，汤姆因此渡海而去。现在流浪者耄耋之年从海外归来，给日常的生活秩序带来了一丝异样，"我"跟乔治·米道斯一家一起见证了汤姆归家这一天的兴奋、紧张、好奇和亲密，然后故事戛然而止，第二天汤姆死了。

---

① 李洱：《它来到我们中间寻找骑手》，《山西文学》2009年第3期。

老太太说，实际上这一生，她从没有把握说嫁对了那一位。1986 年11 月翻译英国作家罗德·戴尔的《通天之路》，也是一个市井人情故事：一对老夫妻之间的心理暗战。害怕迟到的妻子被丈夫在搭乘飞机关键点上反复折磨，终于一气之下自己先走了，等她在国外盘桓数日到家，种种迹象表明丈夫可能已经死亡。这两篇小说都是短篇小说，故事比较简单但情绪饱满，人物的心理经验是小说最重要的叙事动力，是生活本身延展出来的家庭内部的故事。人物的情感起伏比较大，或者隐藏着巨大的情绪波动，但都是以比较节制和平静的语气讲述出来的。这两部短篇都收入 1987 年 5 月与韩刚一起出版的《命运五部曲》，由上海文化出版社发行，第一次印刷三十八万六千册。这本短篇小说集是英国爱德华·阿诺德出版公司 1980 年出版的，在英国多次重印。照编者按的说法，编者亚历克斯·艾德肯思与马克·沙克尔顿两位先生的目的只是给学习英语的人提供一些英语学习资料，介绍一些英美等国著名作家的语言特点、写作技巧以及他们所代表的不同文学流派，从而提高读者对英语文学的鉴赏力。编者和译者都是独具匠心，他们所着力强调的是这些作家放在一起的整体合力，按人一生的时空顺序，编选了五个有代表性的主题：阅世、发现、冲突、障碍、回顾。每个主题下的一组小说，都由感知方式、思维观点、情绪流向和风格手法完全不同的两篇组成。"读者不仅能在尺幅之内做一次人生的旅行，而且通过这五组逆向互补的小说，看到心理视觉，性格构成，多种命运结局，乃至社会阶层、伦理、观念、写作技巧和不同文学流派特色的多方面对比，从而获得对人生更完善的认识。"[1] 这本小册子是韩少功倡导多视角文学的一个尝试，是在多元、多样、多律、多参照系的世界中，"导向大解放和大繁荣的一个路标"[2]。

---

① ［英］多丽丝·莱辛等著，韩刚、韩少功译：《命运五部曲》，上海文化出版社1987 年 5 月，第 1 页。

② ［英］多丽丝·莱辛等著，韩刚、韩少功译：《命运五部曲》，上海文化出版社1987 年 5 月，第 2 页。

这本小册子中所涉及的作家几乎都是欧美知名作家，多丽丝·莱辛、卡佛、毛姆、乔伊斯、斯坦贝克都是后来在中国被广泛译介的作家，比如多丽丝·莱辛2007年获得诺贝尔文学奖，在中国引起过短暂的热潮和重新阅读；卡佛2006年在中国出版《当我们谈论爱情时，我们在谈什么》以后，成为中国当代文学青年的标准配置之一，七十年代以后出生的作家几乎都在谈论卡佛的极简主义写作。整体上看，五牵小说的叙事语调、处理题材的方式和志趣追求几乎都有一种精致化的倾向，文学的标准和定义固然多元，但显然它们更加着力在以家庭、自我为主要故事空间的人性和生活，想象与记忆摇摆纠结，情绪迷离而难以捕捉，而作家们以极大的耐心给予这些情感以注视与书写。作品的质地、语调和生活经验的处理上，跟1985年前后中国社会的整体需求和文学标准有很大隔膜，1985年前后的中国文学在激进地寻找强烈情绪的承载形式，这个形式不仅仅能够突出显耀的"个人"，也要有政治、文化和中国这些宏大客体的倒影。多年以后，韩少功在接受采访时说："读过毛姆、莱辛、福克纳、卡佛等英语作家，不过对自己的写作好像没有多少直接的作用。"[①] 所谓直接的作用应该是打开思路或者对处于迷茫和探求中的写作者有一种外来的刺激，《命运五部曲》中的作品都过于温软和精致，从当时广博的"人生"倾向走向了"人性"的幽深，而这些日后成为中国作家必读书目的作家作品只是韩少功早期翻译的尝试，可能在语言上有一种启发和对比，但并没有与韩少功个人中国经验和情感表达冲撞出火花。韩少功作品始终在寻求与公共性生活的连接，而对生活的日常性和细节的组合、内心情绪并不十分热衷，由此也可以看出韩少功与更年轻一代作家之间的审美和情感上的区别。

作家翻译与创作的关系，不仅仅是影响与接受，它的多样性存

---

① 舒晋瑜、韩少功：《好小说要"始于情感，终于人物"》，《中华读书报》2016年10月26日。

在影响到其他环节，比如对文学现象可能有另外的理解思路，大家谈到"寻根文学"的思想资源和文学借鉴，往往轻易地跟拉丁美洲和马尔克斯的《百年孤独》联系在一起，很少有人从其他地区和作家资源去阐述。比如对张承志的"寻根"来说，除了知青经验和学术研究的领域之外，可能跟对边地感兴趣的梅里美关系更大；有时候被归入"寻根"作品的《我遥远的清平湾》，史铁生在写作的时候效法海明威、汪曾祺，找到了知青日常生活在写作中的合理性；韩少功认为苏联作家艾特玛托夫的主题内涵、美国作家海明威的短句型、塞林格《麦田守望者》的嬉皮风格对当时的中国作家造成了很多影响①，而韩少功的"寻根"可能与海明威、毛姆更有直接关系，他谈到西方作家对自己的影响时，特别提到海明威、卡夫卡（卡夫卡的作用在于寓言式的表达方式）。无独有偶，同样被批评家划在"寻根派"的李杭育，也特别推崇海明威的语言风格。在阅读和翻译中形成的语感使韩少功重新观照自己的语言世界，以湘楚方言的世界去对照英语翻译，并且结合传统文学比如笔记体小说的语言特点，无意中达成了语言上的契合，从而形成了《爸爸爸》比较成熟的语言风格。海明威在二十世纪八十年代的重要性，是一种语言上的穿透性、结构清晰，马尔克斯在阅读《老人与海》之后，甚至抵消了福克纳的影响，"犹如拉响了一根爆破筒"，海明威用简单、清晰的结构和语言把握复杂深邃的现实生活的天才使他获益匪浅，《没有人给他写信的上校》从叙事上可以看出海明威风格的直接影响。② 可见，海明威是那一时期作家们重要的文学传统和借鉴对象，以一种简洁和高度形式化来引燃复杂的不透明的生活世界。而场景现实主义和呈现当代生活需要的是对日常生活的覆盖和粘连，需要的是密集、铺排、醇厚的文风。

文学史叙事一直是被简化和忽略枝节的，它们隐藏着二十世纪

---

① 王尧：《1985 年"小说革命"前后的时空》，《当代作家评论》2004 年第 1 期。
② 格非：《褐色鸟群》，人民文学出版社 2016 年 3 月，第 203 页。

八十年代文学写作的多种个人隐秘的痕迹，以及被抻扯出来的走向某种共同经验和情感结构的路线。毛姆的主要作品在八十年代大都被翻译成了中文，1981 年外国文学出版社出版了傅惟慈译的《月亮和六便士》一书，1982 年上海译文出版社推出了周煦良译的《刀锋》，毛姆的代表作《人生的枷锁》1983 年在国内发行，初入文坛并开始大量阅读的韩少功由此接触到毛姆，对于外国文学的熟悉和翻译，使得当时并非大热门的毛姆成为他写作和思考的一个参照。在《文学的"根"》中，韩少功提到："小说《月亮与六便士》中写了一个画家，属现代派，但他真诚地推崇提香等古典派画家，很少提及现代派的同事。他后来逃离了繁华都市，到土著野民所在的丛林里，长年隐没，含辛茹苦，最终在原始文化中找到了现代艺术的营养，创造了杰作。这就是后来横空出世的高更。"① 韩少功 1983 年创作的《远方的树》，已经体现出对与城市、主流价值相区别的"边地"和"根"的追索意识，小说中知青出身的画家田家驹在精神危机中，逃往插队落户之地，对于画家圈子里人们开口凡高、莫奈、马蒂斯，闭口流派、主义、新探索非常厌倦。在重回故地后，大地让他找到了继续画画的冲动，那里有大地的"苦难和欢乐，燃烧着绿色的火炬，有大地的血液和思绪，倾吐着大地的激动"②。《远方的树》中画家田家驹跟其他知青形象相比，在内心挖掘上更进了一层，也是由于中国当代的现实对于毛姆式小说的一个改造，田家驹不仅仅是一个理想遇挫困而返乡的知青和寻求突破的艺术家，他还是一个外在视角，形成了对本地生活的审视，当年的知青好友、同样优秀的青年、选择留守的刘老师在他的观照下裸露出生活的寒碜感，他们难以在精神上交流。"寻根"和大地美学是一个突兀的答案，中间有重大的缝隙和空白，大地和乡村已经暴露出自身的问题，无法获得新知识和生命活力。文学语言上的借鉴和对地

---

① 韩少功：《文学的"根"》，《作家》1985 年第 4 期。

② 韩少功：《远方的树》，《人民文学》1983 年第 5 期。

方性知识、偏远之地经验的重新认识，在一种更宽阔的文学世界中寻找表达人性的文学方式，这是韩少功初期文学翻译和借鉴对自己创作的主要价值。

第三节　为什么是米兰·昆德拉

韩少功还把语言的"异邦"及其背后的社会生活当作一个重要的现实参照系，是他思考和观照当代中国生活和精神的一个维度。1982 年 7 月韩少功从湖南师范学院毕业，毕业后经常回母校补习英语和中国古典文学。当时在外语系执教的谢少波，定期为韩少功私下辅导，两个人在杂乱破旧的教工宿舍楼里醉心于英文诗歌和小说。1983 年开始与美国人彼尔交往，彼尔当时在湖南医学院教书——"我想练练英语口语，而他更爱讲中文，屡次压下我的英文表现欲。他用中文对'清除精神污染'发牢骚，用中文讨论中国的'文革'和庄子。"[1] 他们的交流包括财富、知识和自由的两重性，思想专制与思想家的产生等问题，通过彼尔，韩少功对美国人（西方世界）有了具体的感知，也呈现出彼此的认知差异，这些韩少功都详细地记述在 1986 年的美国游记《美国佬彼尔》中。在彼尔的陪同下，韩少功对于美国社会从公共生活到私人生活有了一个大致了解，对于美国社会的发展和成就非常震惊，又留意到新一代美国人（彼尔弟弟）的迷茫。外语或者外国人对于韩少功来说是一扇窗户，它承载着对另外一种制度和人类的观察。韩少功的"世界"视野是这一代共和国同龄人被历史赋予的"责任"，韩少功和他早慧而愿意思考的同龄人在知青生活中，大量阅读中外文学、哲学、社会学名著，那个时代的青年人有一种心怀天下的理论热情，比如韩

---

① 武新军、王松锋：《韩少功年谱》，中国社会科学出版社 2017 年 4 月，第 47 页。

少功当时非常钦佩的知青杨小凯讨论的"中国往何处去"这样的大问题。韩少功多次谈到他们当时阅读的是吉拉斯的《新阶级》，并同时被格瓦拉的理想主义所鼓荡："格瓦拉是左的形象，吉拉斯是右的形象，但都是青年人心中的偶像。当年这个水库下面就有几个知青点，住着我的同学。大雪封山的时候，农活不好干，我们走几十里路来这里串门，一边烤火一边谈什么？就是谈世界革命和马克思，谈巴黎公社。"[①] 韩少功的"世界"视野和"文革"期间的独特经验和思考，使得他对世界文学的关注必然要超越文学具体的语言和形式，他对《生命中不能承受之轻》的翻译与这种个人经验和一代人宏大思考倾向息息相关。

1986年8月23日至9月23日韩少功参加美国新闻署"国际访问者计划"，第一次出国访问，访问期间正值《生命中不能承受之轻》热销美国和欧洲，《华盛顿邮报》盛赞这本小说是二十世纪最伟大的小说之一，昆德拉是在世的最伟大的和最有趣的小说家之一。稍后，当时驻华大使夫人、同为作家的包柏漪送给韩少功这部小说的英译本。韩少功曾经向多家出版社推荐此书，但由于当时昆德拉在国内尚处于无名状态，鲜有译者和出版社关注，韩少功只好自己上阵，与在大学里执教英文的姐姐韩刚合译此书。几经曲折，1989年此书获准公开发行，第一年发行了七十万册。[②]

为什么是米兰·昆德拉？翻译理论研究家勒菲弗尔说："我们把一篇作品翻译出来，实际上是要借助它的权威性（invoke the authority）来推动一些本国文学自身所不能产生的改变。"[③] 早在1985年，美籍华裔学者李欧梵就撰文《世界文学的两个见证：南美和东欧文学对中国现当代文学的启发》，呼吁中国作家和读者注意南美、东欧和非洲文学，特别强调了米兰·昆德拉的小说，他独特

---

① 韩少功、何平：《作为思想者的作家》，《花城》杂志微信公众号2018年5月31日。

② 杨敏：《米兰·昆德拉如何进入中国》，《中国新闻周刊》2013年第14期。

③ 王宏志：《翻译与文学之间》，南京大学出版社2011年2月，第149页。

的东欧历史和经验，小说的音乐性形式、散文体，重复性共时性的结构，幽默的自嘲语调，随意进出的叙事者等，都可以给当时偏重诉苦和眼泪的文学写作带来启发。

文学上的相遇与触动有一些偶然因素，韩少功访问美国，正值此书在欧美世界获得火热反响之时，在当时的冷战背景下，昆德拉的民族历史、政治立场和成长经历带来西方读者广泛而热烈的接受效应。昆德拉对斯大林主义的控诉，被捷克共产党开除党籍、取消国籍等文学外的因素亦起到了先入为主"刻奇"的作用。除此之外，昆德拉的小说在西方世界几乎赢得了各个方面的好评，作品内容与艺术方式的契合所产生的文学表现力带来了新异的磁场，字典体、散文体和重与轻的哲学思辨，以及对于当代政治和人类处境的深层次思考，都给日渐平庸的欧美文学带来一种崭新的话语冲击。弱小民族作家在政治灾难和人性困境中所表现出来的一种文学承担，"伤痕并不是特别重要，入侵事件充其量是个虚淡的背景。在背景中凸现出来的是人，是对人性中一切隐秘层面的无情剖示。在他那里，迫害者与被迫害者同样晃动灰色发浪并用长长的食指威胁听众，美国参议员和布拉格检阅台上的共产党官员同样露出媚俗的微笑，欧美上流明星进军柬埔寨与效忠苏联入侵当局的强制游行同样是闹剧一场"[1]。昆德拉通过作品所申明的是"媚俗"的文明病，以作态取悦大众的行为，是人类心灵的普遍弱点，他甚至指出艺术中的现代主义在眼下几乎也变成了一种新的时髦和媚俗。昆德拉的这部小说几乎确立了一种写作的标杆，对于当时国内政治化的"伤痕文学"写作方式来说是清新剂——"哲学的贫困和审美的粗劣，使它们哪怕在今天的书架上就已经黯然失色。"[2]

另外，昆德拉身后是东欧文学的背景。"东欧位于西欧与苏联之间，是连接两大文化的接合部。那里的作家东望十月革命的故乡

---

① 韩少功：《米兰·昆德拉之轻》，《世界》，湖南文艺出版社 1996 年 10 月，第 103 页。
② 同上。

彼得堡，西眺现代艺术的大本营巴黎，经受激烈而复杂的双向文化冲击。同中国人一样，他们也经历了社会主义发展的曲折道路，面临今后历史走向的严峻选择。"[1]民国时期鲁迅和周作人译述的《域外小说集》早就介绍过一些东欧作家，给了他们非常高的地位，裴多菲、显克微支、密茨凯维支等东欧作家也早已进入了中国文学的视野。东欧文学中所表现出来的惶惑与沉思，相对于西方的现实主义、现代派文学来说，指向的是人类的纷繁生活表象之下的精神难题，具有更高的创造性。《生命中不能承受之轻》的翻译是一种艺术原则的引介。第三人称叙事中介入第一人称"我"的大篇议论，使它成为理论与文学的结合，杂谈与故事的结合；而且还是虚构与纪实的结合，梦幻与现实的结合，现代主义先锋技巧与现实主义传统手法的结合。在捷克文学传统中，诗歌和散文的成就比小说更为显著，昆德拉继承发展了散文笔法，使用的是近似于罗兰·巴特的"片段体"，把小说写得又像散文又像理论随笔，整部小说像小品连缀，举重若轻，避繁就简，信手拈来一些寻常小事，轻巧勾画出东西方社会的形形色色，折射出从捷克到柬埔寨、到美国的宽广历史背景。韩少功总结有两点值得注意：一是他并不着力于（或许是并不擅长）传统的实写白描，在英译本中未看到那种在情节构设、对话个性化、场景气氛铺染等方面的深厚功底和良苦心机，而这些是不少中国作家经常表现出来的。"用轻捷线条捕捉凝重的感受，用轻松文体开掘沉重的主题，也许这形成了昆德拉小说中又一组轻与重的对比，契合了爱森斯坦（Sergei Eisenstein）电影理论中内容与形式必须对立冲突的张力（tension。或译：紧张）说"[2]。第二个是哲理小说。"现代作家中，不管是肢解艺术还是丰富艺术，萨特、博尔赫斯、卡尔维诺、昆德拉等又推出了一批色彩各异的哲理小说或哲理戏剧。也许昆德拉本就无意潜入纯艺术之宫，也许他的

---

① 韩少功：《米兰·昆德拉之轻》，《世界》，湖南文艺出版社 1996 年 10 月，第 100 页。

② 韩少功：《米兰·昆德拉之轻》，《世界》，湖南文艺出版社 1996 年 10 月，第 107 页。

兴奋点和用力点，在艺术之外还有思想和理论的开阔地。"①《生命中不能承受之轻》所辐射的内容从政治到哲学，从强权批判走向人性批判，从捷克到人类，从现实到永恒，之间的过渡只有强大的思辨性和哲理小说才能实现，这在当代中国文学中也是比较稀缺的文学形式。

二十世纪八十年代中期开始，当时的主流叙事方式有两种，一种是占据文学主流位置的现代主义（先锋派），另一种是参与性的现实主义，审视历史和记忆，记录和表现时代的主流变化和暗潮涌动。贺桂梅详细解读了先锋小说家们的阅读书目，包括卡夫卡、纳博科夫、罗伯-格里耶、博尔赫斯、加西亚·马尔克斯、普鲁斯特、雷蒙德·卡佛等，"在这一代作家的阅读中，'20世纪'的现代主义大师构成了作家们的'阅读启示录'序列，成为他们的'文学传统'，学习并精通叙事技巧，先锋作家们把自己纳入了由西方现代主义大师构造的'传统'中，他们同时也被这种文学的知识谱系所构造"②。被构造的一个突出表现即是对当代中国社会的历史和现实失去开掘的能力，"先锋小说家通过与西方现代主义文学的对话、学习，而将自己结构进一种悬浮于当代文学历史语境的文学传统之中。如果说他们所书写的'现实'呈现为'时间和地点的缺席'的话，那或许是一种'西方主义'的症候式表达。在某种意义上可以说，先锋小说意味着中国当代文学的'纯文学'诉求的完成，也意味着文学与社会现实之间形成的互动关联的纽带被成功地剪断"③。而另一些现实主义写作方式，则因其审美窠臼和疲劳，而无法满足文学界知识更新的需要，即使像路遥这样的作家，具有广泛的读者基础，却从发表、出版到业界评价几乎都遇到困难，当代文学史上的现象级作品《平凡的世界》，以篇名为关键词，在中国知网检索

---

① 韩少功：《米兰·昆德拉之轻》，《世界》，湖南文艺出版社1996年10月，第107页。
② 贺桂梅：《先锋小说的知识谱系与意识形态》，《文艺研究》2005年第10期。
③ 同上。

系统查询，会发现在整个八十年代，有关《平凡的世界》的学术文章只有五篇，相比进入新世纪后每年保持着十篇以上的研究态势①，冷热两重天。一方面是《人生》珠玉在前，《平凡的世界》延续了既有的主题和表达方式；另一方面世变时移，彼时的文学标准、概念正在经历嬗变，各种文学的新思潮一波未平一波又起，"文学评论界几乎一窝蜂地用广告的方法扬起漫天黄尘从而笼罩了整个文学界"②。整个八十年代的文学，在各种文学思潮洗礼之后，即使是现实主义表现方式也发生了转变，陈忠实的《白鹿原》已经自觉地师从年轻一代的写作方式。时代的转折和蜕变正在进行，对于文学的认识和未来自然也有着不同的选择，恰如路遥内心的疑问："当历史要求我们拔腿走向新生活的彼岸时，我们对生活过的'老土地'是珍惜地告别还是无情地斩断？"③

昆德拉作品的被发现和被翻译首先可以看作彼时彼地韩少功的一个创造性选择，是在当下语境中对另一种文学"规则"的寻找，既是现代主义的又是现实主义的，是斩断中的回望，是审美上的混合和体裁、视域的融合。从接受的角度来讲，知识分子生命体验和精神阅历上的接近和艺术形式上的创新是昆德拉被选择的原因，他也成为当时中国文学可能的第三条道路，既表现所处的时代，又反抗所处的时代和美学，并试图前进一步。昆德拉把西方小说史或欧洲小说史划分为三种形态④：以拉伯雷、塞万提斯等人的小说为代表的"上半时"，以巴尔扎克、普鲁斯特等人的小说为代表的"下半时"，以及以卡夫卡、布洛赫等人的小说为代表的"第三时"。"上半时"小说文体自由，属于小说的原生态；"下半时"小说文体

---

① 详细情况可参见侯芊慧：《〈平凡的世界〉接受过程中的"两极化"现象》，湖北大学硕士论文未刊版。

② 路遥：《早晨从中午开始》，西北大学出版社 1992 年 12 月，第 12 页。

③ 路遥：《早晨从中午开始》，西北大学出版社 1992 年 12 月，第 32 页。

④ ［法］米兰·昆德拉著，孟湄译：《被背叛的遗嘱》，牛津大学出版社、上海人民出版社 1995 年 12 月，第 68 页。

固化，呈现出程式化特征；而"第三时"小说是对"下半时"小说的反拨和对"上半时"小说的复归。昆德拉主张为"上半时"小说原则恢复名誉，重新确定并扩大小说的定义，要与十九世纪小说美学所做的缩小小说的定义唱一个反调，要将小说的全部历史经验作为小说定义的基础，昆德拉的文学观念暗合了八十年代中国文学的观念分歧和岔路口选择，即是"第三时"小说的融汇古今、打通现代与传统壁垒的美学。

雷蒙德·威廉斯说："特定的文化有着对现实的特定描述，拥有不同规则的文化创造了它们自己的世界，即其传承人平时所经验的那个世界，在此意义上说，对现实的描述也就是创造，然而，进一步说，不仅是不同文化之间存在着变异，而且负有这些特定文化规则的个人也能够改变、扩充规则，引入新的或是修改过的规则，这样就能体验到一种延伸的或是不同的现实。"[①] 翻译和介绍其他文化中的作品和表现方式，即是改变扩充规则。歌德把不同民族之间的翻译分为三个阶段，第一个是介绍思想、观念、精神，然后是译作与原作一致，第三个是取代或者是超越，韩少功对昆德拉的翻译应该是第一种意义上的翻译，而许钧的重新翻译则是第二种，昆德拉与英文翻译交恶，导致对由此而来的中文翻译的不信任，而许钧是从法文翻译而来，更能获得昆德拉的认可。但在文化传播意义上，韩少功的翻译是创造和引进了一种文学规则，并且由此延伸和锻造了中国文学中的现实感，这是作家有意识的传统选择，也是从当代中国"文革"刚刚走出的历史时势使然。翻译作品对于作家来说，是一种选择，也是一种解释，以选择和创造而形成新的文化传统，文化传统可以被看作对前人所做的一种持续不断的选择和再选择。有一些路线会被勾画出来，顺势延续，然后随着新的发展阶段的突现，这些路线又会被取消或是被削弱。"选择性传统的现状有

---

① ［英］雷蒙德·威廉斯著，倪伟译：《漫长的革命》，上海人民出版社 2013 年 1 月，第 28 页。

着至关重要的意义，因为事实上这一传统的某些变化——建立与以往的路线并存的新路线，破坏或是重新勾画现有的路线——常常就是一种激进的当代变革。"①

如果说《马桥词典》借鉴了昆德拉的字典体、说理与随笔的形式，那么《日夜书》则延续了《生命中不能承受之轻》所形成的对公共政治生活的再现与反思。昆德拉认为小说家是存在的勘探者，小说的写作目的就是抓住自我对存在的深思。小说考察的不是现实，而是存在，存在不是既成的东西，它是"人类可能性的领域，使人可能成为的一切，使人可能的一切"。对于现实世界，昆德拉持悲观态度，生活是一张没有什么目的的草图，最终也不会成为一幅图画，人们未经请求就被生下来，封闭在从未选择的躯壳里，一体化的世界则杜绝了人们逃遁的可能性。就像画画，表面上总是一个无懈可击的现实主义世界，可是在下面，在有裂缝的景幕后面，隐藏着不同的东西，神秘而又抽象的东西。《生命中不能承受之轻》里面的四个主要人物托马斯、特蕾莎、萨宾娜、弗兰茨，都是关于"存在"的实验性编码，他们像不同的音符，错落有致地对应着人类生活的根本性精神状况，比如托马斯、特蕾莎关于轻与重的对峙，他们两个人都在叩问存在的意义。《日夜书》《革命后记》中有公共政治和生存问题的思考，也有怀疑和反讽，对过去的时代和历史重新进行排列组合式的沙盘演练。《革命后记》是当代文学中少有的哲思写作，也就是昆德拉所说的："非系统化的；无纪律的；它与尼采的思想相接近；它是实验性的；它将所有包围我们的思想体系冲出缺口；它研究（尤其通过人物）反思所有的道路，努力走到它们每一条的尽头。"②

① ［英］雷蒙德·威廉斯著，倪伟译：《漫长的革命》，上海人民出版社 2013 年 1 月，第 61 页。

② ［法］米兰·昆德拉著，孟湄译：《被背叛的遗嘱》，牛津大学出版社、上海人民出版社 1995 年 12 月，第 162 页。

韩少功对昆德拉的思考与表达并不满足，他认为昆德拉对"轻"与"重"的思考过于玄奥和勉强，还有关注"存在"的现象学时髦，昆德拉其实也不必去赶。朱伟在这个问题上跟韩少功认识是一致的，他认为"韩少功跳过了西方存在主义，批判现实主义与楚辞源流续上，魔幻荒诞"①。学者景凯旋也对昆德拉后期的存在主义十分不满："当昆德拉的早期题材表现的是政治生活时，他对绝对真理的反讽是深刻的，但当他的后期题材转到存在领域，他仍然坚持对一切价值判断的反讽，结果反而放弃了对人的心灵世界的探索。"②正是在存在主义的认识上，可能代表了中国作家与昆德拉的一种分歧，于是也限制了昆德拉式写作本土化的可能性。存在主义是对个人生活和精神世界的淬炼，几乎先天性地在中国作家写作中存在空缺。大部分当代作品都在做出判断或者推进故事，而缺少停滞期的文学凝视（存在主义式样的书写和透视）和以轻盈穿透现实的智性书写。米兰·昆德拉在《小说的艺术》中一再提到塞万提斯的小说观念，强调小说的精神是其复杂性。"每部小说都在告诉读者：'事情要比你想象的复杂。'这是小说永恒的真理，但在那些先于问题并派出问题的简单而快捷的回答的喧闹中，这一真理越来越让人无法听到。对我们的时代精神来说，或者安娜是对的，或者卡列宁是对的，而塞万提斯告诉我们的有关认知的困难性以及真理的不可把握性的古老智慧，在时代精神看来，是多余的，无用的。"③韩少功把小说应该处理和达成的这部分使命转移到散文随笔的写作中，比如《世界》《精神的白天与黑夜》《革命后记》等作品即是以理性思维处理人性、社会的复杂性。韩少功耽实的文风与理性的思考中间恰恰缺少一种"存在主义"式的情感表达、细节凝聚

① 朱伟：《重读八十年代》，中信出版社 2018 年 6 月，第 58 页。
② 景凯旋：《在经验与超验之间》，东方出版社 2018 年 12 月，第 206 页。
③ ［法］米兰·昆德拉著，董强译：《小说的艺术》，上海译文出版社 2004 年 8 月，第 24 页。

和生活质感。在历史终结之后，这一部分是人们公共情感的容器，这就可以解释为什么卡佛、门罗等以家庭为主要单位的人类情感和剧情几乎成为主流文学的叙事方式。韩少功的写作几乎天然地缺失了"家庭"这个空间的存在主义表现方式，也使得他的作品缺少现代生活的质感。《女女女》《火花亮在夜空》等小说中的家庭象征意义超越实体价值，公共性、国族、地方、具有明显代际标识的知识分子视角，都天然的是去家庭化的。

第四节　佩索阿：一个心有戚戚者

1996 年韩少功出访荷兰和巴黎，在与国外作家的交流中了解了费尔南多·佩索阿，在巴黎书店购买了作家的三本书，作家智者的犹疑、诚者的审慎，惊心动魄的自我紧张和对峙，"一个人面向全世界的顽强突围"[①]，让韩少功觉得发现了一个心有戚戚者，怦然产生一种心动和感佩。《惶然录》作者佩索阿被西方当代评论家誉为"欧洲现代主义的核心人物"，是最为杰出的经典作家，也是最为动人并能深化人们心灵的写作者。《西方正典》评价佩索阿在幻象创作上超过了博尔赫斯的所有作品，是惠特曼再生，"给'自我''真我'或'我自己'以及'我的灵魂'重新命名的惠特曼，他为三者写了美妙的诗作，另外还以惠特曼之名单独写了一本书"[②]。1996年第 6 期《天涯》初次发表《惶然录》译作二十一个章节，1998 年第 8 期《山花》上发表十四个章节，1999 年结集出版《惶然录》，对原作中内容交叉重叠的地方进行删减，译作所选章节为原作的五

[①] ［葡］费尔南多·佩索阿著，韩少功译：《惶然录》，上海文艺出版社 1999 年 5 月，第 3 页。

[②] ［美］哈罗德·布鲁姆著，江宁康译：《西方正典》，译林出版社 2015 年 10 月，第 339 页。

分之四，计一百一十五个章节。

《惶然录》中对革命者和改革者同样批判："他们缺乏力量来主宰和改变自己对待生活的态度——这是他们的一切，或者缺乏力量来主宰和改变他们自己的生命存在——这几乎是他们的一切。他们逃避到改变他人和改变外部世界的向往中去。革命和改良都是一种逃避，征伐就是一个人没有能力与自己搏斗的证明，改良就是一个人完全无助的证明。如果一个人真正敏感而且有正确的理由，感到要关切世界的邪恶和非义，那么他自然要在这些东西最先显现并且最接近根源的地方，来寻求对它们的纠正，他将要发现，这个地方就是他自己的存在。这个纠正的任务将耗尽他整整一生的时光。"佩索阿并不是怀疑改革与革命，而是直指本质，反对以此为名的形式主义者。佩索阿的写作是向内的，是个人主义的，但与某些劣质个人主义的本质差别在于："后者的个人主义是一种向外贪求，他们因社会运动对个人利欲无法满足或者满足得不够采取嘲笑改革和革命，而佩索阿的个人主义是自我承担，他的怀疑是因为那些运动不能，或者不足以警戒人们的个人利欲。"[1]

佩索阿 1888 年生于里斯本，五岁丧父，母亲再嫁驻南非领事，随母亲到南非居住，1905 年回到里斯本，自此再也没有离开此地。他精通英语、法语、葡萄牙语，没有读过大学，在广告公司任职期间创作了大量的诗歌和散文。另外，他的小小出版社一度成为葡萄牙现代主义文学运动的重要营垒，但他拒绝官方授奖。作为小职员的佩索阿社交有限——"我是个走在他们中间的陌生人，没有人注意我"（《隐者》）。佩索阿安于孤独，在很长的时间里，他除了在深夜独自幻想以外，别无其他生活，一般人无法体会和理解的深深的孤独，激发了他细致入微的观察力以及思想上严格自省的态度，突破了客观存在的世界之束缚，扩张了精神世界，他有意识地分裂自

---

[1] 韩少功：《熟悉的陌生人》，《在后台的后台》，人民文学出版社 2008 年 5 月，第 106 页。

己，变换视角自省和审视，"自觉地承担起对全人类的精神责任"。佩索阿的写作是不及物的及物性，以其个人生活、思考方式、写作方式提供了文学的一种极致形式：文学的思辨性和语言的游戏性，生活如市民，思考如上帝，文学不是叙事的上帝视角，而是上帝般的思考。纵观当代文学的写作者，韩少功激赏的史铁生大概是具有这种气质的作家，把写作与思考置于同途。韩少功在《马桥词典》《暗示》中重新回到对语言的分析和解读，除了昆德拉的影响，也与佩索阿"语言政治"的思考如出一辙——"我没有政治感和社会感。但从某种意义上来说，我有一种渐趋高昂的爱国情感。我的祖国就是葡萄牙语。"韩少功在《我为什么还要写作》一文中说："选择文学实际上就是选择一种精神方向，选择一种生存的方式和态度——这与一个人能否成为作家，能否成为名作家实在没有什么关系。当这个世界已经成为了一个语言的世界，当人们的思想和情感主要靠语言来养育和呈现，语言的写作和解读就已经超越了一切职业。""作为职业的文学可以失败，但语言是我已经找到了的皈依，是我将一次次奔赴的精神家园。"[①]佩索阿的写作所努力的方向无始无终："两个'索阿'没有向我们提供任何终极结论，只是一次次把自己逼向终极性绝境，以亲证人类心灵自我粉碎和自我重建的一个个可能性。"[②]这种写作之哲学思考的维度和精神家园的重建是当代文学两个薄弱的环节，也是韩少功翻译文学时有目的去塑造和创造的方向，重塑一种理想中的文学样式和精神图景。

纵观韩少功的翻译，我们可以看到，他拒绝了当前流行的历史终结之后的"苦咖啡叙事"（阎连科语），对新时期文学特产式的苦难叙事以及后续自然衍生的宏大叙事，他心存疑虑，而移植性特别

---

① 韩少功：《我为什么还要写作》，《世界》，湖南文艺出版社 1996 年 10 月，第 147 页。

② ［葡］费尔南多·佩索阿著，韩少功译：《惶然录》，上海文艺出版社 1999 年 5 月，第 2 页。

强的先锋派在其诞生之初，韩少功就没有太多沉溺。昆德拉和佩索阿以其独特的文本和思维方式，吸引了韩少功的注意，也影响了他本人的创作，从《马桥词典》到《暗示》《山南水北》《革命后记》都能看到这两位作家的影子，他尽力在自己的作品中加入智性思考和超越性的成分，并以此去改造当代中国文学过于写实的风气，完全依靠历史转折的外部动力去结构长篇故事的宏大叙事，创造出了一种穿越臃肿、混杂、繁复现实的文学形式，也重塑了正在形成中的"文学"本身。

　　昆德拉和佩索阿作为远方的他者，提供了烛照中国不透明现实的可能性，固然非常悲观地看，当时即是知音日少，日后也是后无来者，但从传播的角度看，佩索阿对当代诗歌的影响，昆德拉在文艺青年中的风靡，都是未来文学品质的一种准备。韩少功以翻译和创作之组合，创造和探索出了在当代文学中别具一格，又能穿越日常生活和滞重历史的文学形式。

第四章 "寻根"：新的叙事资源及其限制

1979年第4期《上海文学》以"本刊评论员"的名义发表评论，要求文学叙事摆脱国家政治的统辖，以艺术"形式"的名义要求摆脱工具论的束缚，重新回到艺术准则上去。

> 粉碎"四人帮"后，文艺界对阴谋文艺进行了猛烈的鞭挞，揭露了阴谋文艺在政治上的反动性、内容上的虚假和艺术上的拙劣，但是对炮制阴谋文艺的这个理论基础——"文艺是阶级斗争的工具"却从未进行过批判；不仅没有批判，甚至连怀疑都没有提出过。不少同志似乎认为：文艺过去是"四人帮"向党和人民进行反革命的"阶级斗争"的工具，而现在它应该是我们对"四人帮"进行革命的阶级斗争中的工具。……结果，群众对粉碎"四人帮"后的一部分作品的反映是：政治上是反对"四人帮"的，艺术上是模仿"四人帮"的。

作家们也意识到文学政治化阻碍了创作，要解决文学下一步怎么走的问题。冯骥才在一封给刘心武的信中说："我们这辈作家（即所谓在粉碎'四人帮'后出来的一批），大都以写'社会问题'起家的……哪怕我们写的还肤浅、粗糙，存在各种各样明显的缺陷，每一篇作品刊出，即收到雪片一般飞来的热情洋溢的读者来信。"①文学在一定时期可以借助政治和社会问题吸引大众的眼光，但如此并不能掩盖文学自身的肤浅与粗糙。比如当时的"反思文学"，它的历史跨度已不局限于"文革"的十年，而是超越"文革"推及革命历史和整个中国历史的反思，"文化"作为一个关键词就浮出历史地面，当时的思维逻辑就是："（民族的）文化心理正是造成十年浩劫的文化基础"②。韩少功在跟王尧的对话录中谈到自己文学上的改变是因为一些生活中的感受，大学时代参加过学潮，在学潮中他发现，叛逆者和压制者分享了共同的思维结构和文化心理：学生强烈要求首长来接见大家，肯定学潮是"革命行动"；事情刚刚开始，学生内部就开始争官位，排座次，谋划权力的分配，比如说以后团省委和团中央的位置怎么安排。所谓民主派青年的脑子里还是有个"官本位"，"他们所反对的东西，常常是他们正在追求的东西，政治对立的后面有文化上的同根与同构"③。深层文化和民族心理成为文学写作和思考的一个核心和交汇点。

第一节　从文化探源到文学变革

诗人杨炼在《谈诗》这篇短文中说："我们应当思考如何建立中国现代诗歌——亦即如何在我们的思想、艺术中，更鲜明、更有机地体现作为中国文化传统特质性的问题。凡有东方哲学、美学知识者，都会了解我们与西方文化并非互相排斥，而是在不同层次上的互相补充。因此，建立自己的体系，决不简单的是所谓返回'民族化'，其目的恰恰在于通过强调作品的民族特征最终完成人类精

① 冯骥才：《下一步踏向何处？——给刘心武同志的信》，《人民文学》1981年第3期。
② 刘再复：《新时期文学的主潮》，《文汇报》1986年9月8日。
③ 韩少功、王尧：《韩少功王尧对话录》，苏州大学出版社2003年11月，第56页。

神在本质上的交流和统一。"①这一段话可以看作杨炼史诗创作的形式策略和促进人类精神交流的旨归，杨炼的代表诗作《诺日朗》采用四川民歌中"表现"的形式，结构的多样统一，语言的文化象征，意象的神秘、丰富和密集，思维激情与思辨的自觉追求与融合，跟艾略特的《荒原》具有某种对照性，《诺日朗》受后者的影响很大，可以看作致敬之作。杨炼在1983年第9期的《山花》发表《传统与我们》一文，提出传统不是客观存在，而是决定作品深层次结构的内在规定性，是一种"基于共同文化—心理结构的独特语言形式"，在作品的深层次形态中表现自己，并与作者的个性产生互动对话。在《智力的空间》中杨炼认为一首成熟的诗就是一个智力空间，这个内部空间的意义是多层次的，自然本能、现实感受、历史意识和文化结构在其中各有其相应的位置。这两篇早期谈诗的文章中都提到了艾略特，杨炼用诗的形式进行神秘文化的探源，受到了艾略特的启示。直到九十年代以后，杨炼还是继续这个思路，他认为古老的中文传统远远没有穷尽其启示，庞德对中文文字的"意象"研究，虽只取一瓢饮，却已深深滋润了现代英诗及欧美诗，甚至反哺了中国诗人。"我给自己定下的目标，就是对中文诗歌传统的再发现。古诗形式中的'对仗'，作曲般设定了语言的音乐感；'用典''唱和'，换成当代词汇就是'互文性'，而形式成就最高的'七律'，就像一个纯人工的小宇宙，透过至今莫测的中文语法，泄漏出操纵语言的形而上学……在中国绵延数千年的伟大形式主义传统——惨遭毁灭的今天，我能做的是用一部分作品，把我自己写成一个小小的传统。"②

除了诗歌之外，小说界对"文化""传统"等词语在创作中的作用也有初步的意识，较早提到"寻根"一词的是作家李陀。他在写给具有共同"根"的鄂温克族作家乌热尔图的信中表达了对于达

---

① 老木编：《青年诗人谈诗》，北京大学五四文学社1985年。

② 杨炼：《本地中的国际》，《书城》2004年第1期。

幹尔文化的怀恋，并再次提醒民族文化和心理对于作家的重要性："一定的人的思想感情的活动，行为和性格发展的逻辑，无不是一个特定的文化发展形态以及由这个形态所决定的文化心理结构的产物。近几年来我国有些作家开始注意这个问题，如汪曾祺、邓友梅、古华、陈建功。"[1] 季红真把"寻根"思潮追溯到汪曾祺的《回到民族传统，回到现实语言》一文[2]，陈思和认为王蒙发表于1982年到1983年之间的"在伊犁"系列小说开"寻根文学"的先河，关注到新疆各族民风以及伊斯兰文化[3]。在八十年代前后，对于当时的创作颇为重要的外国文学作品翻译中，拉美文学以独特的民族性与世界性引起作家们的关注，从1977年《世界文学》第2期介绍马尔克斯《家长的没落》《百年孤独》开始，陆续掀起"马尔克斯热""拉美文学热"，据统计，"1977年到1982年，介绍《百年孤独》的文章便在60篇以上"[4]。1985年学者李欧梵就撰文《世界文学的两个见证：南美和东欧文学对中国现当代文学的启发》，呼吁中国作家和读者注意南美、东欧和非洲文学，特别介绍了马尔克斯拉美魔幻现实主义写作，民族特征与审美方式对于当时的中国作家是一个刺激。

在各种内力、外力之交融中，民族传统和特定生活空间内的文化已经成为当时文学创作非常重要的方法论，汪曾祺、王蒙、乌热尔图、张承志、李陀、古华、陈建功、韩少功、阿城、史铁生、李杭育、陈村等一批作家的创作中不约而同地指向"文化"，他们此一阶段的作品体现出来的往往是一种文化的符号和意象，是特定空间内人们的稳固的日常生活和精神轨迹。作家们内心模糊的诉求、国家时代的变革杂糅在一起，文学的变革呼之欲出，后续的"杭州

---

① 李陀、乌热尔图：《创作通信》，《人民文学》1984年第3期。

② 季红真：《文化"寻根"与当代文学》，《文艺研究》1989年第2期。

③ 陈思和主编：《中国当代文学史教程》，复旦大学出版社2005年1月，第277页。

④ 杜娟、叶立文：《论加西亚·马尔克斯在新时期初中国大陆的传播》，《外国文学研究》2007年第5期。

会议"以"新时期文学：回顾与展望"为议题，即是对文学创作界各种内在需求的一次集中展现。

多年之后，韩少功对于"寻根文学"有一个概括："希望在政治之外，有一个文化的视角，西方文化之外有一个本土文化的纬度。"[①]文化的视角，一方面解放了文学的创造力，另一方面接续了晚清一直到"五四"以来的古今中西之争，刘禾在《跨语际实践》一书中，认为文化也是人造物，是在中西冲突的情势下的一种西方的"发明"。（借由文化对西方的抵御或者说反思到底有无价值是值得怀疑的，暂且搁置这些理论问题，自晚清以来，这个背靠"文化"的言说方式就从来没有停止过。）随后，出版界及时回应了这种社会情绪，"中国文化书院"丛书是试图回归中华文明传统的一种努力，而另一个面向则是"走向未来"，以及试图全面进入西学、大力译介西方典籍的"文化：中国与世界"丛书。在经历了"文革"的革命政治热情之后，古今中西的问题再次在整个国家和民族的意识层面给人以焦虑感和求索心态。不约而同，大家找到了"文化"这个关键词，所以甘阳说："1985 年以来，所谓'文化'问题已经明显地一跃而成为当代中国的'显学'。从目前的阵阵'中国文化热'和'中西比较风'来看，有理由推测：八十年代中后期，一场关于中国文化的大讨论很可能会蓬勃兴起。这场'文化讨论'是中国现代化事业本身提出来的一个巨大历史课题，是中国现代化进程中不可或缺的关键一环。"[②]文化视角的加入，是一个思维、审美和写作方式的改变，恰恰符合周介人对杭州会议的总结："换一个活法（即改变陈旧的生活方式），换一个想法（即改变僵化的思想方式），换一个写法（即改变套化的表现程式）"[③]。

① 韩少功、李建立：《文学史中的"寻根"》，《南方文坛》2007 年第 4 期。
② 甘阳：《八十年代文化讨论的几个问题》，《文化：中国与世界》第一辑，生活·读书·新知三联书店 1987 年 6 月，第 18 页。
③ 周介人：《青年作家与青年评论家对话　共同探讨文学新课题》，《西湖》1985 年第 2 期。

第二节 "寻根"，才能立足当代

1984 年 12 月，《上海文学》杂志社和杭州《西湖》杂志社等单位在杭州举行座谈会，由于当时特殊的社会气氛，拒绝了新闻界人士，回忆的情况就成了参与者们自己的记忆，由于每个人的爱好和关注点不同，在后续的回忆中出现了诸多不同的说法，甚至出现了明显的错讹和矛盾，像一个罗生门。随着"寻根文学"的兴起，与会作家、批评家在文学领域获得越来越多的创作实绩和话语权，关于这次会议的详细情况、意义、价值，陆续出现了相当多的记录和描述。

最早是周介人先生于 1985 年《西湖》上发表了关于这次会议的综述，因为时间较近，可能更接近"真相"，短短一千五百字的会议综述中，有两次提及"走向世界"："只有具有鲜明的当代性的文学作品，才可能具有真正的历史性，才可能走向世界。离开当代性而追求历史性与世界性是行不通的。"他希望作家们"创造出自己独立的艺术世界，不断开拓社会主义文学艺术的新的疆土，使中国文学不断走向世界，走向未来"。[①]"走向世界"这种表述，不可能是作家直白的表达，一方面可能是习惯性的官方表述，提出中国和文学的未来空间，并不具备实际意义，另一方面则可能是对雄心勃勃的青年创作者们精神状态的如实描述，他们对"历史性"的关注，当时还没有被描述成"文化"和"寻根"，本质上则是对当时比较火热的"西方文化""西方文学"的回应。这篇文章几乎没有提及对"文化"议题的关注，可见对"文化"的谈论只是这次会议的一个非常小的部分，与会者韩少功也认为"'寻根'之议并不构成主流"[②]，

---

① 周介人：《青年作家与青年评论家对话 共同探讨文学新课题》，《西湖》1985 年第 2 期。

② 韩少功：《杭州会议前后》，《上海文学》2001 年第 2 期。

在神仙会和七元的交谈中，唯一能够确定的是文学创作和批评都在酝酿着一种变化。

接下来的 1986 年，周介人在《文学探讨的当代意识背景》一文中，再次回忆和重述这次会议。周介人凭个人记录与回忆，总结了一些人的发言要点，除韩少功、阿城、陈思和、李杭育、季红真等人的发言"打破旧的限制""现代意识与民族文化融会"外，其他发言议题宽泛地涉及小说写作的"向内走"（鲁枢元），文学对人的理解深度（黄子平），理性光圈之外神秘的世界（吴亮），要在生活、思维、表现方式上变革（陈建功），迎接小说的多元状态（李陀），等等。显然在韩少功等人发布"寻根文学"的宣言之后，"寻根"的命名和召唤力已经部分影响到"杭州会议"追忆的重点。周介人依然重申"杭州会议"的核心是文学创作界对于变革的要求："如何使我们的工作更有力地介入当代人的文化心理的结构面"，"力图改变出现在某些书本上、文章中的小说观念和批评观念，使小说与批评进一步获得解放，以适应当代人的文化心理需求"，"对文学的历史重新发现，重新整理"，反对简单的理性主义，全面调动人的本质力量。此文进一步综合了参与者的发言，呼吁通过以上变革产生具有新的艺术生命力的文学。周介人的表述在后续李庆西的文章中得到了印证，他把 1984 年文坛的基本态势概括为："一些具有先锋精神的小说家的思维形态发生了很大变化，他们正在从原有的'政治、经济、道德与法'的范畴过渡到'自然、历史、文化与人'"[1]。

李庆西说："那次回忆与'寻根'思潮的发展关系甚大。笔者当时在现场，完全感受到那种气氛"[2]。在李庆西的文章中，"杭州

---

[1] 李庆西：《寻根：回到事物本身》，见孔范今、施战军主编，路晓冰编选《中国新时期文学思潮研究资料》（上），山东文艺出版社 2006 年 4 月，第 273 页。原载《文学评论》1988 年第 4 期。

[2] 同上。

会议"主要是讨论如何突破原有的小说艺术规范，并没有关注多少叙述智慧、成就、技巧、手法、结构等问题，而是集中转向了民族文化、价值走向等问题的探讨，还特别举例李陀、冯骥才，他们的兴趣在这次会议后，开始从现代派转移到民族文化上。李庆西对"寻根文学"给予了极高评价，它们是对文学工具论的反拨，摆脱了简单的戏剧化结构，由外在冲突转变成内在价值冲突，既有世俗的价值观念又有超越世俗的审美理想，实现了从知识分子的个体忧患意识到民族的群体生存意识的转变。

"杭州会议"十六年之后，蔡翔撰文重申会议"与而后兴起的'寻根文学'有着种种直接和间接的关系"，会议把"文化"引进文学的关心范畴，并拒绝对西方的简单模仿，把人的存在更加具体化和深刻化，同时更加关注"中国问题"。蔡翔有一个比较综合的评价："（寻根）表现出的是中国作家和评论家当时非常复杂的思想状态，一方面接受了西方现代主义的影响，同时又试图对抗'西方中心论'；一方面强调文化乃至民族、地域文化的重要性，同时又拒绝任何复古主义和保守主义，作为文学史上的一个重要事件，具有非常重要的研究意义。"[1]

会后不久，被批评家命名为"寻根派"的几个主要作家几乎同时抛出了他们的文学宣言：韩少功的《文学的"根"》（《作家》1985年第4期），李杭育的《理一理我们的"根"》（《作家》1985年第6期），阿城的《文化制约着人类》（《文艺报》1985年7月6日），郑万隆的《我的根》（《上海文学》1985年第5期），加上之前李陀与乌热尔图的《创作通信》（《人民文学》1984年第3期），韩少功、李杭育、郑义、李陀等无一例外都强调了文学创作上开拓新空间的要求，他们都把文化作为一个绝大的命题来看待，呼吁文学要认真对待这个高于自己的命题。在上述几篇文章中，作家们几乎都有一

---

[1] 蔡翔：《有关"杭州会议"的前后》，《当代作家评论》2000年第6期。

种面对西方文化的焦虑，以及对当下民族文化生态状况的不满。比如李杭育从近代以来的历史中得出结论："我们的民族文化仿佛被一刀腰斩"，"朋友们都以不恭之辞谈及五四、五四运动曾给我们民族带来的生机，这是事实"[1]。韩少功也认为："五四以后，中国文学向外国学习，学西洋的、东洋的、俄国和苏联的；也曾向外国关门，夜郎自大地把一切洋货都封禁焚烧。结果带来民族文化的毁灭，还有民族自信心的低落——且看现在从外汇券到外国的香水，都在某些人那里成了时髦。"[2] 阿城也沉重地提到："我们这个民族是个多灾多难的民族，我们的文化也是这样。本质的东西常被歪曲，哲学上的产生常在产生之后面目全非。尤其是在近世，西方文明无情地暴露了我们的民生。戊戌变法、辛亥革命、五四运动，无一不由民族生存而起，但所借之力，又无一不是借助西方文化。"[3]

在当时的情势下，全球化的趋向已露端倪，中西文化的激烈碰撞和深度交流正在展开，文化成为时代的重要命题。2002 年韩少功在访问中再次重申"寻根"在八十年代中期的提出："意在倡导对中国文化遗产的清理，意在通过这种清理更好地参与全球文化交汇，更好地认识现实的生活和现实的人，并不是希望作家都钻进博物馆，或者开展文学上的怀旧访古十日游。这个问题现在并没有过时，在未来的文化、经济、政治建设中可能还有重要位置。它本身是全球化的产物，又是对全球化的参与。"[4] 2007 年韩少功接受李建立的访问[5]，李建立要求韩少功描述一下"寻根文学"当时面对西方的"焦虑"，韩少功拒绝用这个词来描述他所体会和观察到的当时的中西关系。他认为提倡"寻根"并不意味着怀疑西方经验的适

①　李杭育：《理一理我们的"根"》，《作家》1985 年第 6 期。

②　韩少功：《文学的"根"》，《作家》1985 年第 4 期。

③　阿城：《文化制约着人类》，《文艺报》1985 年 7 月 6 日。

④　韩少功、夏榆：《韩少功：我的写作是"公民写作"》，《南方周末》2002 年 10 月 24 日。

⑤　韩少功、李建立：《文学史中的"寻根"》，《南方文坛》2007 年第 4 期。

用性，正如韩少功多年以后所阐述的"对八十年代的反思不是不要现代化，而是要中国的（不是一厢情愿照抄欧美日的）人民的（不是属于少数巨富和官僚的）现代化"，不过当时他们只是怀疑唯西方是从的态度，"寻根"的出现是全球化所激发的现象，这体现出文明创造的自然机制和必然过程，不仅仅发现他者，同时也会发现自我。

综合对照几个作家的"寻根文学"的讨论文章，就会发现他们无一例外又是对现代化比较乐观的，尽管批判了"五四"运动，韩少功还是承认正是在"五四"对传统文化的彻底清算和批判之中，封建文化才走向萎缩和毁灭，中国文化获得了涅槃再生。他在访谈中把贺敬之等左派坚持"根"在延安，而不是深山野林，以及刘晓波等右派对"寻根"文化守成主义的指责，归结为他们的观点与文化"寻根"并无多大根本差异，他们共享一个现代的故事，都有对现代化的追求。由此可见，韩少功对"寻根"的理解从来就不是文化现代与文化守成的问题，从来不是要不要现代的问题，而是我们要什么样的现代的问题。

作家们在讨论中积极地涉及文化、民族、地域等概念，有重新创造一个世界、一种文学审美的潜台词，也是在思考在现代化的过程中如何运用我们的文化文学传统，来应对日渐扩展的现实经验和中西交流的文化局面。作家们对于当时文学创作存在粗糙地模仿外国文学作品，大有建立中国的"外国文学流派"的势头，表示了不满："你自己的东西！作为一个民族的文学不要成为其他文学的投影"[1]。开始超越简化版的"现代派热"，因为"西方现代主义给中国作家开拓了艺术眼界，却并没有给他们带来真实的自我感觉，更无法解决中国人的灵魂问题。也就是说，艺术思维的自由并不等于存在的意义。""从新时期文坛的'现代派热'到'寻根热'是一部

---

[1]　李陀、乌热尔图：《创作通信》，《人民文学》1984 年第 3 期。

分中国作家自我意识逐渐深化的过程。"①作家和批评家几乎在认识和理想情怀上获得了统一，蔡翔称之为"惊人的默契"，他们都希望从民族文化中找到新的文学创作的促进因素，而接下来就需要具体的文学作品来落实这些思想层面的改变。

第三节 《爸爸爸》：一次寓言书写

韩少功坦陈，后来为《上海文学》写作的《归去来》《蓝盖子》《女女女》等作品，受到了这次会上很多人发言的启发，还受到马原、残雪等作家的影响，根据史料可以推测，主要是指马原《冈底斯的诱惑》和残雪的《化作肥皂泡的母亲》。马原的小说在《上海文学》编辑部引起内部争论，在"杭州会议"上，大家曾传看这篇小说，李陀、韩少功都非常肯定这篇小说，残雪的小说《化作肥皂泡的母亲》经韩少功的推荐，发表在《新创作》上。韩少功对于两位作家的作品表现出的热情，来自于艺术趣味的欣赏，可见"寻根"不仅仅是理念上追寻现代，而且在艺术形式上也是相通的。所以蔡翔有一个印象是韩少功的作品比其他作家更"现代"一些，这几部作品都引入了先锋派的手法，双重叙事者，自我的分解和怀疑，对"恶"的审美，建立了人性理解的深度模式，等等。

韩少功没有提及自己的代表作《爸爸爸》，按照推算，这部作品正在写作之中，据李杭育回忆，在闲聊时间及目前正在创作的作品，韩少功曾一本正经对他说："你已经写出了'渔佬儿'，好比跳高，我面前横着你这道标杆，我要越过它才行。"李杭育当时就意识到韩少功已经写出了好作品，正在等待发表，这部作品就是1985

① 李庆西：《寻根：回到事物本身》，见孔范今、施战军主编，路晓冰编选《中国新时期文学思潮研究资料》（上），山东文艺出版社 2006 年 4 月，第 275 页。原载《文学评论》1988 年第 4 期。

年 6 月发表的《爸爸爸》。

《爸爸爸》设置了一个模糊时间的封闭空间——孤岛式鸡头寨，一个官家从未涉足过的地方。丙崽是小说中最重要的一个人物形象，他一出生就一副死人相，眼目无神、行动呆滞、脑袋畸形，只会说两句话"爸爸爸""×妈妈"。在具体的描写中，又穿插着一种有距离的真实感，这里的人们种菜种粮喂鸡、倒树"赶肉"（打猎），生老病死、吃喝玩乐，与蛇虫瘴疟并存，"骂着，哭着，哭着又骂着，日子还热闹，似乎还值得边抱怨边过下去"。他们的世界静止又神秘，他们的祭祀、殉古、打冤、迁徙都有一种巨大的仪式感。

丙崽这个人物具有现实的原型，是他插队时期的邻居。"当我在稿纸前默默回想他们的音容相貌，想用逼真的笔调把他们细细地刻画出来时，自觉是在规规矩矩地现实主义白描，但写着写着，情不自禁地给丙崽添上了一个很大的肚脐眼，在幺姑的身后点上一道长城，甚至写出了'天人感应'式的地震什么的，就似乎与其他什么主义沾边了。"现代派技术使得作品中的人物和故事是变了形的，脱离了现实主义的生活范畴，同时"寻根"的概念具有超越小说中故事层面之外的引申空间，或者说是寓言意义。从北方的鄂温克、老棒子酒馆到商州的山水、葛川江、湘西、北京胡同、齐鲁、江苏高邮、西藏、新疆、上海的里弄等社会空间，因其背后的文化符号，都被有意无意地归入"寻根"这个没有明确外延的文学空间之中，"寻根文学"讨论所带来的阐释空间，极大地吸纳了这些小说中的故事并给予它们新的解读模式。《棋王》从知青小说到被追认为"寻根文学"的代表作，王蒙、汪曾祺甚至一些先锋小说家如马原被后续的研究者也纳入广义的"寻根"范畴，有力地说明了"寻根文学"概念和争论中所设置的文学和社会空间的吸纳能力，也说明文学对于当时的写作者产生了全面的影响。

《爸爸爸》还塑造了一个现代人仁宝，他喜欢穿皮鞋，对相对富裕和现代的千家坪充满了向往，斥责鸡头寨："这鬼地方，太保守！"他喜欢说新名词，行为习惯与鸡头寨的居民大相径庭：

> 人们经常见他忙忙碌碌，很有把握地窝在自家小楼上研究着什么。有时研究对联，有时研究松紧带子，有时研究烧石灰窑。有一回，还神秘地告诉后生们：我在千家坪学会了挖煤。现在他要在山里挖出金子来。金子！黄央央的金子！……他从山下回来，他总带回一些新鲜的玩意儿，一个玻璃瓶子，一盏破马灯，一条能长能短的松紧带子，一张旧报纸或一张不知是什么人的小照片。他踏着一双很不合脚的大皮鞋壳子，在石板路上嘎嘎咯咯地响，更有新派人物的气象。

在写帖子报官的时候，仁宝主张要用白话；老班子主张用农历，他主张用什么公历；老班子主张在报告后边盖马蹄印，他说马蹄印太保守了，太土气了，免得外人笑话，应该以签名代替，他介绍各类新章法，俨然一个通情达理的新党。仁宝是晚清以来中国现代故事的简化版形象，但这种现代与封建落后或者传统都没有形成有效的对话或对抗，因为他本身就是一个拼凑的形象。以丙崽为代表的封建传统或者说是中国文化的一个症结，与仁宝这样的"现代人"，根本无法对话，小说中有一个细节：仁宝背人打骂丙崽，丙崽连转述的能力都没有，只能口吐白沫，翻白眼。

《爸爸爸》中包含了对国民劣根性的寓言式批判，但是寓言的意义已经发生改变，"这种批判既构不成文学的主要任务，也构不成文学的主要价值"[1]。小说还有一种整体性观照"中国"的视角，《爸爸爸》写出了一种畸形、残忍、愚昧与正常、原始、现代，与

---

[1]　陈晓明：《论〈棋王〉》，《文艺争鸣》2007年第4期。

疯狂交织的生存情态，以象征、隐喻的方式直指"中国"的意象，每一个人都在一种自然状态中等待时间流逝，生活以巨大的惯性使得这个空间继续自我封闭。当然在后续的阐释中，也有论者在其中读出了"温情"，比如修改版中，丙崽与母亲之间的温情，鸡头寨如梦如幻的自然景观。《爸爸爸》小说中承载了众多的话语空间，尽可能地触及了当时中国社会的各种问题。

我们可以做一个对比，1984 年发表的《回声》从人物形象、主体故事和空间设置都可以看作《爸爸爸》的前史，《回声》中可以看到《爸爸爸》的气氛和影子，但这部作品主导性的表现方式是现实主义。两部小说中都有农村械斗的场面，残忍而愚昧，《回声》中械斗是故事的高潮，也是一切矛盾的结束，在悲剧中小说人物醒悟，《爸爸爸》则是其中的一个插曲，是鸡头寨人生活中的一个场面，械斗没有改变任何东西，丙崽依然顽强地活着。从人物设置上，喜欢围观、没有自主性、容易被鼓动也容易失去热情的群众是小说中最让人熟悉的集体角色，红卫兵路大为来到青龙峒，老百姓根本不知道红卫兵是什么，他们的疑问是太平盛世下为什么造反，城里的青年放着好日子不过来山里革命，纯粹作孽。对于本村的二流子青年刘根满背后叽叽咕咕议论他，发达以后见到他就给他递红漆椅子，递水烟筒，见他失势立刻翻脸，是一群围观者。革命的时候积极参与，革命青年一走，立刻散场，晚上大家照旧摇着蒲扇到禾坪里去，打打哈欠，看看星星，听着对门山上的禾鸡婆咕咕叫，听麻子会计讲"薛仁贵征东"，像什么都没有发生过一样。小说中的农民刘根满几乎就是按照阿 Q 的形象设计的，被下乡青年路大为鼓动，加入"破四旧"的热闹中，他觉得被砸碎的木器可惜，偷偷藏起暖水瓶的铝盖子准备去换酒喝。看到拒绝他相亲的翠娥缎子被面被当众撕破，心中升起恶毒的快感。但他又比阿 Q 丰富，他给人家帮工很热心，有求必应，而且不要什么报酬，只渴望要那样二两酒。得过几次表扬以后对革命更加积极和卖力，维护集体利益，对那些偷偷摸摸的贼简直是恨之入骨。真心喜欢青年护士竹珠。后来根满因为调戏翠娥被路大为发现，外出串联，而后声势大变，对带领他革命的路大为都看不上，陷入"革命"的狂潮中。最后因为鼓动械斗而被判刑。单纯热情的城市青年路大为，一竿子插回乡村，办农民夜校，扬言要建立起一支真正的贫下中农左派队伍，建立农村"文化大革命"的"根据地"。但在现实生活中却给村庄带来了毁灭性的灾难，给爱自己的人带来巨大伤害。

鸡头寨和青龙峒固然远离城市和时代风暴的中心，但外面的世界风云际会、嬗变更迭，也波及这些化外之地，群众依然热衷围观和随波逐流，自发的或者外来的"革命者"都无法撼动本地的秩序，不同的是丙崽一如既往，刘根满却在时代的喧嚣中成为一个牺牲品。从《回声》到《爸爸爸》，带着焦虑与危机感，以一种超越性视角审视历史和生活的强有力叙事主体走向隐匿的叙事主体，任"一个空阔而神秘的世界"自行打开。从美学的角度来看，《爸爸爸》的确打开了巨大的叙事空间，是一个自我封闭民族的小型史诗，其间有奇观和风俗，有生之残忍和国民性批判，也有自我调侃和幽默，总体上呈现了过去暗淡，未来迷茫，人类处于历史困扰中的实际境遇。"寻根文学"宣言中的"根"，那种生机勃勃的楚文化和能够激发主体人格的力量反而没有在文本中出现，《爸爸爸》以整体氛围上的楚地风尚完成了一次寓言书写。

"寻根文学"中所指的"文化"和"根"到底是什么？不同的作家有不同的理解。阿城在《八十年代访谈录》里，重申了自己对文化的理解，以及对"寻根"的思索。文化是生活的一部分，是生态系统。阿城认为"寻根"是寻找不同的文化构成，他因为特殊的家庭出身，被革命文化排除在外，他这样描述自己的生活：

> 那时我家在宣武门里，琉璃厂就在宣武门外，一溜烟
> 儿就去了。琉璃厂的画店、旧书铺、古玩店很集中，几乎

是免费的博物馆。店里的伙计，态度很好。我在那里学了不少东西，乱七八糟的，看了不少书。我的启蒙是那里。这样就开始有了不一样的知识结构了，和你同班同学不一样，和你的同代人不一样，最后是和正统的知识结构不一样了。我的文化构成让我知道根是什么，我不要寻。那时在我看来，产生并且保持中国文化的土壤已经被铲除了。中国文化的事情是中国农业中产阶级的事情，这些人有财力，就供自己的孩子念书，科举中了就经济和政治大翻身。他们也可能紧紧巴巴的，但还是有余力。艺术啊文化啊什么的是奢侈的事情，不是阿Q能够独力承担的。结果狂风暴雨之后，土壤被扫清了，怎么长庄稼？不可能了嘛。①

我们可以看出阿城对文化的理解是要求有一种新的文化构成，这个文化构成可以改变现存的文化结构，一是对单一化的工农文化的反拨，二是对非焦虑感的生活的诉求，这是对"五四"以来知识分子传统的反拨，所以对韩少功在《爸爸爸》中的国民性批判倾向他是颇觉得遗憾的，这可能跟当时对这部作品的批评阐释有关，事实上国民性批判并没有成为韩少功作品的重点。阿城把一种闲适的、非焦虑的生活艺术当作中国的"根"，他从历史调节的作用谈到多样的文化构成对一个健康良性发展的社会的影响，要求允许另外的生活方式和文化系统存在，以此构成一个和谐的肥沃的文化土壤，而不是单一的激进的现代化的方式。

李杭育的文化反思不单单是对传统生活方式的乡愁，他其实也在追问如何安排传统生活方式，以及它们在现代化或者西方化了的社会中的合理性："自惭形秽毕竟不是滋味，所以我总想在自己身上多多地翻倒翻倒，看看还能不能翻倒出一点好汤水来。当今文坛

---

① 查建英：《八十年代访谈录》，生活·读书·新知三联书店 2006 年 5 月，第 22 页。

上有一伙朋友在鼓吹'寻根'，我想他们的初衷或许和我这个想法是合拍的。""把'寻根'理解为重新认识中国的文化，这个问题就没有什么可争议的了，剩下来的就是如何认识、发现什么了。""我希望将来我能获得一个开放性的民族意识，好让我心安理得地加以捍卫。"李杭育把"寻根"转化成"如何认识、发现什么"的问题，这就是《最后一个渔佬儿》《沙灶遗风》所要力图解决的一个问题。李泽厚认为应该把文化首先看成是塑造人们日常生活的那些形式，这是文化最重要的方面。"不能一味停留在精英文化的层面。最重要的是人们日常生活中的风俗、习惯、生活方式等等。人们的行为、思维方式以及表达情感的方式才是文化最重要的方面，也是我们需要把握的方面。"[1]"寻根文学"所提供的视野除了关注"中国"问题和地方空间，还要考虑如何安排人们日常生活中的风俗、习惯、生活方式等等文化的问题。

"寻根文学"的讨论在理论上获得大量共识，一旦落实到文学叙事中却可能变形、简化，可能沦落成廉价的恋旧情绪和地方观念，或者歇后语之类的浅薄爱好。"突然一下子大家都来谈传统文化，对中国文化的认识啊，对传统的分析啊，历史文化的积淀啊，名词很多，铺天盖地。但是对中国传统文化到底有多少研究，不管是学术上的理性的研究，还是感性的认识，都不足。"[2]乡土的

---

[1] 李泽厚在《五四回眸七十年》中提出"西体中用"，他强调需要建设性的马克思主义，而不是批判性的马克思主义，还提出了"西体中用"，对于这个容易引起人误会的提法，他有自己的解释：我强调创造，这个创造不能脱离民族基础，但要以现代生活为根本。所以，我讲"西体中用"。但我的"西体中用"不是全盘西化，我讲的"西体"，是说社会存在是根本性的。现代化这个东西哪里来的？西方来的！你不靠这个，你怎么办？因此，接受西方不可避免。"西体"，它首先指的是社会本体。什么是根本的本体？照我看来就是日常生活，亦即生产方式、生活方式，也包括科技（因为它是生产力），精神方面则是本体意识（学）。现代西方的本体意识包括马克思主义，但不止马克思主义。所有这些都要运用到中国来，这就是"中用"。见李泽厚著《走我自己的路》，中国盲文出版社 2002 年 11 月，第 123 页。

[2] 韩少功、林伟平：《文学和人格——访作家韩少功》，《上海文学》1986 年第 11 期。

重新发现是"寻根文学"在继"伤痕文学""改革文学""反思文学""现代派文学"的演练之后的一次集体出场，他们不约而同地把知青的乡村经验作为想象"中国"的资源，一方面是与他们的独特体验相关，另一方面也是与西方都市话语对抗的体现。但是"寻根文学变成文化后就深入不下去了，失误了，像导游说明书。文学一个根本的中心，是文化和生命的关系。文化是生命的表现，是一种结果，生命是文化的积累。认识生命要用文化破译它。后来的情况就很糟了"[1]。

美学上的胜利牺牲了"生命"，远离现实逃入山林、原野、风俗，甚至是丑陋习俗的展示嗜好中，文学作品难逃浮泛和空虚的局限。《爸爸爸》的结尾，一群鸡头寨的男女老少朝着东方走去，至于这个东方是什么，作者只能摒除了现实、政治、经济之后给予了虚幻的处理。另一方面，将历史的反思由政治引向文化，使得"老中国"的形象成为当代社会主义中国政治形象的隐喻。对于社会主义时期的文化传统及其历史处境的处理方式，贺照田有一个详细的阐释，或许可以为我们理解八十年代给出一个思路，而不可讳言的是我们确实是哪怕至今仍然是在这种思维模式中解读社会主义的历史：

> 八十年代中叶以后，实际否定中国革命和中国社会主义实践诸多方面的知识氛围，至少在北京的不少大学校园占据了主导地位，但由于这一氛围并没有建基于对先前革命和社会主义历史的细致分析，而是自觉不自觉地以与革命和传统社会主义所强调的集体主义精神对反为动力，这就使得八十年代"回到五四""人的发现""人道主义"等强调，并没有造出当时大多当事人所希望的——既有权利

① 马原等：《中国作家梦：马原与110位作家的对话》，华东师范大学出版社2007年12月，第436页。

自我意识又有强烈时代社会责任感的个人主义类型。而之所以形成和推动者所期望的相去甚远的局面，各种原因中两个具有关键位置的原因便是：一、由于事事和革命和社会主义对反，因此，八十年代对人的问题的强调，实际上是以和中国革命与社会主义实践都强调的集体主义对反的方式来自我构形的，因此在观念上先天不足；二、由于没有对中国革命和社会主义实践传统进行细致分析，因此缺少转化和重新安排中国革命与中国社会主义实践传统中宝贵的理想主义及对民族、国家、时代具强烈责任感的精神能量的清晰意识，从而使得当代史错过了现代史留给我们的最宝贵遗产之一。[1]

"新时期"现代化的历程已经由技术和制度的变革深入到文化的层面。中国的重要问题就是传统文化和现代文化之间的"文化冲突"，而这种文化的冲突恰恰是二十世纪八十年代中国现代化深入发展的背景。新启蒙思潮通过反传统与反封建，将现代化、现代意识和启蒙本身神话化，用来消除"文化大革命"、政治专制主义与文化专制主义传统。而那些支撑工农兵文化的东西——人民主体意识、集体主义、国家民族等实体也失去了所借以支撑的文化基础。正如贺照田所说，中国古典文明的理念和价值是需要社会政治制度的支撑的，不可能凭空地存在。中国这套文明价值从前是以中国传统社会政治制度来支撑的，传统社会秩序在晚清就瓦解了。现在中国的古典文明理念和价值需要以中国现代的社会主义制度来支撑和保护。而"中国社会主义传统同时也是反对帝国主义和殖民主义的传统，是坚持中国文明自主性的传统，我相信，如果中国放弃了社会主义，实际只能沦为半殖民地，也就根本不可能再保存中国古典

---

① 贺照田：《中国革命和亚洲讨论》，《开放时代》2007 年第 3 期。

① 贺照田：《中国革命和亚洲讨论》，《开放时代》2007 年第 3 期。

文明传统"①。于是就必须面对这样的困境：这个被呼唤出来的"文化"需要被迫去填充这些被抽空的内容，以给予从革命信仰认同中失落的国人一种认同感，但是"寻根文学"所塑造出来的"文化中国"的形象却过于虚幻，难以保持持续的社会关注和后续的创造力，短暂地热闹之后，必然会走向衰落。

---

① 贺照田：《中国革命和亚洲讨论》，《开放时代》2007 年第 3 期。

第五章 "地方"：中国故事的
新空间及其可能性

　　谈到八十年代，需要提到新时期之初围绕着潘晓来信所集中暴露出来的意义信仰危机，这已经成为后"文革"时代集体主义信仰崩溃后的青年一代极为普遍的精神现象，当时的历史情势用政治化的语言重新确立并允诺了整个民族以及青年人自身将具有的巨大而广阔的未来空间——"社会主义四个现代化"。但是这显然无法解答曾经产生过"革命幻灭"的知青一代的人生意义问题，"工业、农业、国防、科学技术"的"四个现代化"，全部都仅仅关涉技术和物质层面，却与人生意义全然无关①。所以一代青年与时代宏大的题旨越来越疏远——"有人说时代在前进，可我触不到它有力的肩膀；也有人说，世上有一种宽广的、伟大的事业，可我不知道它在哪里。"②

第一节　重新叙述个人主义

　　文学叙事开始以"个人主义""自我"等词语试图回应这个人

_____

①　何言宏：《中国书写：当代知识分子写作与现代性问题》，中央编译出版社 2002 年 5 月，第 108 页。作者在注解中提到，"人的现代化"当时是被严厉批评的争议性话语，而且即使是"人的现代化"这个提法也不足以解释当时青年一代遇到的人生意义的问题。

②　潘晓：《人生的路呵，怎么越走越窄……》，《中国青年》1980 年第 5 期。

生意义，正如潘晓的信中所说："我写东西不是为了什么给人民做贡献，什么为了四化。我是为了自我，为了自我个性的需要。"①韩少功曾经回忆说八十年代包括自己在内的很多文学创作者都是"个人主义的信徒"，是"个人主义狂热的支持者"。他并且分析道："个人主义是商品经济与民主政治的人格基础，是某种社会制度的心理性格内化。农民承包土地，工人超产有奖，作家享受稿酬，都体现出当时对个人价值的重新肯定和重新利用。《中国青年》杂志开展由'潘晓'引起的大讨论，提出'主观为自己，客观为他人'，可以看作是这一潮流的自然结果。在这个潮流中，文学与个人主义最具有天生的亲缘性。……张承志说：'艺术就是一个人反抗全社会。'说的是哲学和美学，但个人狐疑者们听来就特别顺耳。'自我'这个词开始在文学圈流行，后来成了青年人中一个使用频率最高的词。"②八十年代初期张辛欣的《在同一地平线上》、刘索拉的《你别无选择》、徐星的《无主题变奏曲》等现代派作品，直至"第三代诗歌""先锋小说"的萌芽，都是以一种"非社会""非群体"，对抗集体主义信仰和叙事的美学个人主义的趣味出现的。此时的"自我"，是没有失去主体性的"我"与世界面对，并且发生关系时的一种自我体验和经历的真实感觉，是自我与自我、自我与他人、自我与世界之间遭遇的一种反应。然而这种写作有一个根本性问题：未能呈现出被其解构掉的种种"最高价值"之"再生"的可能，而且有一种走向虚无主义内核的自我复制与自我繁殖，自我与世界、他人不再发生关系，丧失了主体性，嗣后的"先锋小说""非非主义诗歌"等就是这一路向下的必然结果。③所以从这个意义上来说，"寻根文学"的出现不仅仅是抵抗西方中心论，还有一个

① 潘晓：《人生的路呵，怎么越走越窄……》，《中国青年》1980 年第 5 期。
② 韩少功、王尧：《八十年代：个人的解放与茫然》，《当代》2003 年第 6 期。
③ 此处参考未刊的吕永林博士论文《个人化及其反动——1990 年代小说中之部分"个人化写作"重读》，第 54—55 页。

应对和重新叙述个人主义的面向。

　　个人主义叙事在八十年代中期面临如下的困境："就个人而谈个人，这个'个人'反而变得越来越抽象，在归属中讨论个人，有时候会显示出'个人'更多的丰富性。通过现代主义的争论，已经使我们看到，现代派或者现代主义这一类的写作中间，'个人'流露出了他的抽象性和稀薄性，这个稀薄性引起了'寻根文学'的反抗。"[①]蔡翔指出，"寻根文学"的后面潜藏着一种焦虑，"一种急于摆脱困境的努力，他们急于寻找到一个新的人格本体"[②]。这里提到的困境，必然包括现代派或现代主义写作中间"个人"的抽象性和稀薄性。

第二节　塑造新的人格本体

　　"寻根文学"对如上倾向带来的最大的挑战来自于审美中的错位状态，也就是在审美意义上对改革文学中讲述的现代故事和思维方式进行了出其不意的颠倒。"我们的观念判断遭到了我们自身情感的挑战。那些在现实生活中足以遭到我们鄙视的愚昧、粗俗、野蛮，在作品中转化成一种美的形态，并为我们的情感所接纳，从而撼动着我们经验中的文明世界。"[③]新时期以来的文学教育和修养，使得读者习惯从一种高级文化去审视一种低级文化形态，反映在文学中就是那个著名的文学命题——文明与愚昧的冲突。"寻根文学中，作者对于低级文化形态的社会却倾注了一种特别复杂、浓烈的感情，在野蛮的表象之下，我们感受到了一种精神的激荡，这不仅

---

① 蔡翔、罗岗、倪文尖：《八十年代文学的神话与历史》，《21世纪经济报道》2009年2月14日。

② 蔡翔：《诘问和怀疑》，《当代作家评论》1993年第6期。

③ 同上。

来自于文明对愚昧的斗争，更重要的，恰恰是被我们视之为野蛮的东西中所升腾起来的那种震撼人心的力量。"① 同时必须强调的是，正如韩少功所说，"寻根"不是出于一种廉价的恋旧情绪和地方观念，不是对歇后语之类的浅薄爱好，而是一种对民族的重新认识，一种审美意识中潜在历史因素的苏醒，一种追求把握人世无限感和永恒感的对象化表现。在《文学的"根"》里他说："这里正在出现轰轰烈烈的改革和建设，在向西方'拿来'一切我们可用的科学和技术等等，正在走向现代化的生活方式。但阴阳相生，得失相成，新旧相因。万端变化中，中国还是中国，尤其是在文学艺术方面，在民族的深层精神和文化特质方面，我们有民族的自我。我们的责任是释放现代观念的热能，来重铸和镀亮这种自我。"

如何在叙事上重铸和镀亮"自我"，除却审美现代性所带来的新的审美意识的突破，"地方"空间的出现是文学上的一个特殊表现。"杭州会议"上另一个不约而同的话题就是地方或者说地域文化，北京作家谈的是京城文化乃至北京文化，韩少功谈的是楚文化，李杭育则谈了他的吴越文化。地方或者地域文化在1949年以后的中国当代文学中是一个很少涉及的对象，即使有"山药蛋派"或者"荷花淀派"，也只是一种非常浅显意义上的"地方"和"地域特色"，并包含着国家对地方的改造以及吸纳的企图，建国后政权迫切需要建立民族国家的主权和中央的权威性，"地方"的形象和地方性知识就相对比较弱势。

晚清以后，伴随西方现代性进入，中国民族国家意识开始确立，在此过程中，文化政治的一个重要任务就是对个人的改造，把封建社会的"臣民"改造成公民社会的"公民"，成为现代意义上的人，例如梁启超"新民"，鲁迅改造"国民性"，在这一过程中，

---

① 蔡翔：《野蛮与文明：批判与张扬——当代小说中的一种审美现象》，见孔范今、施战军主编，路晓冰编选《中国新时期文学思潮研究资料》（上），山东文艺出版社2006年4月，第233页。

地方或由地方体现出来的地方性知识（宗族、迷信、政治解构乃至生产方式，等等），往往被视作现代化障碍。而"寻根文学"由于重新发现了"地方"和由此产生的新的审美意识，"地方"反而提供塑造新的人格本体的空间，并且可以应对现代主义带来的"个人"主义大叙事和小叙事问题。①

韩少功正是在这个意义上谈东方精神文明的重建和东方新人格、心态、精神，他说："观念的更新并不是一切，思维和审美的灵魂才是大德大智。现在是东方精神文明的重建时期。我们不光看到建设小康社会的这十几年，还要为更长远的目标，建树一种东方的新人格、新心态、新精神、新思维和审美的体系，影响社会意识和社会潜意识，为中华民族和人类作贡献。这或许需要几代人的努力。东方精神文明具有的博大真诚与智慧应该是施及一切包纳一切的，当然也应投注于当年艰难卓绝的改革事业。"②另外，由于"寻根文学"的主将们一直强调"寻根"本身就是一个现代现象，是全球化和现代化所激发的现象，本身就是多元现代性和动态现代性的应有之义，"在当代意识的笼罩下，我们不仅认识到那种愚昧、残酷和无知。他们不再把现在固封在一个绝对完美的概念中，相反，他们在美的理想的光照下，反顾过去，在过去中挖掘出我们已有的或失落的或尚没有的心态，从而诉诸当代生活中的人格—心灵的建构"③。

这种突出"地方"的倾向与民国时期历史上对于中西问题的讨论有许多相似性，张东荪在《西洋文明与中国》中说："西方并未给中国带来过和平和安全，而是给中国带来混乱和社会动乱，而且

---

① 此处参考未刊的吕永林博士论文《个人化及其反动——1990 年代小说中之部分"个人化写作"重读》的导言。

② 韩少功：《寻找东方文化的思维和审美优势》，《文学月报》1986 年第 6 期。

③ 蔡翔：《野蛮与文明：批判与张扬——当代小说中的一种审美现象》，见孔范今、施战军主编，路晓冰编选《中国新时期文学思潮研究资料》（上），山东文艺出版社 2006 年 4 月，第 241 页。

按照西方的道德行为观念所创造出的'新人'又绝不比旧人物好。"这句话在许多小说中可以得到印证，比如老舍、沈从文塑造了许多漫画式的"西崽"形象，当代的王蒙在《活动变人形》中也有对西化的讽刺。对此，梁启超也有自己的看法，他认为："统治精英的失败必然是普通民众的失败，因为他们全都属于一种民族文化：官员的卑屈心理、愚蠢、自私、虚伪、胆小、被动消极，全都根植于民众文化当中。"这在某种程度上是与西方的东方主义者观点一致的，吉尔勃说："在中国人之间，我们更喜欢粗野的山民和边境的居民，而不是那些被认为更文明化的纯种本土居民；我更喜欢原始而粗俗的乡下人，而不是那些腐朽的城里人，并且我更喜欢文盲，而不是那些有教养的人。在中国，来自街头巷尾的无赖更缺少中国人的本性，因此，我们这些来自西方的野蛮人，我们这些世界的征服者和探索者，我们喜欢男子汉气概和公正游戏，我们在他们身上发现了更多的共同点。"①

中国的民族主义先驱顾颉刚与西方主义者一样，自信地宣称要在高原和森林中寻找真正的中国文化和传统，他们期望在那里发现未受污染、逃脱了城市生活和儒学恶劣影响的完整的民众共同体。他们在偏远山区的村民身上发现了殖民主义者所说的"原始而粗俗的乡下人"品质，并且发现了自己为新民开出的药方：自发、无名、信仰、富有想象力，甚至具有接受和吸纳新事物和外国影响的能力。这是一个比较乐观的估计，也是他们超越现代性想象的独特方式。这个思路与后来的"寻根文学"颇有相似之处，"寻根文学"迫切地要解决知识分子现代化追求的困境：过于抽象的个人与过于实利化的日常生活，萎靡了的创造力。

当代意识是人在某个阶段达到的对世界的全部自觉认识，不是以现实完善论，也不是以发展主义的简单进化论为出发点，能承

---

① ［澳］费约翰著，李恭忠、李里峰等译，刘平校：《唤醒中国：国民革命中的政治、文化与阶级》，生活·读书·新知三联书店 2004 年 10 月，第 202 页。

担这种美学意味就是一种新的人格本体，如莫言小说《红高粱》中"我爷爷""我奶奶"这样的人物。它的出现是由于"地方"（或者说一种空间意识）作为一种新的文学写作要素加入了文学创作的结果，并且改变了自"文革"结束以后就在亢奋中形成的以"时间"为主要质地的结构作品的方式和历史意识。"寻根文学"中的"地方"有两面性，一方面，在某种意义上也可以说是被"全球化"解放出来的，用"地方"的正当性对抗国家（或国家意识形态）的集权统治，这就反拨了政治化的人的存在形式。另外一方面，这个"地方"又在对抗"全球化"，包括它的西方性特征，比如现代主义，对抗抽象的个人，也就是要重新回答现代故事中所谓人的现代化的问题。另外，从"杭州会议"后"寻根"作家发表的几篇文章可以看到，面对西方世界时那种第三世界知识分子普遍执着的意识——（他们）执着地希望回到自己的民族环境之中。他们反复提到自己国家的名字，注意到"我们"这一集合词：我们应该做些什么，我们应该怎样做，我们不应该做些什么，我们如何能够比这个民族或那个民族做得更好，我们具备自己的特性，总之，我们把问题提到了"人民"的高度上。[①] 综上所述，"寻根文学"中所极力塑造的新的人格本体是十分暧昧和丰富的，比如莫言小说中"我奶奶"既有"社会主义新人"改天换地的豪情，也有资本主义初创时期的"个人主义新人"的开拓创新精神，显示了"寻根文学"的丰富性和多重可能性。

"地方"作为一种文学风景，曾经是在社会主义工农兵大一统文化中被压抑的文化形态，此时在国际背景的压力同时也是契机中，因为提供了一种新的人格本体发育空间，而迅速成为一种新的审美意识。而在迅速崛起的商业大潮中，这些地方性知识就很有可

---

① ［美］詹明信著，张旭东编，陈清侨等译：《处于跨国资本主义时代中的第三世界文学》，《晚期资本主义的文化逻辑：詹明信批评理论文选》，生活·读书·新知三联书店、牛津大学出版社 1997 年 12 月，第 516 页。

能成为一个可以被全球化吸纳的东西，我们可以看到汪曾祺、莫言、阿城等作家作品迅速成为一种新的文学规范和标准，并且在国外获得殊荣。而韩少功、张承志等人具有更多反抗精神和复杂面向的作品，不符合西方国家和资本对中国的想象，就得不到更多的解释和解读。

二十世纪八十年代是"文化人时代"，尽管经济改革一直在进行中，却完全不是当时知识界的议题，人们头脑里想的是大问题：中国文明向何处去？韩少功就直接说："东方精神文明具有的博大真诚与智慧应该是施及一切包纳一切的，当然也应该投注于当前艰难卓绝的改革事业。对社会改造有直接功利的作品，我们应该欢迎和鼓励，现在不是太多，而是太少。"① "寻根文学"在艺术上的创新和文化上的丰富，与在政治上的暧昧和社会上的贫乏，两者形成了鲜明的对比。这也就是"寻根文学"无法继续进行下去的原因。另外，当时"寻根文学"的创作背景大多集中在"乡村"，在某种程度上有意无意地遮蔽了文学的"城市书写"。而就在这个时候，中国的城市开始迅猛地向前发展，一些尖锐的问题渐次出现。

---

① 韩少功：《寻找东方文化的思维和审美优势》，《文学月报》1986 年第 6 期。

第六章 后"寻根"时代的
乡土空间与中国图景

如果我们把空间作为考察当代中国文学的一个视角，1949年至1979年的三十年可以大体概括为乡土中国的叙事空间，此一时段固然有上层对工厂、城市题材的作品的倡导和诸如《上海的早晨》等作品的成功，但都无法达到《创业史》所开创的中国书写空间及其对新文学、新人、新经验的承纳，并对未来道路和中国图景的想象做出的贡献。此一阶段文学中的乡村是写实和记录的，但在深层次的意义上又是抽象的流动的，它既可以完成字面意义上的乡村世界之传达，又可以上达中国的整体性和象征性，当然后者更为重要。洪子诚在《文学史中的柳青和赵树理（1949—1979）》一文中对比过文学史对柳青和赵树理的接受和评价，赵树理中国式的丰富的农民形象和农民语言，并不能获得对更大文学空间的激活，其情形可见一斑。1978年以后，新时期文学空间的重要特征是获得了外部视野和空间的映照，在西方在他者的目光下，无论是乡土、城市都蒙上了一层焦虑意识，并且在九十年代形成了上海都市空间日趋单一的表现方式——比如怀旧叙事、风花雪月、红颜旧事、酒吧、上海宝贝等文学和文化符号。其间的"寻根文学"是一次具有想象力的自我主体性回归，"寻根文学"是二十世纪八十年代中国文学中的重要文学思潮和写作现象，对于具体作家来说，它可能是一个远去的写作主题和时代氛围，但从当代文学空间的角度来看，它不是一个时过境迁的文学时尚，而是可以不断重临的起点，具有持续性的价值和审美力量，"它导致了中国当代文学的精神转向和中国当代文学审美空间的大量释放，也导致了中国当代文学表现领域的转移和疆域的大规模拓展"①。"寻根文学"是一场没有口号、没有组织和预谋，借由"杭州会议"不由自主汇聚起来的时代思潮和集中观念，它逐渐超越了文学、作品本身，成为一场时代创意，创造性地想象一种中国主体性，所以它是混杂的二律背反式的表述："一方面接受了西方现代主义的影响，同时又试图对抗西方中心论，一方面强调文化乃至民族、地域文化的重要性，同时又拒绝任何的复古主义和保守主义"②。承续了社会主义革命中强大的主体性需求，又拒绝了革命的"根"和延安面向。"寻根"的讨论中，韩少功基本使用"不是……而是……"的句式："不是一种廉价的恋旧情绪和地方观念，不是对歇后语之类浅薄的爱好，而是一种对民族的重新认识，一种审美意识中历史因素的苏醒，一种追求和把握人世无限感和永恒感的对象化表现。""丝毫不意味着闭关自锁，相反，只有找到异己的参照系，吸收和消化异己的因素，才能认清和充实自己。"③这是对潜在的僵化和可能的误区表现出较早的防备意识，同时也让"寻根文学"的主张一直保持着敞开的和未完成的姿态。

二十世纪九十年代末期或者新世纪以来，当代文学的叙事空间开始回归一种朴实和冷静的态势，从精神旨归和写作意图上可以看作"寻根"的余脉，指向中国的"自我"和内部，构筑当代中国人物质和精神的共同体，并在吁求一种穿越当代中国现实的文学形式。大致有两个方向，一个是中国腹地空间的开拓阶段，乡村、小镇、县城、市井、地域性的空间纷繁呈现，如韩少功的《马桥词典》《暗示》《山南水北》，格非的"江南三部曲"，刘震云的《一句顶一万句》，金宇澄的《繁花》等。另一个是全球化视野里中国

---

① 旷新年：《写在当代文学边上》，上海教育出版社 2005 年 9 月，第 75 页。
② 蔡翔：《有关"杭州会议"的前后》，《当代作家评论》2000 年第 6 期。
③ 韩少功：《文学的"根"》，《作家》1985 年第 4 期。

再叙事，比如《应物兄》、张承志的散文、李敬泽的《青鸟故事集》等，在中西混杂的社会空间中描摹自我的图像。以"寻根"广为人知的作家韩少功，从文学叙事和行动上再次回到故地汨罗，从文学形式的思考和追索出发，焕发出新的认知方式，重新获得对中国图景的体认和想象。

第一节 《马桥词典》：承袭与逃脱

1995 年 1 月，韩少功完成《马桥词典》，发表于当年《小说界》第 2 期。《马桥词典》是韩少功写作的第一部长篇小说，与常见的以场景描写、情节冲突、人物塑造为主要推动力的长篇小说不同，韩少功为马桥这个村寨编写了一本词典——"如果我们承认，认识人类总是从具体的人或者具体的人群开始；如果我们明白，任何特定的人生总会有特定的语言表现，那么这样一本词典也就不会是没有意义的"[1]。由作家的意图可以看出，《马桥词典》相对于"寻根文学"的热潮，是一种回撤，从"东方"和"中国"的视野回撤到逆公共化的词语后面的人和事，探讨"语言与事实的复杂关系，与生命过程的复杂关系"[2]。1985 年前后，韩少功已经意识到"寻根文学"作为一种文学思潮和现象的弊端，他极力撇清与"民族文化一日游"式"寻根派"的关系，拒绝一般性的"对地域文化的直接观照、描写"[3]，极力寻求具有东方思维方式和审美方式的中国主体性。

《马桥词典》承袭了"寻根"的吾乡吾土精神和装束，又从"寻根文学"被人诟病之处逃脱开来，其先锋性恰恰是其不可模仿性和

---

[1] 韩少功：《马桥词典》，安徽文艺出版社 2013 年 4 月，第 1 页。

[2] 同上。

[3] 廖述务编：《韩少功研究资料》，天津人民出版社 2008 年 6 月，第 59 页。

93

非流水线制作。地方性等同于一种认识方法，回到具体、细节、故事、碎片、人物、语言，却预留了从具体到抽象的路径。写作者在同一片山水草木、江河沃壤上耕耘，却变换了表达的语法和旨归。《三篙伯》是韩少功公开发表的小说处女作，小说很短，写的是汨罗江一位撑篙大伯大公无私的故事。《马桥词典》开头一节《罗江》里有一个类似的老倌，一群调皮自以为是的知青坐船渡江想赖账，下船后不付钱转身就跑，摆渡的老倌丢下船和其他客人，锲而不舍地追赖账的知青，直到知青东倒西歪乖乖交钱。老倌独特的形象跃然而出——"他一点也没有我们聪明，根本不打算算账，不会觉得他丢下船，丢下河边一大群待渡的客人，有什么可惜。"如果《三篙伯》属于公共叙事和生活清晰明了的一面，《罗江》就属于逆公共叙事，老倌办事方式不同于知青的现代思维，他有自己的生活伦理、逻辑和计算方式，在气喘吁吁追上知青后，还给知青找了零钱。老倌属于江水神秘的一部分，跟消失在江水中遍寻不见的手枪一样，他们都属于马桥社会中生活不透明的部分。从《三篙伯》到《罗江》可以看到社会主义现实主义文学、"寻根文学"、后"寻根"时代的知识和观照方式留下的印痕，同样的事实被覆盖了不同的话语方式和认知诉求，产生了不同的审美效果。

《马桥词典》中的马桥跟《爸爸爸》中的鸡头寨都是乡村空间，鸡头寨是回收型的，它犹犹豫豫地看一下外部的世界，但又迅速回缩到自身强大的逻辑和伦理。马桥是外向型的，它不是被动观照的对象和被凝视的空间，它本身即是观照世界的方法，整个社会中的固有概念和认识正是在"马桥"的空间中才会产生变动，撬动起新的话语空间。比如《蛮子》把对"三"的想象扩大化，每一个人都是父母、祖父母的后裔，那么每一个人都不是"个人"，都是"群人"。《公家》一节，马桥人在谈论"公"和"私"的时候，都喜欢在后面加一个"家"字。西方的"私"，指私人，夫妻、父子之间在财产上有明确的私权界限，马桥人的"私"中有"公"，一家之内，不分彼此和你我。马桥的"公"跟西方社会中的"公共社会"和 public 不一样，公中又有私，以公为"家"，夫妻吵架，青年谈恋爱，老人入土，娃崽读书，女人穿衣，男人吹牛，母鸡下蛋，老鼠钻墙，所有私事都有公家管着，也由公家承担全部责任，公家成了一个大私。从人物、概念到他们的语言，韩少功在马桥寻找重新绘制世界图景的可能，比如"罗"字，作家由此联想到相同韵脚的"长乐镇"，"罗家兄妹"可以联想到土家与罗人的合作关系，由附近村镇"罗"姓的阙如，猜测背后可能发生的残酷迫害和无从想象的血雨腥风。在马桥这个半实体半虚构的村寨中，韩少功找到了新的叙事的立足点——语言。

> 根系昨天的，惟有语言。是一种有泥土气息的倔头倔脑的火辣辣的语言，突然击中你的某一块记忆，使你禁不住在人流中回过头来，把陌生的说话者寻找。语言是如此的奇怪，保持着区位的恒定。有时候一个县，一个乡，特殊的方言在其他语言的团团包围之中，不管经历过多少世纪，不管经历多少混血，教化，经济开发的冲击，仍然不会溃散和动摇。这真是神秘。当一切都行将被汹涌的主流文明无情地整容，当一切地貌、器具、习俗、制度、观念对现代化的抗拒都力不从心的时候，惟有语言可以从历史的深处延伸而来，成为民族最后的指纹，最后的遗产。①

韩少功此处所谈及的语言是指语言制度，语言制度是一个排除的机制。我们的书写语言、现代汉语、普通话是"言文一致"的现代语言，排除了方言的合法性。"所谓言与文一致，言是表现'文'的，那什么是文？文首先就是文人，现代意义上的文人，也

---

① 韩少功：《世界》，《花城》1994 年第 6 期。

就是以现代知识分子为主干和基础的'社会精英'，因而所谓现代的'言'，其实就是精英的自我表现，是社会精英的声音，起码是社会精英的声音压倒性的表现，也就是说，现代以来作家们对于所谓'现代性自我'的想象、近乎病态的追求，并不是突然出现的，也不是由于什么政治的挫折而形成的，从根本上说，就是通过这种'言文一致'的现代制度的确立才产生并得到保障的。"① 韩少功把《马桥词典》当作个人的一部词典，对于他人来说，不具有任何规范的意义，它以马桥人的语言为想象力的出发点，虚构了一个方言的世界，是在用文学的故事与情节钩沉出不为人知的马桥语言，并揭示了马桥深藏的人性的内涵、文化隐秘以及人类生活的某个侧面。这是让被通用语言"遮蔽"的另一种沉默的语言发出声响，从而让那种语言下潜伏着的沉默的生活得到展现。韩少功在用方言继续构筑自己的时空，并对它的特殊性和差异性进行捍卫——"《马桥词典》是一部用小说方式去撰写语言的小说，是一种借小说去见证语言的语言。"② 方言世界的存在打破了统一同质化的认识模式，每个人拥有自己独异的语言背景，这从某种角度否定了本质主义所追求的"普遍主体"存在的可能性。小到每一个地方，大到每一个民族，在其漫长的历史发展过程中，都形成过自己独特的语言，并通过它保留住自己的文化，形成有别于其他地方和其他民族的文化内涵。他们的精神信仰、劳动方式、生活风俗在很大程度上也是通过方言表现出来的。方言便成为民族文化的差异性和独特性的重要载体。"在语言符号中，语言的意义常常因为生存的需求而为表象所遮盖，因而需要通过对这种特殊的方言词汇的解释，才能打开内核，挖掘出蕴藏在文化和精神深处的实质和深意。"③ 马桥乡

---

① 韩毓海：《关于九十年代中国文学的反思》，《粤海风》2008 年第 4 期。

② 鲁枢元：《用小说写语言》，《当代作家评论》1996 年第 5 期。

③ 何言宏、杨霞：《坚持与抵抗：韩少功》，上海人民出版社 2005 年 11 月，第 233 页。

村社会并不是《马桥词典》的主旨所在，它借由具体的乡村符号和语言方式塑造出的是一个抽象的乡村世界，一种能指与所指之间的流动性，介乎现实主义与现代主义之间自由滑动的乡土空间和精神意象。人物形象，生活片段，地方性嗜好、乐趣与现代性反思、批判，恰切地咬合在后"寻根"文学的写作中。

第二节　《暗示》：用无常映衬永恒

维特根斯坦以后，西方出现著名的"语言学转向"，哲学差不多都成了语言哲学，开启了一个很大的认识空间。《马桥词典》的写作与"语言学转向"有着内在的联系。韩少功在对语言反复思考之后，又意识到："诊断生活光抓住语言是不够的，具象也是一种很重要的信息，具象与语言之间有一种互相压缩和互相蕴含的信息发生机制，一根筋的'语言学转向'还是理性主义当家，很可能通向'语言学陷阱'，离真实的生活越来越远，而且无法最终解开语言之谜。这就是我完成《马桥词典》以后立刻准备写作《暗示》的原因，是力图用感觉论和实践论来补充'语言学转向'的原因。"[1]《暗示》的写作是对《马桥词典》的另类延续，它们互为补充。"如果说《马桥词典》是我为一个村子写的词典，那么《暗示》就是记录我个人感受的'象典'——具象细节的读解手册。"[2]

《暗示》的创作初衷是编录一些体会的碎片和总结，"体会"本质上是"说理"。比如《场景》，以知青时代跟大队书记的一次交往为例，本来的阶级对立和情感龃龉，在夜晚的一次拜访中变得暧昧

---

① 韩少功、余少镭：《韩少功访谈：选择隐居的先锋作家》，《南方都市报》2003 年 4 月 24 日。

② 韩少功、夏榆：《韩少功：我的写作是"公民写作"》，《南方周末》2002 年 10 月 24 日。

模糊，家的氛围、烟火、女人无形中化解了对立，人与人之间变得温暖，书记答应在推荐信上签字。从具体事件出发，言及结果与人情、场景的关系，人情、场景无声地参与谈话，并决定了行动的方向。在《家乡》一节中家乡这种特殊场景还可能参与对人的构造，一个在外面贪污腐败的官员，在他的家乡却可能是一个谦虚有礼的后生，像诗歌或者宗教都是用类似的方式来塑造人们的灵魂。第一卷《隐秘的信息》详细探讨了怎么样看一个人的脸，怎么样听一个人的声调，怎么样感受颜色、服装、食品、照片、音乐、劳动、地图、人体、表情，等等，穿插了一些自己的同龄人老木、小雁的命运经历和故事。如此种种名物、人情、场景，组合构筑起他们的简略生活史。知青下乡、返城离散、创业发迹、游走异国他乡，命运转变的无常映衬着日常生活的永恒和重复，读者可以看到历史时空里中国社会发生的改变，从生活方式到审美、价值观，也可以感受那些不变与恒在的部分。韩少功调动了古典文化知识和西方现代理论，解读这些"象"，去提取具象的意义，建构这些具象的读解框架，就有了随笔式的小说或者说是小说化的随笔的结果。

《暗示》同时还是一部社会观察笔记，以语言来挑战语言，用语言来揭破语言所掩蔽的更多的生活真相，去阐释语言空白、沉默、直觉、潜意识和无意识，从对生活的原象、文化媒像（文化媒体传播的人工造像）等具体可感的物态的研究出发，对社会和人生问题做出诊断和自己的创造性想象。《遮盖》里记述了因为遮盖而产生的活跃的民间政治想象；《乡戏》里写民间生活本身的伦理和内容对于戏剧意识形态的消解；老木对《红太阳》一类歌曲的热爱，背后有着复杂隐秘的信息，却被知识分子肢解。《夷》说中国西南的少数民族之所以对歌舞有更多的练习，对彩饰、节拍、形体动作表现出更多敏感和技能，很可能是由于文字工具不够用。而汉人则因为较早拥有了文字化的大脑，丧失了更多可贵的象符、多样化的表达能力和细腻的感觉，变得在文化和生活上粗鲁和乏味。

《暗示》虚构了一个叫作"太平墟"的知青下放点，韩少功叙述的知青生活片段和人物经历都发生在这个村庄里，提供了重新审视社会和历史的视野。无论是少数民族的"夷"还是"太平墟"的下层视野，都保留了具象丰富的遗迹，留存了人们对语言具象化的依赖和追求。同时，它又宕开一笔，保留了反抗和另一种空间，以野生的语言、粗痞话构成了对于知识界语言和八股文的冲击——"他们（知识分子）从二十世纪初开始大反传统礼教，显得十分自由和勇敢，就其大部分内容来说，其实并不比乡下农民所得更多和做得更早。"[1]另外，韩少功还对以公共文字修剪记忆表达了愤怒和担心，警惕新的思想专制和集权形成："一个历史和事件到底是什么，需要各种看法相互交流、相互补充以及相互砥砺，以便尽可能接近真理。问题在于，'文化大革命'结束以后，从官方文件、主流报刊、流行小说直到小学课堂，眼下几乎所有关于红卫兵的文字，都在固化和强化杨绛们心中的生活实像，同时在铲除和收缴我亲眼目睹的另一些生活实像。"[2]

《马桥词典》和《暗示》从主要的叙事空间来看，都是纸上返乡的文学，以马桥和太平墟构筑自己的精神世界，并以此去反观当代中国九十年代以来的思想和文化界的危机。九十年代的社会生活遭遇和思想文化界的变化，让韩少功的写作立场明显发生了改变，他更重视写作所具有的思想价值和与身边历史对话的能力。

第三节 《山南水北》：以土地为母

从纸上回乡到真实地回到汩罗有巨大的差异，这个行为在九十年代以来当代中国加速城市化的进程中具有明显的话题性。韩少功

---

[1] 韩少功：《暗示》，安徽文艺出版社 2013 年 4 月，第 236 页。

[2] 韩少功：《暗示》，安徽文艺出版社 2013 年 4 月，第 129 页。

被多次重复性地问到这一选择背后的隐情、意义和价值，他在不同的访问中反复回答为什么回到汨罗这个问题。综合起来主要有以下几种回答：

一种舒适、自由和健康的生活。"这里山美水美，基本上没有污染，水库里的水已经很干净了，而他使用的生活用水，是从山上流泉引下来的，他天天用这种矿泉水煮饭洗衣，吃的蔬菜自己种，菜长了虫子就动员全家去捉虫，绝不用农药。""他在此地做过知青，能说当地话，没事的时候去串门，那些农民兄弟很喜欢和他聊天。在这种闲聊中，作家能够捕捉到最好的生活细节，最亮点的生活闪光。"①

一种更健康的现代文明。"我希望过一种自然与文明相平衡的生活，一种体力劳动与脑力劳动相结合的生活，这在乡村就比较方便。在我看来这不是远离现代文明，恰好是追求更健康的现代文明。这也不会导致闭塞，因为现代通信网络可以帮助我们在地球任何一个角落获取大量资讯，而且不了解乡村，不熟悉自然那么多动物、植物、土地、气候，对于都市人来说不也是一种很危险的闭塞？"②

一种新的"入世"方式。中国还有近七成的人民生活在农村，住在乡下哪里是什么"出世"呢。他到乡下，无非是想多接近一些文化圈之外的人，多得到一点清静的时间，并不是做什么"隐士"。中国当代文学史上的赵树理、周立波和柳青等作家，特别是柳青，都曾这样生活在农村，现在的张承志也经常在西北乡下跑，但他们显然都不是所谓的"出世"，恰恰相反，他们关切底层的人民，正是社会热情的突出体现。③

---

① 黄克歧：《韩少功的农家大院》，《文学报》2001 年 4 月 12 日。
② 韩少功、舒晋瑜：《希望知识分子更优秀一些——访作家韩少功》，《中华读书报》2002 年 9 月 25 日。
③ 李静：《韩少功：养鸡种菜写小说》，《北京娱乐信报》2002 年 9 月 19 日。

韩少功拒绝承认一般现代化故事的合理性，在接受访问的时候，他说："我最希望过一种自然与文明相平衡的生活，一种体力劳动与脑力劳动相结合的生活，这在乡村就比较方便。在我看来，这不是远离现代文明，恰好是追求更健康的现代文明。"他以文学之外的方式回应了普遍主义式的现代故事的叙述方式，这也许才是"寻根文学"对现代故事的真正反拨之处，它试图寻找出一种"更健康"的现代文明生活方式，而不是符号化地回到哪里，寻找什么。"寻根文学"不仅仅是一种文学思潮和论争，而且还是一种指向具体的生活的文化实践，有潜在的"创造一个世界"的愿望。在这些作品里，韩少功实现了当初在《爸爸爸》等作品中没有理清楚的东方"优势"，他说自己的目标是："对于世界的重新认识和发现，探索和挖掘传统知识所屏蔽的那些隐秘、幽暗的区域，揭露那些习以为常、习焉不察的事物的反常性。它给予世界一种新的眼光，并使世界呈现为新的结构和面貌。"[1]韩少功的最终目的和雄心是："我想重创一个世界。我写的虽然是回忆，但最能激动我的不是复制一个世界，而是创造建构一个世界。"[2]

在《山南水北》的乡村生活记录中，世间一切"有情""有理"，是生态主义的乡村世界和环保主义的叙事视野。树有神经活动和精神反应，甚至还有心理记忆和面部表情，葡萄树脾气暴烈，因为修剪惹恼了它而"自杀"，梓树沉稳和淳厚，尽管受到很多冷遇和砍伐，依然伺机再生，为家园撑起一片绿荫（《蠢树》）。公鸡在自己的世界里，吃食的时候礼让母鸡，自觉地维护家庭秩序，如果以鸡的世界反观人类，可能会诞生"兽面人心""狗模人样""人性大发""坏得跟人一样"等词汇（《养鸡》）。打柴人死后，他的船一直在水波声中低语，在纷纷雨滴中喘息，在月光和闪烁萤虫下入梦，

---

① 旷新年：《小说的精神——读韩少功的〈暗示〉》，《文学评论》2003年第4期。

② 韩少功、李少君：《词语与世界——关于〈马桥词典〉的谈话及其它》，《小说选刊》1996年第7期。

只要一有机会就会挣脱锚链而去，用鼻子使劲搜寻着打柴人的气息（《寻找主人的船》）。当然这个世界也有它的残忍和麻烦，由孤独的小鸟飞飞，猜测动物世界的残酷法则，它们也可能淘汰弱小谋杀子女（《忆飞飞》）。韩少功不是简单记录一个田园式的乡村，而是以乡村里的动物、植物获得理解世界的思路。因为疑惑于狗的狂吠，悟出人其实没有资格嘲笑狗，我们无法判断狗就是无端狂吠，也许有一种人类看不到的东西来过，那是一个神秘和我们盲视的世界（《无形来客》）。由鸟巢联想到它们为生育后代做出的卓越努力，理解中国人成为生育的亡命之徒，也如鸟类一样是生存所需的动物本能（《鸟巢》）。

《山南水北》里面还有一个现代文明无法理解的"乡村"，时时让作者惊诧不已，他不带偏见地一一记下，它们以绮丽、神秘的风俗，非规范文化，太古时代的面目在"寻根文学"里出现过，对这个世界的呈现，是一种对本土本地的理解尊重，它们隐约含糊地存在着，让人敬畏着其中的不透明性。在八景峒或者所有中国乡村里，依然存在着各种奇人逸事，用现代科学无法解释和认识。能掐会算的船老板，盘桓于各种方术、风水，发挥着草根民间心治术的作用。山民们寻找应对偶然和避灾之法，上山前要焚香，上山后拒绝胡言乱语，打猎者必须提前三天"藏身"，不照镜子，不外出，不见人，不污言秽语，遇到别人打招呼不回应，等等。传说中的塌鼻子神医，有各种神奇的逸事在传说，能够猜透生死，以迥异于现代医学的方式治病救人。《山南水北》里面还零星记载了无意中杀死老虎，后来连续克死儿子、孙子的庙婆婆；山间野林里的毛人，他们跟人们保持着稀疏而奇异的交往；身体能够预知灾祸的笑大爷，在一次次应验中形同半人半神，像丙崽一样醒目地插播在乡村的日常剧本中。

祛除世界神秘的部分，它建立了自己的基本道德秩序，道德监控更多来自于祖先和历史，它们承担着本土化的道德功课。《开会》

中懂得世情的干部遇到纷扰的局面，抓住孝道的线索，能够出奇制胜。《守灵人》一文里把乡村世界的居民称为广义的守灵人，他们与父母、祖先的坟茔、音容笑貌为邻居，孝道、慎终追远、厚古薄今在成为文化态度之前，就是他们实际生活的情景规定，是睹物思人和触景生情的自然，是触目和坚硬的现实。所以乡村世界的重男轻女不仅仅是愚昧，外在者对乡村的态度和认识都需要小心谨慎，时刻检讨说话者的立场。《雷击》里无法以物质手段自我掩护的乡民们，发展出不孝或者做坏事遭雷劈的心理想象。在都市里自然现象获得了科学解释，这一套孝道的联想链断裂了，而广义的敬畏感和神圣感也衰落了——"我们的很多妄佞之心，都可能在科学的掩体之下暗暗滋生。"①

　　作家整体的思路是以乡村理解、反观中国和现代文明，但现实的状况又是复杂的。乡村内部的矛盾依然存在，日常生活中的意见领袖是健谈的风趣的，一旦遇到利益纠纷，比如摊派多、退耕还林款不到位、分配不均等问题，往往是懦弱和推诿。"我能痛恨他们的懦弱吗？我是一个局外人，没有进入他们恒久的利益网络，可能站着说话不腰痛，但如果他们的懦弱不被痛恨，不加扫荡，这个穷山窝的言路又何以畅通？进一步说，没有畅通言路，善政又何能确保？"②作家以生"背花"的经历来谈中药与西药的关系，靠着土药方和农家小院的百草园，省时省力地治愈了疾病。但是本地的农民却舍贱求贵地大用西药甚至滥用西药，背后有医疗系统的商业逻辑也有文明的逻辑，导致曾经几乎全民皆医的传统失去，韩少功的疑问是，到底我们更文明了还是更野蛮了（《每步见药》）？越过复杂的乡村内部，《山南水北》整体上是以文明来指代原初意义上的乡村生活，是在工业化和商业化的时代去接近土地，把乡村、农业作为一种视角去重新反思生命和人的本义。"什么是生命呢？什么

---

① 韩少功：《山南水北》，安徽文艺出版社 2015 年 5 月，第 82 页。

② 韩少功：《山南水北》，安徽文艺出版社 2015 年 5 月，第 120 页。

是人呢？人不能吃钢铁和水泥，更不能吃钞票，而只能通过植物和动物构成的食品，只能通过土地上的种植与养殖，与大自然进行能量的交流和置换。这就是最基本的生存，就是农业的意义，是人们在任何时候都只能以土地为母的原因。"[1] 韩少功把乡土生活、劳动作为人类生存的本义再次提及，它是一面观察当代社会和发展的镜子。

《爸爸爸》《女女女》这样的"寻根文学"作品有抽象品质，关联着中国社会的隐喻和符号，而不是简单的写实和对生活的模仿，它指向"什么是中国"的问题与价值。从二十世纪八十年代中期火热急促地开始，经历了五花八门的"寻根"嗜好的集中爆发，走入廉价地方意识的弯路，其余温一直延续到九十年代以至于新世纪，只是它不再以那种明显的思潮形式集中地呈现。韩少功的《马桥词典》《暗示》《山南水北》都是在继续"寻根文学"所开拓的精神空间和民族自我（民族的深层精神和文化物质），并以更加朴实的姿态去落实"寻根文学"高蹈时期释放的虚空，去平实地对待地方性空间内的生活和生命，并以它们为方法，观照现实生活、现代文明和当代历史。

九十年代以后，韩少功越来越开始摆脱小说或者讲故事的方式，《马桥词典》《暗示》《山南水北》都对文体做出了探索，笔记体小说，散文化的小说、随笔成为他的主要选择，还一度成为学术界争论的话题。对此，蔡翔先生认为："在文体分类的背后，隐藏着非常复杂的现代知识的权力机制（比如与专业／分工的隐晦而曲折的联系），因此，即使在'文体'这一问题上，同样可以辩证出对现代性'召唤'的认同或者拒绝的不同态度。所蕴含的丰富性和复杂性以及'另类文本'的特性，都有可能推动文学在形式上的再次创新，而问题的边界也可能会再次模糊，而推动我们的，正

---

[1] 韩少功:《山南水北》，安徽文艺出版社 2015 年 5 月，第 61 页。

是'和身边历史的对话'要求。"[①] 韩少功作品中和身边的历史对话的要求和倾向，是对八十年代中期那次具有重要价值的"寻根"运动的最有价值的回声，回到现实和身边的历史之中，使我们觉得那场"寻根"运动并没有消失，而是文在新的文学肌肤上。《马桥词典》《暗示》《山南水北》，重新续接八十年代的文学"寻根"，并且也是对当年"寻根文学"脱离现实、政治、社会的一种回补。回到"具体"和"现实"，马桥这个地方是非常翔实可靠的，可以从文本中拼凑起来的，《暗示》里面的人物固然跳出了马桥的地域范围，但他们依然在当代中国的历史范围内，他们的命运与时代绞合在一起，在具体细节具象的描写中，组合出一个当代中国思想和文化发展变化的微型历史，《山南水北》以纪实的方式书写八景峒生活，是当下的生活和世界。

写作者以方言、随笔体推进小说，以地方和语言作为本体和方法，以作者的行动刷新文学的准则，从而创造出具有自我构架和应对社会历史复杂性能力的形式。随笔体、词典体的文学形式获得了对身边历史和当下现实的求真求知的穿透性，使得艺术再次承担整全性的任务。三部作品中的乡村和乡土社会已经不是二十世纪八十年代或者五十年代的乡村，但它又是具体的，具有现实主义文学的特征，同时又涵纳了现代主义的情绪，追问人的生存与本质，正是文体的混杂，组合成为一种具有穿越性的能力。韩少功不仅仅是一个现实的思考者，也创造了一个文本中的具有历史传统的行动化的践履型[②]叙事者形象，从具体到抽象，从村寨到中国、世界，彼此之间从来没有停止运动。这是韩少功对当代中国文学叙事的贡献，如若有一种更好的未来文学，这里有一个埋伏的起点。

---

① 蔡翔：《专业主义和新意识形态——对当代文学史的另一种思考角度》，《当代作家评论》2004 年第 2 期。

② 杨念群：《五四的另一面："社会"观念的形成与新型组织的诞生》，上海人民出版社 2019 年 4 月，第 237 页。

第七章 "现实的理想，行动者的梦"：韩少功与九十年代

　　1988 年韩少功从出生成长的湖南大地南下海南，是一次个人生活的重要转折，他主动地改变生活环境，借助时代的变迁契机和地域之利，以个人胆识和理想去创造一种生活和文化类型。这是韩少功九十年代思想转变的起点，其间经历《海南纪实》杂志社激情创办的经验与落幕时的艰难，让韩少功对市场经济和知识分子、人性等抽象的概念有了切身的实感，在个人情感和思想中都经历了痛苦与折返。此后，借助体制内杂志《天涯》改刊，参与九十年代当代中国最重要的思想论争——自由主义与"新左派"的大讨论。九十年代的生活和实践经验，是《马桥词典》《暗示》的写作背景，也是韩少功转向随笔式写作的直接动因。有论者把 2002 年《暗示》的出版视为其九十年代思想的一份总结，于是，1988 年告别故地南下到 2002 年《暗示》出版，就成为韩少功"个人的九十年代"[①] 的前后节点。

第一节　小小的乌托邦

　　在散文《南方的自由》中，韩少功把个人生活中选择南迁一事

[①]　个人赞同季亚娅硕士论文《"心身之学"：韩少功和他的九十年代（1988—2002）》中对韩少功九十年代的界定和划分，本章对韩少功九十年代创作和实践的讨论以物理时间为主要参考，关于《马桥词典》《暗示》等其他写作将另文讨论。

精神化："我喜欢绿色和独处，向往一个精神意义上的岛"，"有些人经常需要自甘认输地一次次回归到零，回归到除了思考之外的一无所有——只为守卫心中一个无须告人的梦想"①。同时又具体为一个海岛的地缘和时间："因为建立经济特区，成为一个时代的机遇，它云集商贾，吞纳资财，霓虹彻夜，高楼竞起，成了中国市场经济的一个新的生长点，聚散着现代化的热能和民族的自信。"②韩少功萦绕于心的梦想是建立一个小小的乌托邦组织，在一个有限的角落里，实现关于平等、公正、自由、人权、富裕的人类理想。1988年8月，韩少功及其朋友纵观中国期刊杂志的发展现状，发现了空间和契机——在市场经济体制的背景下，中国除了文学期刊，新闻时政类期刊只有《红旗》《瞭望》等党刊，急需纪实性与思想性结合的杂志——于是以记录和报道"真实中国"（杂志的原名，因不合出版规则而弃用）为己任的《海南纪实》诞生。关于杂志社的成立经过，作家孔见、李陀、蒋子丹、杨敏和韩少功自己均有回忆文章。综合他们的回忆文章，我们可以复原杂志社的成立概况。首先聚集了一群志同道合的朋友。《海南纪实》杂志的编辑部由张新奇、蒋子丹、林刚、徐乃建、叶之臻、王吉鸣、陈润江、罗凌翻、杨康敏和赵一凡等二十多人组成，大多是原来湖南的朋友、同路人，彼此比较熟悉，思想和观点上易于沟通。如何组织人员和建立什么制度，最初存在分歧和激烈争议，有人主张实行市场社会最为普遍的老板制，由极少数核心人物为雇主，其他人为聘用的雇员，韩少功坚决反对这一当时流行的方式。他声称平生痛恨把人分为三六九等的做法，主张做一种制度上的尝试，建立一种人与人相对平等的劳动股份制。这种制度以劳动付出的质量和数量而不是以资本投入的多少为分配的依据。他参考了联合国人权宣言、欧洲人在开往美洲的"五月花"船上签订的《红五月公约》、瑞典的社会主义福

---

① 韩少功：《南方的自由》，《完美的假定》，作家出版社 1996 年 10 月，第 40 页。

② 同上。

利制度等，起草了一份既有共产主义理想色彩，又有资本主义管理规则，又带有会道门式行帮义气的大杂烩式的杂志社公约①，希望在保证高效运转的同时兼顾公平与正义，并带有浓厚的理想主义色彩：

第一条：杂志社所有成员都是志愿加入这个团体的，志愿遵守本公约，选择本公约所体现的基本人生理想和现实行为准则。

第三条：杂志社应创建新体制以保证团体功能和个体功能在不同层次的高效发挥，使这个组织对外富有生产性，以文化价值促进社会的精神解放和建设，以经济价值力求自己在竞争中的自主自强；在内则应保持良好的人际关系和人格面貌，平等自由，团结奋进，不断提高生活的质量。

第四条：杂志社蔑视和坚决革除旧式"大锅饭"的寄生性，所有成员必须辞去原有公职，或留职停薪，或将公薪全部上交杂志社，参加风险共担的集体承包，以利振奋精神专心致志，保证事业的成功。除特殊情况经主编同意外，任何人不为其他单位兼任实职。

第七条：杂志社实行民主监管下的主编负责制。主编由民主选举产生，报上级主管部门任命；也可由上级主管部门任命，交民主选举确认。无论取何种方式，主编如未获得全体成员二分之一以上的选票，不得任职，或应无条作辞职。

第十条：杂志社成员均有下列其他权利：参与社内重大决策，行使建议权和全员公决时的表决权，如主编的意

---

① 参考了何言宏、杨霞《坚持与抵抗：韩少功》、孔见《韩少功评传》、廖述务《韩少功·文学年谱》的相关内容。

见违背三分之二以上成员的意愿，主编应自动放弃自己的主张，下次再议（再议不得超过一次），或改变决定。

第十一条：杂志社成员均有下列义务：

（1）经常思考"杂志能为社会贡献什么？我能为杂志贡献什么？"，发挥专长，讲求实效，积极主动为杂志社工作。

（4）加强修养，提高自己的人格素质和才智水准。

第十二条：杂志社创获的一切财富，除上交国家税收和管理费之外，由全体成员共同管理和支配。一般情况下，收益分配必须兼顾事业发展和生活改善，按需分配与按劳分配相结合。按需分配是指：人人均等的基本工资，公费医疗，其直系家属中未享受公费医疗者的半公费医疗，解聘后3个月待业期内的基本工资等。按劳分配是指：与工作表现和实绩挂钩的奖金等。对创获重大效益者，可以另行规定，给以奖励或收益分成。

第十四条：杂志社对所有成员的生活保险负有完全的责任。如某成员遭到不测灾难而个人财力不足抵御时，杂志社所有资产，须为帮助该成员抵御灾难而服务。直至该成员生活水准恢复到社内成员最低水准。若集体财力还不够，所有成员均有义务各尽所能，全力帮助，任何人不得反对。在条件具备时，杂志社应帮助所有成员进入社会保险。

此条约共二十条，涉及一个共同体组织的方方面面，从个人生活自由到生活保障，然后到杂志自身的发展和运营，从人性的基本诉求到理想之梦的保障。由这个条例组织起来的集体，是一个新型的"公社"，是1825年欧文在三万英亩美国土地上的"新协和"公社的变体，是二十世纪末中国平民在政治经济学领域的一次罗曼蒂克，也是现实生活中再次重温业已失败的红卫兵浪漫经历。对个人的道德、自我要求做了细致的规约和规范，甚至对成员的灵魂和积极性都进行了疏导，每个人都要经常思考："杂志能为社会贡献什么？我能为杂志贡献什么？"二十多人的公社以及对共同梦想的渴求，使得一种热情在彼此之间燃烧，每一个个体都自觉自愿地加入到共同事业的追求中去了。韩少功已是蜚声海内外的著名作家，他成熟的思想能力和独具的个人魅力，使得他的意志几乎成为公社的旗帜。公社的成员在公约上面签上了自己的姓名，就像建立了共同体的屋宇。公社的一切成文法条须通过民主讨论商定加以认同，不同意见也同样获得尊重，富有现实效应的白日梦当然也埋伏着一些难以消除的拦路虎。杂志也受到资本的关注，有人愿意注资杂志，但他们拒绝了这个当时比较时髦的取向。韩少功认为，刊物属于高技术产品，是劳动和智力的投入，货币资本投入反会掩盖利润的真实来源，最重要的是跟韩少功的价值取向有关，他反对以资本吃红利，不劳而获。他设计了一种没有货币资本和资本家，以劳力支付为分配依据的劳动股份制。公社成员每个人都是杂志社的股东，他们不以资本入股而以劳动入股，参与劳务工资奖金和利润的共同分配。成员之间分配的差距小于 1：3，而执行的结果是不到 1：1.7。成员退出公社劳动，其工资奖金也停发，但股份仍然持续，并以每年二分之一的比例递减。

签约之后，人员精神大受鼓舞，涌动着创造的热情。原始启动资金是以借欠的形式筹集起来的，大家拿出自己的一些私钱，省文联借了五千元。韩少功拿出自己三千元存款和工资交给公社，全身全心投入杂志社的运作。他觉得这是一件比写作更有意思的事情，办好了小说完全可以不写，因为"作家首先是人，人的概念要优于作家的概念。第一是做人，第二或者第三才是当作家"[①]。在众人的

---

① 韩少功、王樽：《穿行在海岛和山乡之间》，《时代文学》2008 年第 1 期。

努力下，《海南纪实》办成了一本图文并茂，具有强大视觉冲击力和现实观照能力的刊物。杂志编辑的阵容相当可观，能写能编的张新奇，摄影记者林刚，编辑出身的女作家蒋子丹更是组稿方面又快又狠的角色，他们借助韩少功的社会影响力和自己的人脉资源，全身心投入杂志的运营和编辑。杂志在刊号还没批下来时，就已经闹得沸沸扬扬，并有书商闻风而来要包销刊物，因此大家基本上不用担心发行的问题。根据孔见《韩少功评传》的记载，1988 年 10 月，就在《海南纪实》人员尚未聚齐的时候，第一期出版面市，创下了发行六十万的纪录。杂志以鲜活的版式风格、特别选题以及珍贵的图片材料，吸引了广大的文化消费者，发行量直线飙升，突破百万册。

《海南纪实》的创办及其体制实验，处于市场经济伦理的建立与旧有伦理价值观的幻灭之十字路口，既是个人的梦想与实验，也是整个社会发展必经的阶段，韩少功的实验是使"文学与文化既能跟上社会经济的现实发展，另一方面又为文学脱离权力话语的控制从而走向自立和自为而努力，以探索某种更加符合自己理想的可行性道路"[①]。1989 年 10 月，《海南纪实》因故停刊，杂志资产成为人心和转变的试金石，有人提出修改公约维护个人利益，主张在核心成员中进行再分配，韩少功坚持原初的契约精神，创办者内部出现剧烈矛盾和不同意见，并成为群体最终分裂的导火索。财务依然按照韩少功的方案执行，被遣散者支取三年的工资，价值两百多万元的财产、设备和现金上缴作家协会，近十万元捐献给残疾人福利基金会，还有数万元以奖金的形式发给函授学院的优秀学员。有人借机举报韩少功个人贪污，此事对韩少功的打击极大，仿佛遥远的梦想之破灭，唤起了他对历史和记忆的重新思考，也堆积了心灵的诸多创痛。

---

① 张旭东著，朱羽等译：《全球化与文化政治：90 年代中国与 20 世纪的终结》，北京大学出版社 2014 年 1 月，第 38 页。

第二节　看透并宽容后，激烈批判

　　从七十年代末开始创作，韩少功很少以文学表达现实生活中的"私人经验"，好友何立伟评价他说："少功是一个私人话题不多的人，他好像一枚坚硬的核桃，任何人都不容易深入到他的个人内心世界里去。"[①]他的创作面对的总是公共性问题，比如关注知青命运、为民请命、新时期文学、形式创造、文化主体性，等等。《海南纪实》停刊及其带来的创伤，仿佛拉开了个人性情的闸门，他以随笔的方式形成另一种"个人话语"——"在经历了一系列越来越令人担心的成功以后，在一群愤世嫉俗者实际上也要靠利润来撑起话题和谈兴的时候，在环境迫使人们必须靠利欲遏制利欲到以权谋抵御权谋的时候，我突然明白了，我必须放弃，必须放弃自己完全不需要的胜利"[②]。从此一时期的《海念》《人之四种》《刺杀》等作品中，可以感受作家对人性的失望、沮丧、负气、讽刺与指责，个人痛苦与时代转折。《海念》是一篇宣泄文章，像一个夹在敌人与庸众之间的人在海边痛苦私语："你为他们战斗，就得为他们牺牲，包括理解和成全他们一次次的苟且以及被收买的希望。"最后，在海滩上一位瘦小干瘪的老太婆那天真的笑中获得解脱——"大海旁边的一切都应该天真。"[③]《夜行者梦语》中他列举了虚无主义情势下的现代社会，上帝之死和人之虚妄，怎样都行的动物性生存。在后现代思潮之下，大肆流行的独处幻想，文化的空白与恶质化，将会促使社会出现具有革命性、独创性的诗人，也会产生文化面具遮盖的流氓。后现代的一个后果可能是批判让位于妥协与勾结，逝去对真理的热情和坚定——"前主义的躁动和后主义的沮丧，是夜行

① 何立伟：《忽然想起韩少功》，《上海文学》2000年第12期。
② 韩少功：《后记》，《海念》，海南出版社1995年6月，第316页。
③ 韩少功：《海念》，《空院残月》，安徽文艺出版社2014年1月，第169页。

者短时的梦影。"①韩少功写了很多人物随笔。写于1991年10月的《笑的遗产》记述了给自己家带孩子的保姆游，一个毫无保留爱护孩子的老人，尽管个人生活中有自己的艰困，却跟他人的孩子建立起超越血缘的无私之爱，甚至把"笑"遗传给孩子，笑得毫无保留，毫无顾忌，尽情而忘形，笑出了一种很醉、很劲、很疯甚至很傻的劲头。游处于社会的底层，没有精英阶层的财富、社会官阶、学衔，"但她在孩子们的脸上留下了快乐，一朵朵四处绽放"②。

韩少功注重古典文学阅读，经常读古书来化解内心的块垒，老子、庄子、曾国藩、苏轼、陶渊明，佛教道家儒家混杂在一起的阅读之中，都指向安抚自我的心灵转折。早在1986年写作的《看透与宽容》一文中，他就把宗教的兴趣看作创造现代新人格新智慧的急迫追求，是一种精神和心智。看透与宽容是现代人格意识的两翼，要看透"看透"这种心态中所包含的虚无主义方面的内容，把怀疑论推进到绝对，何言宏对此有一个描述："对怀疑也要怀疑。但他在怀疑中也有肯定。在众多的中国文人中，他最敬仰的是苏东坡，或许，敬仰和认同正表明他的人生态度有了新的肯定，怀疑和失望终于有了止息的地方。"③1990年元月，韩少功上长沙开福寺，得遇该寺住持戒严法师，称他"与佛有缘"，并赠予台湾出版的印顺大师的著作《中国禅宗史》和佛教经典《金刚经》。韩少功直言佛学是心学，禅宗六祖惠能的《六祖坛经》"直指人心，引导一次心超越物的奋争，开示精神上的自由与幸福，开示人的自我救助法门"④，是直面精神暗夜的明敏、脆弱、哀伤之心。六祖及其后继者从思辨理论革命到平常心，他们的行为中包含着神圣的含义——"他们也是圣战者，决不苟同惊慌和背叛，奔赴真理从不会趋利避害左顾右盼，永远执著于追寻终极意义的长旅。因其圣战，游戏才可能

① 韩少功：《夜行者梦语》，《空院残月》，安徽文艺出版社2014年1月，第289页。
② 韩少功：《笑的遗产》，《中国作家》1992年第5期。
③ 何言宏、杨霞：《坚持与抵抗：韩少功》，上海人民出版社2005年11月，第86页。
④ 韩少功：《圣战与游戏》，《书屋》1995年第1期。

精彩；因其游戏，圣战才更知其不可而为的悲壮，更有明道而不计其功的超脱"①。韩少功还把佛教看作智识的引导，人间的耐心讨论和辩答，佛教看作无形无相，跟流转于传说、书籍、博物馆、梦幻、电脑以及音乐会的精神相同。"精神来自于整体，必向心于整体，向心于公共社会的福祉，成为对全人类的宽广关怀。""所谓入魔，就是个人性浮现，只执利己、乐己、安己之心，难免狭促焦躁；所谓成佛，则是群人性浮现，利己利人、乐己乐人、安己安人，当下顿入物我一样善恶两消通今古纳天地的妙湛圆明境界。"②如果说佛教给予了心灵的支持和平复，然而韩少功并未停留在个人性的自我安慰上，因为个人危机在九十年代已经转化为整体性的危机，而对作家来说更进一步，把佛教对世的认识转换成现代意识和关怀。

韩少功较早意识到九十年代与八十年代的区别，八十年代整个文学界有一个整体性的反"左"意识，以民主、科学、改革为共同旗帜，内部是有共识的，随着世界和中国复杂社会和文化问题的出现，人文知识分子出现了意识上的分歧。1998 年韩少功与雷马克的对话中回忆那个时间点："市场经济的利益格局更加复杂，一些曾经被很多人笃信不疑的基本价值观正在动摇。"③1993 年人文精神的大讨论是当代文化和文学场域中最有影响力的一次争论，王晓明在讨论中开宗明义地指出："今天的文学危机是一个触目的标志，不但标志了公众文化素养的普遍下降，更标志着整整几代人精神素质的持续恶化。文学的危机实际上暴露了当代中国人人文精神的危机，整个社会对文学的冷淡，正从一个侧面证实了，我们已经对发展自己的精神生活丧失了兴趣。"④这次讨论是文学界知识分子的切

---

① 韩少功：《圣战与游戏》，《书屋》1995 年第 1 期。
② 韩少功：《佛魔一念间》，《读书》1994 年第 5 期。
③ 韩少功：《九十年代的压力与选择——与荷兰学者雷马克谈话要点》，《精神的白天与夜晚》，泰山出版社 1998 年 6 月，第 91 页。
④ 王晓明等：《旷野上的废墟——文学和人文精神的危机》，《上海文学》1993 年第 6 期。

身感触和内心呼声，他们对于政府支持的市场变革所带来的社会价值、道德变化，不有深刻的焦虑和不满。

张旭东认为："这些知识分子感觉到了这一变革可怕的社会后果，但是他们只能声讨社会普遍粗鄙化、高等文化退位，哀叹公共空间受到国家和商品的双重垄断之下，人文知识分子的枯萎和边缘化。他们以一种稍显自怜的方式来表达自己的关切。"[①] 在这场讨论中，张承志、韩少功、张炜等作家都深度参与其中，并且受到了许多批评。"他们自信、自傲、唯我独醒，就不可避免地带有独断的色彩和专制的味道。张承志、张炜、韩少功，绝对否定世界，而绝对肯定自己"（张颐武语）。"他们对崇高的追求，首先就是以对自我的肯定为前提，来否定他人"（刘心武语）。争论双方存在理解的误差和认识上的差异，韩少功对作家的边缘化并不特别激愤和落寞，他只关心知识分子发出何种声音，不在意自己声音的响亮度和身份感，并且赞成知识分子的内部分化："分化了才有差别，才有多样性，才有交流和对抗。这可以逼迫大家接受挑战，逼迫大家都成熟和强大起来……我希望高水平的多样化，不希望低水平的多元化。低水平的多元化，或者说恶质的多元化，实际上就是提供了重返一元化独断论的前提和条件。"[②]

对中国知识分子强大与成熟的期盼，跟在国际视野内对中国主体性的考量有关，是韩少功这一代人独有的国际化视野，这也给予他一个独特的批判方向。比如对在国际舞台上所谓文坛（主流意识）的批判："我也曾经被邀请去演讲。看着台下一双双蓝色的眼睛，我揣测他们想听到什么。我本来打算谈父亲的自杀，谈自己亲历的枪战和监狱，谈中国一幕幕惨剧和笑剧……我知道那最能收获

---

① 张旭东著，朱羽等译：《全球化与文化政治：90 年代中国与 20 世纪的终结》，北京大学出版社 2014 年 1 月，第 38 页。

② 韩少功：《九十年代的压力与选择——与荷兰学者雷马克谈话要点》，《精神的白天与夜晚》，泰山出版社 1998 年 6 月，第 95 页。

西方的兴奋。但我突然愤愤地改变主意，并自觉羞愧。这羞愧不在于我说什么，而在于我为什么要那样说。这不意味着从此对中国的苦难缄口，只意味着开口不再取悦于人。我不能与下贱的语言同流。"[①] 他对刻意迎合西方世界主流价值观的电影、回忆录、演讲极为不满：不过是"为了使乞讨有一个神圣的名义，他们学会了下注政治"[②]。九十年代的韩少功对"世界"有了更多身体实感，在各种出访中，他选择了越南、印度、蒙古等需要带上药品、咸菜、方便面去访问的国家，这些众人不愿意去的国度，让他获得了另一种观察视角，他发现了印度这个民族深处的尊严，在印度教的和平传统以及甘地的非暴力主义中看到了民族的韧性和坚毅，也从印度的现实问题中看到了中国思想界目前的问题。任何一种制度都不能在政治意识形态之下进行简单化理解，印度、俄罗斯、韩国都成为韩少功重新思考社会发展道路的现实参照，成为他九十年代思考中的一个重要部分。[③]

　　韩少功把小说用不上的边角料写成一些散文，而散文就需要一些思想去组织和保护它，这就需要思想。[④] 韩少功的散文随笔与小说同时进行，想得清楚的写散文，想不清楚的写小说，现有的文学形式比如小说无法承纳作家丰富多元的思考，同时也是一种现实倒逼的选择："我有时候放下小说，用散文随笔的方式谈一些自己对某些现实问题的看法，甚至偶尔打一下理论上的'遭遇战'，是履行一个人的文化责任，是不得已而为之。我们正在进入以市场经济为主要特征的现代化进程，在这一进程中，有些旧的问题还没有消失，比如几千年官僚政治和极权主义的问题；有些问题正在产生，比如消费主义和技术意识形态的问题；有些问题是中国式的，

① 　韩少功：《世界》，《空院残月》，安徽文艺出版社 2014 年 1 月，第 296 页。

② 　韩少功：《世界》，《空院残月》，安徽文艺出版社 2014 年 1 月，第 294 页。

③ 　此处表述参考了何言宏、杨霞《坚持与抵抗：韩少功》一书。

④ 　韩少功：《反思八十年代》，《在小说的后台》，山东文艺出版社 2001 年 3 月，第181 页。

比如传统文化资源的现代转换和运用问题；有些问题则是全球性的，比如经济一体化和文化多元性的问题，等等。"[1] 1997 年 9 月，《一九七七年的运算》回忆了自己参加高考的偶然性，对比了另一位聪明好学却因为年龄、家累而错过高考的老朋友，对方从此处于人生的下降通道中，处处不如意。这是命运的偶然性，更是时代与社会的残酷，由此韩少功对自我中心主义者无法热烈致敬："我从老朋友一张憔悴的脸上知道，在命运的算式里，个人价值与社会和时代的关系，不是加法的关系，而是乘法的关系，一项为零便全盘皆失。作为复杂现实机缘的受益者或者受害者，我们这些社会棋子无法把等式后面的得数仅仅当做私产。"[2] 孟繁华认为韩少功九十年代的文学活动已经超出了小说家、散文家的身份，在他深具思辨和批判力量的文章中，给出的是清醒而明晰的判断力，是"一个有信仰的作家面对纷乱文坛慷慨陈白中的深切忧患，在需要人说话的时候，他敢于毫不犹豫地站起来发言，将刀锋锐利地指向痼疾，一一割将开来，毫不手软地使其全部丑陋暴露无遗。中国文坛现在确实需要几个'真正的猛士'"[3]。韩少功由对生活的观察和认识，延及对文学的使命的再思考。

第三节 《天涯》与"新左派"

二十世纪九十年代末期的"左右之争"，是另一次思想文化界的大事。新自由主义的主要诉求是不再信任立足于社会变革的乌托邦和革命冲动，斥其为人类的天真、思想上的浮夸和哲学上的谬

---

① 韩少功、蓝白、黄丹：《文学的追问与修养——韩少功访谈录》，《东方艺术》1998 年第 5 期。

② 韩少功：《一九七七年的运算》，《人民日报》1997 年。

③ 孟繁华：《庸常年代的思想风暴——韩少功九十年代论要》，《文艺争鸣》1994 年第 5 期。

误，新自由主义凭借这样的意识形态性清扫，为自己清出了地基。不同于传统或社会改革派的自由主义价值与中国改革的知识理想以及民众渴望交织在一起，新自由主义的立场要求全盘、系统地采纳市场革命的意识形态和政策。[1]《天涯》杂志的改刊，让韩少功跟此次讨论关系密切，《天涯》一度成为"新左派大本营"，发表过汪晖的长文《论当代中国的思想状况以及现代性问题》，在思想界引起较大反响。韩少功期待杂志成为思想交锋的平台，《天涯》也发表过很多与"新左派"相异或者相斥的稿件：萧功秦、汪丁丁、李泽厚、秦晖、钱永祥、冯克利，等等，都有建设性的辩难。在韩少功看来："左右两翼有时候有共同的关注，要解决同样的问题，只是对问题的解释不同而已……我的主张是不管左派右派，能抓住老鼠就是好派，能解释现实就是前进派。'新左派'对于打破80年代以来物质主义、发展主义、市场主义、资本主义的'一言堂'是有积极意义的。贫困问题，生态问题，消费文化，道德危机，国际公正秩序，权力资本化与资本权力化……这一系列问题，如果不是因为尖锐刺耳的左翼批评出现，恐怕很难清晰地进入人们的视野，就会在市场化的高歌猛进和莺歌燕舞之下被遮盖。"[2]韩少功充分肯定了"新左派"对九十年代中国现实的重要价值，他对九十年代有一个形象化的判断："90年代的经济发展成就有点出人意料，90年代很多社会问题的严重程度也有点出人意料。中国这辆车，好像是跑在一条基础不牢、设备不全的高速公路上，需要特别高超的驾驶技术，即成功的思想创新和制度创新。"[3]它面临社会主义和资本主义的双重遗产，也面临着克服"左"和右两种教条主义的任务。

　　韩少功的基本态度，无论是从人文主义精神大讨论还是《天

---

[1] 张旭东著，朱羽等译：《全球化与文化政治：90年代中国与20世纪的终结》，北京大学出版社2014年1月，第40页。

[2] 韩少功、王尧：《韩少功王尧对话录》，苏州大学出版社2003年11月，第83页。

[3] 韩少功、王尧：《韩少功王尧对话录》，苏州大学出版社2003年11月，第94页。

涯》的工作实践，都可以看出他的调和中求得近真理的方式。而《完美的假定》这篇文章则更加清楚，他做了一次格瓦拉的左派和吉拉斯的右派的协调："吉拉斯的理论是不太重要的，与格瓦拉的区别是不太重要的，与甘地、鲁迅、林肯、白求恩、屈原、谭嗣同、托尔斯泰、布鲁诺以及更多不知名的热血之躯的区别，同样是不太重要的。他们来自不同的历史处境，可以有不同乃至对立的政治立场，有不同乃至对立的宗教观、审美观、学术观、伦理观……一句话，有不同乃至对立的意识形态。但这些多样而且多变的意识形态后面，透出了他们彼此相通的情怀，透出了共同的温暖，悄悄潜入我们的心灵。他们的立场可以是激进主义也可以是保守主义，可以是权威主义也可以是民主主义，可以是暴力主义也可以是和平主义，可以是悲观主义也可以是乐观主义，但这并不妨碍他们呈现出同一种血质，组成同一个族类，拥有同一个姓名：理想者。"但他们的理想超越着具体的目的，而是一个过程；不再是名词，更像一个动词。"理想是不能社会化的；反过来说，社会化正是理想的劫数。理想是诗歌，不是法律；可作修身的定向，不可作治世的蓝图；是十分个人化的选择，是不应该也不可能强求于众强加于众的社会体制。理想无望成为社会体制的命运，总是处于相对边缘的命运，总是显得相对幼小的命运，不是它的悲哀，恰恰是它的社会价值所在，恰恰是它永远与现实相距离并且指示和牵引一个无限过程的可贵前提。"[1]

在 1998 年发表的《熟悉的陌生人》中，韩少功再次追忆了八十、九十年代之交的变化对于自己的冲击，并依然把解决方式寄托在人而非制度上："一个刚愎的共产主义者，最容易成为一个刚愎的反共产主义者。""一切急功近利的社会变革者，便更愿意用'阶级''民族'等族群概念来描述人，更愿意谈一谈好制度和好主义

---

① 韩少功：《完美的假定》，《世界》，湖南文艺出版社 1996 年 10 月，第 204 页。

的问题，而不愿意谈好人的问题，力图把人的'性情'一类东西当作无谓小节给随意打发掉。""在这样的历史文本里，人只是政治和经济的符号，伟业的工具，他或者她是否'刚愎自用'的问题，几乎就像一个人是否牙痛和便秘的闲话，必须被'历史'视而不见"。① 也就是说，他尽管意识到制度的存在，但依然把重心放在人的问题，其实就是简单的"好人"问题，是回到了早期作品中所给出的那种理想型人物，有着光明的内心和理想——"一个有起码生活经验的人，不会不明白制度和主义的重要，但也不应该忘记制度和主义因人而生，由人而行"②。这和重视从制度上批判市场的思路有着明显的差异，这一点在追忆严文井的文章《光荣的孤独者》中看得更加透彻，记录了老一辈文化人和革命者的态度："我的共产主义就是公平和正义，是反对任何形式的剥削和压迫，是为最大多数的人民群众谋利益。我在这一条上是不会改变的，也不觉得有任何必要来改变。"③

从韩少功所追忆和赞赏的人物中，我们可以看到他始终持有的理想主义的人生情怀，以此去抵抗和批判实利主义、投降主义、唯物质论、自由至上、资本决定论、发展主义等等社会意识形态。尽管从学术的眼光去看，这些论述可能存在问题，但从一种情感来看，又是真诚而独特的。韩少功始终保持一种批评与自我批评的双向作用力，也即早期所提倡的"二律背反"，情怀中有限制，理想中有条件，左右调和试错，他从来不会坚定地站在某一种学说的立场上，总是在左/右，理性/感性，国内/国外，农民/知青，自由/革命等对立性的立场、概念、表述、形象中试图寻找到累加型的理想社会和人格。由此，韩少功的方法论必然是实践性的。"知识只属于实践者，只能在丰繁复杂的人民实践中不断汲取新的内

---

① 韩少功：《熟悉的陌生人》，《空院残月》，安徽文艺出版社 2014 年 1 月，第 354 页。
② 同上。
③ 韩少功：《光荣的孤独者》，《上海文学》2006 年第 8 期。

涵——这是唯一有效和可靠的内涵，包括真情实感在概念中的暗流涨涌。"①韩少功在《暗示》的"附录二：索引"中附上自己的生平经历，他认为："如果学术只需要文献索引，如果作者和读者只满足于这样的索引，知识就可以从书本中产生了，就是从书本到书本的合法旅行了，就是几百本书产生的一本又后加入到几百本书中去再产生下一本书的可悲过程了——文献的自我繁殖，在我看来无异于知识的逆行退化和慢性自杀。"②他推崇"冲突是知识成长的动力，但一定要是真实的冲突而不是玩弄概念的虚假的冲突"③。韩少功认为学术的活力来自于"生命实践"的介入，"直指人心"是他坚持的一个思考原则。在外界看来是知识分子杂志的《天涯》，"其实从读者来信的情况看，很多优秀的读者处于社会底层……倒是有很多博士或教授读这种杂志有很多障碍，对社会与文化问题没有兴奋点"。"《天涯》上凡是有分量的文章，都是眼睛向下看的，都是摆事实讲道理的，以充分的社会调查为基础。"④韩少功经常警告编辑们不要把刊物办成一般的学报，不要搞成"概念空转"和"逻辑气功"，让思想尽量实践化和感性化，反对知识的专业分工，信赖萨义德所言业余者态度，选择公共空间中的风险和不确定的结果，而不是由专家和职业人士所控制的内行人的空间，对于现实中的重大问题，业余者的行为来自关切和喜爱，而不是利益和自私、狭隘的专门化。

1999年韩少功主持并策划了《南山纪要》，讨论世纪末中国发展的环境生态问题、发展主义的意识形态以及这些对当代中国的文学、文化工业和意识形态的影响，并对当下的文学做出了严厉的批评："20世纪90年代以来，文学创作不乏优秀的作品，但从整体上

---

① 韩少功：《暗示》，安徽文艺出版社2013年4月，第498页。

② 同上。

③ 韩少功、萧文：《韩少功：不愿意拘泥一法》，《中国青年报》2002年11月6日。

④ 韩少功、王尧：《韩少功王尧对话录》，苏州大学出版社2003年11月，第44页。

来说，面对社会深层矛盾的集中浮现和国际格局的重大变化，很多作家似乎还缺乏必要的思想和艺术准备，甚至还可能在纷纭多变的世俗生活中迷失价值目标。在这种情况下，有两种创作倾向值得回顾和检讨。一种出现在某些描写现实生活题材的作品里：作者感受到了社会底层的生活压力，对老百姓生活有较为生动的再现，却时常采取了为不平等、不公正的社会秩序进行辩护的立场，比如总是将新富人士美化为救世主，其为所欲为、欺行霸市、嫖娼宿妓、行贿受贿的行为也常常被谅解或者得到羡慕，而下层百姓则被要求对这些人逆来顺受。这种'强人救世''富人救世'的作品，向读者散布着绝望的情绪，指示着低头屈服的出路，自觉或者不自觉地强化着发展主义意识形态的霸权地位。另一种倾向出现在某些表现个人世界的作品当中：作者抛弃了传统的社会政治大叙事，转向个人内心世界的探索和个体价值的确立，在艺术形式上则常有现代主义的奇异和狂放。但这些作品中的相当部分时常滑向了人性论，用人性论的本质主义来抹煞'人'的历史性。似乎人性即人欲，而人欲是自然的、原真的因而是神圣至尊的，完全掩盖了现实生活中所谓'人性'赖以形成的全部文化过程和全部社会关系，制造着一种绝缘独立和一成不变的人性神话，与发展主义的哲学逻辑是一脉相通。"[1]事实上，九十年代末期以来，文学的批评与文学的写作生态、重要思想命题争论之间，已经存在严重的鸿沟，这个议题几乎成为学界知识分子的内部话题，并没有在文学界产生后续的对话和争论。

第四节　结语

2013年至2014年写作的《革命后记》，可以看作韩少功九十

---

[1]　李少君：《南山纪要：我们为什么要谈环境—生态？》，见韩少功、蒋子丹主编《失控与无名的文化现实》，云南人民出版社2003年1月，第208页。

年代思想随笔的后续之作，作家把关注点放在自己记忆所及的"文革"上，兼及前后三十年，也就是中国现代革命史的后半场，既是以后来者和局外人的身份对革命的遗痕采集，也是当事人有关革命的亲历性故事："作为一份艰难的证词，我必须对自己供述如实"。在这份证词中，我们可以看到韩少功对"文革"成因的思考和描述，全民圣徒化、警察化的心理描述，展示了"权力社会"发生、发展、恶变，直到崩溃的过程。《小绿棒》一文引述了托尔斯泰的一则故事：哥哥告诉他存在一种方法，可以让全世界人民过上不再有贫穷、残疾、屈辱、仇恨的幸福生活，办法被刻在一根小绿棒上，埋入了屋后的一片森林。托尔斯泰终生都在寻找小绿棒，也影响了千万个寻找者，世界就不再是原来的世界。继续寻找这个行为本身就是具有操作性、现场感、生活气息、日常体温的理想之约——"理想的持久引力，激发出源源不断的感受、知识、思想、运动、制度、实践策略……如果这一切不能实现社会最优，但已成功地阻止了社会较坏——谁能说这就不是意义？"[1]理想与现实结合的次优主义，带病运转，动态平衡，有限浮动，争取现实中最不坏的——"现实的理想，行动者的梦"。韩少功的散文随笔始终关注的是道德和权力 是公平与正义的问题，恰如他对小说的预期："仅仅写得很像，活灵活现不太满足，虽然也有快感。我更想写出一个全新的世界，这样就把文学对世界的干预的功能强化了。"[2]散文随笔则进一步强化对世界的干预功能，也在干预与思考中越来越溢出主流文学的形式框架，这恰恰是韩少功对新时期文学的贡献，捍卫了文学的尊严和承担。实践与文学，形式与思想，在他的写作之中互相依仗，韩少功的作家形象远远溢出了"讲故事的人""模仿者"的范畴，他从七十年代开始就走在一条崭新而行人稀少的道路上。

---

[1] 韩少功：《革命后记》，牛津大学出版社 2013 年 12 月，第 239 页。

[2] 韩少功：《叙事艺术的危机》，《世界》，湖南文艺出版社 1996 年 10 月，第 185 页。

第八章　中间状态：知青精神空间的
　　　　　　流变与文化姿态

　　韩少功较具有影响力的小说中都有一个知识青年的叙事者和观察者，《月兰》《风吹唢呐声》中是参加农村工作队的年轻干部，《回声》中是自愿扎根农村的红卫兵，在《飞过蓝天》中转变成对知青自身的反思者、批判者，《西望茅草地》《远方的树》《归去来》中的主角是1968年响应号召下乡的知青。作为叙事者、观察者的知识青年和后来的知青叙事者，跟作者的社会身份和生活经历具有一定的重合性，在完成当时主流文学思潮意义上的"伤痕"和知青故事讲述之外，还存在一个以外来者的视角审视和浸润其中的乡土世界，获得另一种文化经验和生命感受。及至"寻根"思潮兴起，乡村生活的经验从文化和生命力的角度被唤醒，《爸爸爸》《史遗三录》有一种外来者的眼光隐现文本中，而从《暗示》《马桥词典》《山南水北》到《革命后记》和后知青时代的长篇小说《日夜书》，则是对"上山下乡"运动的反复回望和对那一代人精神空间持续不断的造型。

第一节　知青文学背后的社会机制

　　在谈论"寻根文学"时，韩少功说："当时赞同寻根的，主要是一帮有乡村经验的作家，特别是一些知青作家，包括下乡知青和回乡知青两个群体。但不管哪个群体，也不管他们对乡土怀有怎样的情感，他们都有一定的乡土生活经验，有一种和泥带水和翻肠倒胃的乡村记忆。他们从西化程度较高的城市，到传统积淀较多的乡村，既是社会身份的下移，也是不同文化板块之间的串联。这样，在一种文化碰撞之下，在文化身份的撕裂之下，他们获得了一种独特的生命感受切面，一旦受到某种观念的启导，心里的东西就喷涌而出。"①这是从城市与乡村两种文化传统的碰撞交流来解读"寻根文学"的发生机制，扩大言之，下乡知青的身份、乡土生活经验、乡村记忆几乎成为大部分五十年代出生作家的创作发生机制，他们书写知青生活、乡土改革、人们命运的改变，背后都有城市与乡村两个空间中精神和身体的移动。

作为明显横跨两个空间的知青文学，很多研究都专注于写作主体"知青"，而忽视背后的社会机制。最早可以推及共和国第一个五年计划之后出现的新形式的不平等："最显而易见的不平等表现在城乡之间的明显差别上。城市的工业化在很大程度上是建立在剥削农村的基础上。为城市的物质条件得到改善时，农村经济基本停滞不前，这就扩大了日益现代化的城市和落后农村之间的经济和文化差距。"②一方面是空间差异和不均等，另一方面是整体性困局，整个社会面临着人口过多和就业不充分的问题，1949年城市人口是五千七百万，1957年增加到一亿人，新的城市居民大多是来自农村的居民，他们无法在城市企业中找到工作，只能在现代经济部门地区的边缘维持生活，而乡村地区也已经出现比现存农业社会经济组织所能容纳的人口更多的居民，"官方已经承认失业现象日趋严重"③。社会发展出现的社会经济不平等已经引起高层的关注，新中

---

① 韩少功、郝庆军：《九问韩少功——关于文学写作与当代中国的思想状况》，《传记文学》2012年第1期。

② ［美］莫里斯·梅斯纳著，张瑛等译，丘成等校：《毛泽东的中国及其发展：中华人民共和国史》，社会科学文献出版社1992年2月，第156页。

③ ［英］克里斯托弗·豪：《1949—1957年中国城市的就业与经济增长》，转引自［美］莫里斯·梅斯纳著、张瑛等译、丘成等校《毛泽东的中国及其发展：中华人民共和国史》，社会科学文献出版社1992年2月，第245页。

国在经济上有一定程度的发展，但却"产生了与毛泽东想象的中国未来前景不一致的社会政治结果"[①]。

1953年《人民日报》发表社论《组织高小毕业生参加农业生产劳动》，团中央开始组织高小、初中毕业生回乡，是自上而下的政策性倡导，按照郭小东的解读："背后是强调改造思想、安置就业和备战备荒为要务的人力资源的调配。"[②]跟带有惩罚性质的把右派知识分子下放农场和农村不同，他们的返乡基本上是自愿的，初始阶段规模零散，大多是一些积极分子的行为。1955年毛泽东提出："农村是一个广阔的天地，在那里是可以大有作为的。"稍后这种国家主导的倾向陆续在文学艺术作品中传达出来，一些走在时代前头的先进青年形象出现，比如马烽的电影剧本《我们村里的年轻人》，1959年拍成电影，深受社会各界欢迎，在当时成为连城市青年人都向往的生活方式，是建国后农村题材影片中最有代表性的作品——退伍回来的青年高占武和中学毕业生孔淑贞、李克明回到村庄，他们办起电气化训练班，设计完成了水电站，生活和爱情充满了年轻人的朝气。豫剧《朝阳沟》在中原一带几乎家喻户晓，描写家居城市的高中毕业生银环到未婚夫拴保的家乡朝阳沟参加农业生产，遇到了一连串困难，家人反对，思想上发生动摇。在共产党基层支部和群众的帮助下，又由于在劳动中培养起来的对土地和庄稼的深情，她认识到农村也是知识青年贡献力量的广阔天地，终于在农村扎下根来。

整体上来看，这两部作品都是政策宣传性的，跟后来的知青文学具有截然不同的旨归和诉求，具有强烈的社会政治属性，基调乐观高扬，是一种理想的欣欣向荣的社会发展氛围，构筑着发展的美好蓝图。但事实上预示了当时社会发展中非常重要的问题：在社

① ［美］莫里斯·梅斯纳著，张瑛等译，丘成等校：《毛泽东的中国及其发展：中华人民共和国史》，社会科学文献出版社1992年2月，第320页。

② 郭小东：《中国知青文学史稿》，北京十月文艺出版社2012年10月，第7页。

会发展过程中，党长期亲密联系的阶级——农民依然处于贫困和被辅助的境地，部分革命理想和允诺被仪式化，无法具体落地。这两部作品无疑都是在以补救和理想主义的方式恢复社会主义的远期目标。由于作品中人物内心世界几乎是作品不涉及的部分，无法获得不同空间内人们更细微的感知和真实的内心情绪，但《朝阳沟》已经呈现出两个社会空间的物质差别、文化落差，潜在的矛盾，被政策强行抹平的差距。由于文艺作品的前期属性，也预埋了许多艰难问题的种子，但从作品的大团圆式的结局方式可以看到国家政策强力的引导方向。

1963 年，"上山下乡"安置工作成为国家的一项专门工作和政治运动，在全匡范围内推广，比如韩少功中篇小说《回声》里的红卫兵路大为就是这种类型的知青，他是本县农科院的学生，1965 年已经到乡村进行社教运动，1966 年随着狂热运动的爆发，兴趣转移到哲学、国际共运史方面，自觉自愿沿着革命前辈们的足迹，扎根具有革命传统的乡村，做一番大事业。1968 年 12 月 22 日，毛泽东发出指示："知识青年到农村去，接受贫下中农的再教育，很有必要。要说服城里干部和其他人，把自己初中、高中、大学毕业的子女，送到乡下去，来一个动员。各地农村的同志应当欢迎他们去。"[①]狭义上的"知青"指的就是在这个指示下发之后到农村和边疆去的城市青年，全国范围内的知青"上山下乡"运动由此兴起。1978 年 12 月 10 日，历时四十一天的全国知青"上山下乡"工作会议结束，知青六规模返城，到 1980 年"上山下乡"从根本上已经结束。

在当代文学中被大量论及的知青文学正是起因于这一历史背景之下，在讨论知青写作之时，如果从知青身份和主体出发，往往会脱离五十年代中国出现的问题和语境，而事实上城乡不平等和国家

---

① 《"我们也有两只手，不在城市里吃闲饭！"》，《人民日报》1968 年 12 月 22 日。

经济困局是涵盖知青文学的根本性问题。众多研究者把知青运动及其文学表现分为三个组成部分（1968年之前是前知青时期，1968年到1979年是知青运动时期，1979年后称作知青后时期），文学上则以1979年之后的写作为主轴。这种分离本身暗含着不同的文学观和价值观，比如把早期知青文学概括为"人物概念化、简单化，是国家政策的传声筒"①等，阻碍了进一步深入讨论知青文学中所涵盖的政治、经济和意识形态问题，而导向一种以知青为主体的主题研究。

1980年前后涌现出了覆盖全国各地的知青作家群和大量的知青文学作品，作家张辛欣在一次发言中谈到，知青的创作在当时的文学刊物上占据了三分之一还多的版面②。梁晓声的《今夜有暴风雪》《这是一片神奇的土地》，张承志的《黑骏马》《金牧场》，王安忆的《本次列车终点》，叶辛的《蹉跎岁月》，史铁生的《我的遥远的清平湾》，孔捷生的《在小河那边》《大林莽》，张抗抗的《北极光》，韩少功的《西望茅草地》《飞过蓝天》，等等。这些作品跟五十年代知青文学叙事最大的区别是，直面知青生活中的"伤痕"，记录了知青一代下放之后的心理状态，城乡生活的差异和困扰，从理想追求的幻灭到苦闷求索，社会和人际矛盾，在时代浮沉中付出的代价，并以此透视十年"文革"中社会生活和政治文化的变迁。其主要内容大体都与"上山下乡"的生活经历相关，基本都以"自我讲述"的方式呈现历史面貌和知青群体的精神轨迹，是1980年前后新时期文学现实主义创作的重要组成部分。

韩少功总结过知青一代人的特点："承上启下，上承革命时代，下启一个改革时代，它又是横跨两个空间，右腿在农村，左腿在城市，这样一个特殊群体，这个群体中间它就容易把一些社会信

① 郭小东：《中国知青文学史稿》，北京十月文艺出版社2012年10月，第7页。
② 张辛欣：《"知识青年作家"群落的形成和演变》，在上海中国当代文学国际研讨会上的发言，1986年11月4日至6日。

号、信息聚集在他们的身上表现出来，这个东西它作为一个信息容量，也是可以做得很大……它可以有很多的层次，色块是可以很丰富的。"[1]无论是从宏大的政治实验还是社会治理的劳动力转移策略的角度，还是从一代人的社会阅历和生命体验来看，都是独一无二的历史和独特的情感体验。新时期文学以来的韩少功，持续以知青作为表现对象，把曾经沟通城市与乡村空间的知青生活作为一种方法论，随着时代和文学的发展，不断延展知青生活经验，深入思辨和探索。从写作到思考，乃至于生活实践都跟过去的知青生活紧密相关，在意识的变换、延续、反复、深入的动作背后是为"上山下乡"一代人独具时代特色和历史遗产的精神空间持续造型。他把知青的世界从一个群体扩展为一个观察者的立足点，创造了一种介于城市、乡村之间以知青为载体的精神世界。韩少功在知青经验和知青视角的反复推进书写中，把一代人的生活和成长、衰老印刻进当代历史中去，李敬泽说韩少功的写作"演绎着一个中国人在城乡之间的焦虑和选择。他把认识自我的问题执着地推广为认识中国的问题"[2]。这也是韩少功的写作能够持续进行的一个重要原因，他的知青写作不仅仅是针对一个群体的反复描摹，而是交织进共和国历史进程中去的一个复杂样态的呈现，是对知青运动背后根本性问题的寻索，知青记忆和那个时代以各种确证的意象、细节、情感、精神空间存在于文学叙事中。

第二节　"巨大的我"与中间状态

洪子诚认为韩少功八十年代初期的创作"具有明显的精神探

---

[1]　韩少功、朱又可：《〈日夜书〉与知青生活》，《青年作家》2017 年第 2 期。

[2]　孔见等：《对一个人的阅读：韩少功与他的时代》，江苏文艺出版社 2013 年 3 月，第 66 页。

索、精神重建的性质"①。这种探索是处于历史转折点上的一种反应，也是那一代作家内心的迷茫和困惑的表现，有知青经历的作家比如王安忆、孔捷生等的作品中表现得尤为明显，作品中的知青们接受的是来自时间和空间的双重冲击。比如天津知青苏桂兰说："留下来不易，回去也难。刚来北大荒时心里很难受，方方面面都不适应；如果现在回到城市，也不习惯了，看街上那么些的人都感到头疼，每次回家我都懒得上街，天津哪里像我们这里走个十里八里的都见不到一个人影。另外，我们这些在北大荒待惯的人回到城市都有这么个感觉，就是和家人合不来。"②另外，社会上许多人尤其是老一辈对"喝狼血长大的"知青一代颇多批评和责难（主要针对红卫兵经历）："没有理由抱怨，只有理由忏悔"，"大多数应该永远驱逐，不得返城"，"变相垮掉的一代"，"这一代应该被永远钉在中国历史的耻辱柱上"。③生活的现实困难和精神负担把知青群体逼迫到内在和外在都窘迫的境地，文学作品把这些普遍感受转化成了知识分子的观察和叙事。

孔捷生的《南方的岸》和《大林莽》都是讲述知青寻找生活的立足点和未来道路。《大林莽》里的知青小分队，被派去为建立新的橡胶垦殖场寻找基地，他们在海南岛茫茫的热带原始森林里迷了路，因为无法确定自己所在的位置，无法找到可靠的走出森林的道路，而陷入恐惧、焦灼之中。在具体可感的、现实困塞的生活故事背后，是一个个知青精神探寻的故事和寓言。王安忆的《本次列车终点》，讲述了回城的知青无法融入过去的生活和情感秩序中，因为贫困而产生了亲情隔阂，或者因为失去生活激情，他们被迫开始新的选择："又一次列车即将出站，目的地在哪里？他只知道，那

---

① 洪子诚：《作家姿态与自我意识》，北京大学出版社 2010 年 1 月，第 32 页。

② 朱晓军：《大荒羁旅：留在北大荒的知青》，转引自郭小东《中国知青文学史稿》，北京十月文艺出版社 2012 年 10 月，第 470 页。

③ 者永平主编：《那个年代中的我们》，远方出版社 1998 年 9 月，第 616—617 页。

一定要是更远、更大的，也许跋涉的时间不止是一个十年，要两个、三个，甚至整整一辈子。"①独属的情绪有几层意思：回不到过去的无奈，对现实的失望，青春的激情，历练之后的成熟。四海为家的革命时代的豪情把知青的内心世界再次打开："知青运动在这代人心灵中留下了深深的伤痕和思想印记。在'上山下乡'的过程中，他们一方面从城市中被放逐出去，另一方面，在农村也没有找到立足之地；他们既有一种优越感，又有一种自卑感，所以往往难于找到自己在社会中的位置和认同感……占据他们思想意识中心的是一种孤独感和流放者的情怀。"②他们的内心世界类似于流亡者："大多数人主要知道一个文化、一个环境、一个家，流亡者至少知道两个；这个多重视野产生一种觉知：觉知同时并存的面向，而这种觉知——借用音乐的术语来说——是对位的（cntrapuntal）。"③流亡者的身份和位置决定了他们"既非完全与新环境合一，也未完全与旧环境分离，而是处于若即若离的环境，一方面怀乡而感伤，一方面又是巧妙的模仿者或秘密的流浪人"④。

1985年第6期的《上海文学》上发表了韩少功的《归去来》，是一篇具有探索性的知青题材的小说。出身城市的"我"（黄治先）为了收购当地出产的香米和鸦片，来到一个村庄。他感到似曾相识，此地的一切既熟悉又陌生，他确信自己从没有来过这个村落，从未沾染此地的人和风景，但他似乎又准确地了解这里的一草一木。乡村世界缓慢地进入他的视野，进村之后是一段细致而主观感很强的描写，是外来者眼光缓慢打量下的乡村世界，在所见到的物质和风景的前面，使用的是"干枯""腐""烂""苍老""四四方

① 王安忆：《本次列车终点》，《上海文学》1981年第10期。
② 《中国新电影座谈纪要》，《电影通讯》1988年第12期。
③ ［美］爱德华·W.萨义德著，单德兴译，陆建德校：《知识分子论》，生活·读书·新知三联书店2002年4月，第1页。
④ ［美］爱德华·W.萨义德著，单德兴译，陆建德校：《知识分子论》，生活·读书·新知三联书店2002年4月，第45页。

方"冷冷""黑暗"诸如此类的形容词,村庄的贫困粗粝,抵消了一般意义上的诗情画意和田园美学,外来者审视和挑剔的痕迹跃然纸上,又有一种初次面对陌生世界的犹疑和不确定。随着"我"步步深入村庄,村庄里乡亲们也逐一出场。"老妇和少妇们都叽叽喳喳地挤在门边,喂奶的那位毫不害羞,把另一只长长的奶子掏出来,换到孩子嘴里,冲我笑了笑,而换出的那一只还滴着乳汁。"在叙事者的观看中凝结了对时间停滞的空间感受,对于脏乱差的乡村风景的些微嫌弃,对随性奶孩子的妇女的轻微不适应,以及被围观者挤压的不舒服,这些细微的感受和熟悉的场景似乎酝酿了一个启蒙主义文学的开端,被反复塑造过的启蒙主义文学的情感模型在这个空间里获得了复活的契机。

与这种预设的观察者视角违逆的是一个不经意打开了各种维度的人伦世界。知青"马眼镜"与乡村世界、农民之间的关系异常复杂,村民们笃定地把黄治先当作"马眼镜"来迎接和对待,"我"将错就错地应付着,彼此错位的认识和接纳,让各种关系一一展现。热情大方的村民们聚拢在一起,讲述起那些彼此之间的往事,即在这个叙事空间里曾经发生过的知青与村民之间林林总总故事。插队期间"马眼镜"曾经把自己的棉袄送给村民艾八的父亲,艾八的父亲一直感念他的仁义善良,父亲去世后,艾八把棉袄改了条棉裤给自己的孩子穿;"马眼镜"自己油印识字课本,给农民辅导文化知识,也讲解革命理论。贫穷中互助互爱的美好记忆之外,也有不协之音,"马眼镜"曾经杀死过一个品性不好的阳矮子;四妹子的姐姐曾经痴心地对待过他,最后他辜负了姑娘,姑娘的人生以悲剧结束。除去当时知青文学中占据中心的"伤痕"模式,知青与乡村的其他关系也在这个错位的故事里得到了展现,几乎涵盖了所有知青文学中的情感模式和人物关系类型。

在往事和细节中呈现出来的是胸怀革命理想的知识青年在农村生活的群众基础和情感基础,也是那个年代的底色,由此方可把"我"与村庄之间误认的逻辑理顺。如果没有"马眼镜"在村庄里的表现，村人们不会热情对待黄治先，"我"对于乡村的熟悉感，当然来自于他个人的插队经历，个人记忆和命运的相似性，让他半推半就地再次回归到知青命运共同体中，再次与过去的时空相遇。到底是"马眼镜"还是黄治先，对他来说已经失去了重要性，重要的是他在这个错位的空间中接通了历史，发现和创造了一个不同于现实中的"我"。

小说的结尾："我累了，永远也走不出那个巨大的我了。妈妈！"这一声"妈妈"的呼喊非常尖厉，"我"妈妈在小说中没有任何交代，突兀而迅疾地出现在叙事者的焦躁和疲惫中，结束了小说中似真若幻的复杂和混沌。玛莎·琼从揭示意识形态对人的控制的角度，认为这句话是一个发人深省的比喻，"巨大的我"是指"群体的我"，在群体面前，个体的"我"被训谕，因被期望而卑躬屈膝弯腰折服，阻碍了个体严肃对待"我是谁"这样的问题。[①]刘复生把"巨大的我"放在另一个解释系统里，他认为小说中的"我"包括当时的韩少功，对"巨大的我"，对山民们的传统文化，对知青的"革命理想"，不是被动地受"训谕"和控制，而是主动地寻找与认同，从而摆脱另一种占主流位置的意识形态——中国／西方、传统／现代二元对立的现代性话语。[②]以上两种解读都有自己的合理性和价值诉求，如果放在韩少功所有作品的序列中去看，这个"巨大的我"是具体而厚重的知青精神空间，开启了一片难以简单廓清的历史遗迹，也是蕴藏了丰富可能性的人格形象。"妈妈"可以是中国的代称，就像郁达夫在《沉沦》的结尾所倾诉和指称的祖国一样，"妈妈"又可以看作那段历史和生活经历的代称，她创造和生成了知青叙事者全部复杂的自我。

---

① ［英］玛莎·琼、田中阳：《论韩少功的探索型小说》，《当代作家评论》1993 年第5 期。

② 刘复生、张硕果、石晓岩：《另类视野与文学实践：韩少功文学创作研究》，北京大学出版社 2012 年 5 月，第 56、57 页。

"巨大的我"提供了理解韩少功知青题材作品的一个线索，是他创造当代文学中的知青形象的一个非常重要的支点，汇聚了时代记忆、城乡差异、革命理想与日常生活，离开与归来等主题，走不出的"巨大的我"确立了后知青叙事者的精神空间形象，从早期的"诉苦""伤痕"自我故事中解脱了一部分空间，涵盖了"农民"主体的情感体验和知青与国家、时代的关系。也是正视"苦难""伤痕"知青叙事遭到的批评和质疑，比如农民视角的缺失和对于农村出身的青年叙事者们的心理失衡（贾平凹、阎连科都曾经谈到当时乡村生活的苦难），徐友渔曾批评知青文学："广大农民明明也是上山下乡运动波及到的一方，但从来没有文章从农民的角度作评论和检讨。从来没有人论及下乡政策和知青的所作所为，是增进还是侵害了农民的福利。"还有其他在城市生存境遇差的知青的质疑（阿城说，乡村那是有饭吃的地方）。[①]韩少功把知青这一精神空间充分打开，不仅仅是"知青生命历程的纵深感，还有历史中各种关系的纠缠，如城乡关系的厚重感和深度感"[②]。

　　接通知青共同体的命运和双重的错位让清醒的叙事者"我"陷入一个抽象而膨大的幻境，乡村世界在具体与抽象之间，产生了新的混沌，这个世界既古老又新鲜，诱引着归来者一步一步走向未知和碰撞，走向一种复杂的情感模式。故事情节就是在如此怪诞的氛围中展开，他半推半就地走进一个"空间"，众多故事纷繁而来，但没有一个清晰的解释模式，暗含着意识的混沌和复杂的精神世界——中间状态，它无法完全是启蒙主义的思路，"我"不可能是一个毫无挂碍的外来者，又不可能是乡村本位的，"我"与村民之间的距离客观存在。在"我"与"马眼镜"、黄治先三种身份的彼此对照中，涌动着自我重构的冲动，在犹疑、怀疑、滑动、挣脱和走

①　参见徐友渔《知青经历和下乡运动——个体经验与集体意识的对话》，《北京文学》1998 年第 6 期。

②　刘亚秋：《知青苦难与乡村城市间关系研究》，《清华大学学报》2008 年第 2 期。

不出的连续动作内，一个被悬置的形象和精神空间呈现出来。

1983年，韩少功的小说《远方的树》刊于《人民文学》第5期，《中篇小说选刊》第5期、《小说月报》第7期转载，后入选贺绍俊、杨瑞平编《知青小说选》（四川文艺出版社1986年版）。韩少功在作者题头话中说："一次夭折的移民，使一批小知识分子曾辗转于城乡之间，挣扎于贵贱之间，求索于真理与伪学之间，终以摆货摊或得硕士等等为各自归途。不必夸大他们的功绩和美饰他们的品质，但那穷乡僻壤、天涯海角里成熟的心智和骨骼，将烙印于中国直跨入下一个世纪的历史。"是年7月10日韩少功在《青春》杂志创刊号栏目"愿《青春》发出年轻人的心音"发表祝词，《铸造博大的"自我"》一方面承认"文学应该表现自我，勇敢而诚挚地表现作者的个性"，但另一方面则对文学界极端个人主义的自我做了批评："以为自我是超世独立的，对社会和人民不屑一顾，他们经常实际上需要得到人民的帮助，而又鄙薄人民，以'高等华人'的孤傲，求有私无公的放纵。也有些文学朋友，以为自我是与生俱来的，对客观与现实毫无兴趣，似乎学习理论和了解实际都是庸人勾当，唯闭门玄思和静心得悟才能找到'自我'，才能体会到一种神秘而神圣的天赋'存在'。希望《青春》以青春的火热，来铸造新时代的大'我'"。这一期《青春》创刊号同时发表梁晓声的重要作品《今夜有暴风雪》，同为书写知青生活的作家，同场参加了讨论，他同意韩少功"背对生活，面向内心"的主张，但觉得韩少功的激烈愤慨"略微刻薄"。

有论者认为，知青运动"只是最终打造了一大群数以千百万计的边缘青年人。他们既不属于城市也不属于农村，既不是农民也不是工人，既不是知识分子也不是体力劳动者，他们只是一群在地理位置及社会层面上被移了位的人"[1]。这是一种自然主义的认识

---

[1] ［法］潘鸣啸著，欧阳因译：《失落的一代：中国的上山下乡运动（1968—1980）》，中国大百科全书出版社2010年1月，第429页。

方式，在两个社会和文学空间之间，知青是弥合者的形象，他们是被时代和命运选中的，这给予一代人的"自我"以新鲜的空气和风范，它改造了主体的自我认知，从王安忆的《本次列车终点》、孔捷生的《南方的岸》、史铁生的《我遥远的清平湾》、张承志的《黑骏马》、韩少功的《归去来》中那些迷茫的身影和不屈从的人格里，我们感受到博大自我的光芒，从这个意义上我们可能无法把"文革"时期的主流知青文学简单当作概念化的作品去对待。

另外，知青作品呈现出了不同于"十七年文学"诸如《创业史》《李双双》《艳阳天》等等中的农村现实，新中国以来第一次大规模以苦难的修辞来表现农村生活，在知青个人怨恨及苦难倾诉中，可以看到农村与苦难的趋同倾向，在个人的表述中我们看到了乡村形象的巨大改变，这个苦难的乡村一直存在，但在文学修辞中，乡村的革命性、新生力量、未来发展前景在相当长的时段内遮蔽了苦难层面，而在知青的个人苦难叙事中曲折呈现出来的是中国乡村苦难现实。比如《远方的树》中，知青田家驹离开乡村时与女主角小豆子的对话。"你们知识青年在这里吃了苦。"田家驹说："你比我们吃的苦多。"乡村的苦难本身是具有深刻的社会政治原因的，如城乡分治政策、户籍制、剪刀差等，这些在个人苦难的讲述中又是被掩盖的一个层面。

知青们有一句话：直到那时"才知道什么叫中国，才知道我们的老百姓是多么苦，又是多么好"。一位学者评论说，这两个"才知道"无论是对知青本人，还是对未来中国，都非同小可，意义重大。这是中国改革的认识基础。[1]那一代人在实践和直接经验中引发了思考，并且在农村相对宽松自由的环境中获得了思想的可能，"一些知青除大量阅读马克思主义经典著作外，还尽一切可能搜集、阅读包括'黄皮书''灰皮书'在内的各种'文化大革命'前出版

---

[1] 郑谦：《中国是怎样从"文革"走向改革的》，北京人民出版社 2016 年 1 月，第 300 页。

的中外优秀书籍，形成了各种'思想者群落'"①。接下来的改革时代，许多振聋发聩的真知灼见和第一代改革者就是从这个群体中走出来的，而"知青成为改革的直接推动者和受益者"②。韩少功从批评"小知识分子"的自私、矫情，失去理论热情和客观的能力，到《归去来》对知青精神空间的造型和呈现，不是完成"自我"叙事和以乡村为主体的知青生活讲述之间的和解，而是对知青一代人的重新指认，寄存厚望，期望这种经由城乡空间得来的"成熟的心智和骨骼，烙印于中国直跨入下一个世纪的历史"。

　　"文革"之后，偶像的跌落和理想主义的消散把"上山下乡"一代人尚未完成的成长，变成了一种曲折而艰巨的自我教育和自我探索的过程。《归去来》在隐喻意义上开启了韩少功写作中重要的精神空间——中间状态，无论主人公还是作家自己都处于乡村与城市之间，既不是农民，也不是纯正的市民。知青生活以及此后的观察者的位置，让韩少功作品中几乎所有的叙事者都悬置在城市与乡村的中间位置上，甚至他在随笔中坦陈自己既不是左派也不是右派，这也是自《归去来》而成形的"巨大的我"的表现形式。随后"寻根文学"中出现的新的审美方式和对地方空间的发现，与"巨大的我"和"中间状态"也是顺沿而来，发现了一个"空阔而神秘的世界"，这个世界不是具体的空间，具有抽象和封闭的外形，在悬置的时空中产生新的感受和语法，在这种写作中，"不只是取材鄙野，用语粗俗，而且写得怪诞，公然藐视一切小说作法和文学章程"③。比如《爸爸爸》最大的特点就是淡化先觉者的焦灼和思虑，生活本身的亦忧亦乐、人们的生命历程和累世积淀作为主体而存在，"巨大的我"淡化为"无我"的存在，直到"精神和直觉的

---

① 郑谦:《中国是怎样从"文革"走向改革的》，北京人民出版社 2016 年 1 月，第301 页。

② 郑谦:《中国是怎样从"文革"走向改革的》，北京人民出版社 2016 年 1 月，第303 页。

③ 李庆西:《说〈爸爸爸〉》，《读书》1986 年第 3 期。

解放"①。"寻根文学"释放了阔大的境界，把知青叙事中的个人情怀和忧患意识压缩到更小的空间，崇高之感迫向叙事者的整个心灵。除了上述意涵之外，鸡头寨也是小说的一个重要形象——远离城市的"地方"和村庄的形象，对"地方"的发现，是无法摆脱和具体化的"巨大的我"的另一种呈现形式，它是象征和隐喻的文学空间。

韩少功对知青在城乡的"中间状态"还有另外一种认识：他们下乡的时候，"知青是外来人，无人情负担"，在批斗甚至是斗争过程中往往是最积极的一群，他们的"在而不属"是一个根本性的问题。韩少功2000年再次返回汨罗居住以后，他的居住环境跟知青具有某种同构性，从城市到乡村空间，但不参与所在地的利益分配，是一种超脱的和谐状态，与当地农民反而没有知青时期的紧张感。"这里面作为一个作家来说，也许有一利也就有一弊，因为你的关系变成一个非常友善客气的状态，有时候你对他了解的深度就会有限，有时候对生活认识最深的时候往往是那种出现了问题甚至冲突非常激烈的时候，人性中最深层的东西才浮现出来，才表现出来，或者绽放出来，在这种比较友善的和谐气氛之下有些东西会被掩盖起来，所以说这是有利有弊。"②

来自城市空间的知青视角或者知青作为一代人对乡村世界的认识和观察，对于两个空间的沟通，除了国家政策上的统筹安排，已经没有进境。他们在实践中还可能回到乡村居住，留恋人情氛围而举行怀旧聚会、纪念仪式、下放地旅游等等，但从作家的角度来看，尤其是对乡村世界人性的呈现上会遇到新的问题。由于从五十年代延伸而来的理想城乡范式的破产（比如取消三大差别）和沟通者"中间状态"的局限，已经变化更新了的乡村世界无法成为深度关注的对象，与九十年代以来乡村题材小说和影视剧的逐渐消失是

---

① 韩少功：《答美洲〈华侨日报〉记者问（代创作谈）》，《钟山》1987年第5期。

② 韩少功、朱又可：《〈日夜书〉与知青生活》，《青年作家》2017年第2期。

同类的问题，在社会实践层面和文学表达上，它们都不再是被关注的中心。无论是《马桥词典》那种乡村语言本体化的写作方式，《山南水北》中对乡居生活的寻常记录，还是《日夜书》中的后知青时代的精神游历，作为正在进行的乡村经验世界并没有获得足够的关注，那个"隔"不是韩少功个人能力的问题，他一直是当代作家中比较接近乡土世界的，但那个世界或许已经失去成为文学重要主体的可能，需要等待新的社会发展契机（比如说"乡村振兴"计划的落实）和写作者、写作方式的更新换代，比如近年来青年学者的"返乡体"非虚构这种更加突出作家感怀和直抒胸臆的表达方式。但韩少功依然对乡村世界的宏观问题保持着敏锐，比如对家庭承包责任制的认识，韩少功认为尽管不是一个最好的制度，却是社会巨大的稳定器，是给一大半老百姓社会保障托底，"为广大农民工留一条谋生的后路，这种安排也为工业经济应对波动周期，提供了充裕的回旋余地和抗压能力，形成了另类工业化道路的'中国特色'"①。从宏观角度和时间的链条上，知青经验和返乡依然能够提供新的视野和认识中国的视角。

第三节　前、后"三十年"：从"伤痕"到"假伤疤"

《归去来》除了城乡空间之外，还有一个时间的线索，是八十年代初期知青对上一个历史阶段（共和国历史的"前三十年"）回访，彼时尚未明确的问题，在《日夜书》中已经上升为主要问题，"巨大的我"面临的被朦胧化处理的各种困惑，三十年后已经落地生根，成为切实的问题。《日夜书》以回溯和总结的姿态讲述知青"上山下乡"的经历和这一代人眼前的生活。知青是二十世纪政治

---

① 韩少功：《观察中国乡村的两个坐标》，《天涯》2018 年第 1 期。

运动的产物，在"短二十世纪"终结之时，它已经可以作为一个整体存在被看待。

现实中知青一代已经登上国家权力的中心，开始引领这个国家的发展方向，曾经的知青共同体分散成拥有各种新身份的人，此时的回望和总结，是从整体上去把握时代的变迁，也具备了纵深地整体性审视自我和知青一代的历史条件。时光日夜流逝，作为普通人的知青转眼已经快要成为历史的遗迹，叙事者沉浸在漫长的失眠症中，对死亡和时间的思考是叙事的起点："死亡不过是每个人与永恒的预约，使生命成为一种倒计时——滴滴哒哒声无一例外地越来越响。不是在那一天，就是在通向那一天的路上。"① 在一个时间点上，过去的躯体和物质实体像一个梦一样渐次消逝遁入模糊，写作者们致力于捕捉和塑造过去时代的灵魂，仿佛是一次次代偿行动，紧紧咬住那一段历史，萃取出具体个人存在过的意义星火。

韩少功作品中的知青下乡很少是被迫的，从《西望茅草地》中到茅草地扎根的青年到《日夜书》中默默把知青朋友尽收眼底的陶小布，跟那些委屈无奈被迫下乡的知青形象不同，他们几乎都是主动选择的单纯的理想主义者，抱着对诗与远方的向往，带着改造世界的热望，开启生命的另外行程。《日夜书》中叙事者"我"——陶小布选择主动下乡的原因是，全国大乱结束，同龄人几乎都到乡下去了，留下空寂的校园和落寞的个人，有一种被集体抛弃的感觉；一代少年对远方和理想的想象激荡着他的内心。

"远方是手风琴声中飘忽的草原，是油画框中的垦荒者夕阳西下归来，是篝火与帐篷的镜头特写，是雕塑般的人体侧影，是慢镜头摇出的地平线，是高位旋转拍摄下的两只白鸥滑飞，是沉默男人斜靠一台拖拉机时的忧伤远望。"② 这一场景几乎是《西望茅草地》的一次重写，道路神圣而漫长，一切都令人兴奋不已。"明亮的甘

---

① 韩少功：《日夜书》，安徽文艺出版社 2015 年 5 月，第 250 页。
② 韩少功：《日夜书》，安徽文艺出版社 2015 年 5 月，第 38 页。

溪从落日之处缓缓流来，落霞晚照，水天一色，茅草地似乎在燃烧。那台废拖拉机还摆在山上，像刻记一切往事的碑石，像经历了无数次失败的英雄，面对自由的暖风，静静地注视过去和未来。锈红色的空气在微微波动。这样一个美好的世界，锈红色的世界，像一道闪电，就要划过去了，就要消失了。"①

初次遭遇乡村世界的城市青年的"发现"和"兴奋"，青春梦想与共青城的幻想，所使用的词汇混合了革命理想主义和古朴典雅的情怀，有一种创造历史的兴奋和庄重，过去和未来的时间感都被吸纳到四处游动的心灵的感觉秩序中去，这是一个统摄性的自我形象和光荣前史，也是日后一直追怀的重要来源。但"前三十年"的时间在《日夜书》中占据了较少的篇幅，而所有关涉"前三十年"的生活故事都是其他知青叙事和前期作品的又一次"复述"，即使在局部上有细节上的新鲜和逸事上的趣味性，但以"幻想"去概括"前三十年"的生活经历和非常复杂的社会发展状况，是被一种长久以来的知青文学主流思路所统辖的一个表现。《归去来》所打开的知青精神空间在这部作品中没有更好地体现，这会导致"后三十年"的知青形象失去依恃。

理想主义青年随后遭遇的就是贫困和内心的挣扎，最初的幻想和激情破灭后，他们"堕落"成混在一起喝酒、打牌、偷鸡摸狗、游手好闲的人，辛苦恣睢地寻找门路改变命运。回城以后，经过资源重新分配和九十年代的下岗潮，社会地位迅速分化，每个人的生活都在经历煎熬和沉浮，彼此之间已经千差万别，有的成为政府官员（陶小布），有的凭借个人聪明智慧以"人肉炸弹"的方式挑战市场利益的壁垒（贺亦民），有的把粗鄙贩卖成了后现代艺术时尚（姚大甲），有的成为启蒙主义英雄在新时代表演着自己的悲喜剧（马涛），有的一生都在流浪寻找不息（小安子），还有的人被打入

① 韩少功：《西望茅草地》，《人民文学》1980 年第 10 期。

社会底层行列惨淡结束生命（郭又军），等等。《日夜书》是知青后史和革命后记，是从现实的时间轴出发，接近人生尾声的一群共和国同龄人，革命时代的生活与过去像梦魇一样压在心头，过去塑造了现在的选择和位置，现在的生活又不断回望过去寻求支持，陷在时间的中间状态让这一代人区别于其他的人群。

白马湖是知青插队落户的地点，也是把这一群人命名的一种共同经验代称，几十年来像一条无形的线牵连起早已分裂的群体："从这些人的表情和言语来看，过去的岁月黯淡无光，说起来简直都是字字血声声泪……白马湖是他们抱怨的对象，痛恨的对象，不堪回首咬牙切齿的对象。如果说他们现在下岗失业了，提拔无望了，婚姻解体了，儿女弃读了，原因不是别的什么，肯定就是白马湖罪大恶极，窃走了他们的青春年华。"[1]另一方面他们在回忆往事和日常谈吐中似乎又在夸耀什么，夸耀独一无二属于他们这些人的知识、情义、勇敢、体力劳动，等等。"他们一口咬定自己只有悔恨，一不留神却又偷偷自豪；或情不自禁地抖一抖自豪，稍加思索却又痛加悔恨。他们聚集在郭又军这只老母鸡的翼下，高唱一首首老歌，津津乐道往事，接班寻访旧地，深情看望老房东或老邻居，接受当地新一代官员的欢迎和赞美，甚至编影集、排节目、办展览、筹建纪念碑……"[2]他们自豪与悔恨串味的两种情感方式，对应于新中国成立六十年以来的历史，即是学界一直讨论的可分为前、后"三十年"两个明显不同的阶段。前一阶段"以阶级斗争为纲"，进行"无产阶级专政下继续革命"，构筑过城乡结合、改造思想、改造农村的美好远景是自豪的来源，虽也取得一定成就，但还是犯有严重错误和得到沉痛的教训。后一阶段以经济建设为中心，进行市场化的改革开放，实现了经济快速增长和社会发展，达到初步小康和成为世界经济大国，但也产生贫富差距和不公平。

---

① 韩少功:《日夜书》，安徽文艺出版社 2015 年 5 月，第 286 页。
② 韩少功:《日夜书》，安徽文艺出版社 2015 年 5 月，第 289 页。

《归去来》叙事者"我"两次深入边缘之地，第一次是代表国家（"我"是集体化时代的下乡教师和医生"马眼镜"），第二次是代表市场的商人"黄治先"。第二次即"现在"的主体位置是叙述的视点所在，该视点可以将第一次的符号化再现为失败的、过时的乌托邦他者，却无法取消其试图解决的问题的真实性（比如城乡发展不均衡、体力劳动与脑力劳动差别、资源不足与人口就业矛盾，等等）。以市场为中心的"现代化"与以国家组织为主导的另类现代化是这一代人两种始终缠绕的精神资源，主体在压抑内在他者的同时，又不由自主地暗中召唤被压抑者的幽灵，由此造成"自我"身份的焦虑，从《归去来》里"巨大的我"到《日夜书》中踟蹰无着的叙事者陶小布，即是难以最终确定自己的同质时间的现代中国的象征。[1]

串味的情感不仅仅勾连起两个时代的断裂，也是作家在知青叙事的"青春无悔""蹉跎岁月"基调之外，开启的另一种声音，看到了更加复杂的知青心态和人格。对这种人格的剖析中多少含有对知青一代"小我"生活的展示和批评，梦醒之后的他们，舍弃和走出了那个宏大叙事许诺的美好和前景，回归到庸常的生活中，衣食住行，患得患失，在精神上又紧紧贴在过去的伤疤上，局限在自己的苦难上，忘记了当地农民"在白马湖活过了世世代代，甚至一直活得更苦和更累，那又怎么说？他们甚至不能享受知青的'病退'和'困退'的政策，没有招工和升学的优先待遇"[2]。他们是乡下人厌恶的端起城里人的小架子往自己身上贴假伤疤的怯懦者，是知识精英昨天以效率的名义认定必须下岗的人，又是同一批精英今天以公平的名义催促需要上街的人。这一类知青们生活黯淡，年老体衰，慌乱温顺无力惊恐，夹杂在各种话语的缝隙里等待最终命运的降临。他们没有能力创造出具有强大主体性的自我言说的可能，而

---

① 刘岩：《华夏边缘叙述与新时期文化》，知识产权出版社 2011 年 7 月，第 75 页。

② 韩少功：《日夜书》，安徽文艺出版社 2015 年 5 月，第 290 页。

是成为各种其他话语的捕获对象，在原来"伤痕文学"的轨道中继续新的"伤痕"展示。

而从社会学的统计资料来看，下乡经历对知青收入的影响得出的是与文学叙事相悖的结果，1995 年和 2002 年的城镇住户收入调查数据显示，知青的平均收入高于同年龄组非知青的收入[①]。叙事者"我"对这种将自我从"巨大的我"剥离聚焦的情感，表现出了理解和释怀，"伤疤"展示只是一个理由，能使生活的失意者稍获宽慰和轻松，能有勇气活下去——哪怕这个理由是一枚假伤疤。"在每年一度定期出演的温暖定格中，给自己的神经镇痛。他们的抱怨是相互温暖的一部分。"[②]与知青生活记忆紧密相关的另一个主体——农民和农村也开始凋零，白马湖的世界也要消逝了。人都变成记忆的碎片而活力不足，曾经给予这群人温暖和护佑的队长秀鸭婆已经老了，还瘸了一条腿，已不能上房干活，只是帮儿子看守一个煤气站，生意冷清他就在屋后的湖边钓鱼，他如今是一个静止的人，赶鱼唱歌同鱼说话。爱开会的吴天保指挥受欺负的孩子反抗坏孩子压迫，打架在他的潜意识里主要是一股气，是过去生活的影子，他亲手操持在儿童世界建立抗暴维权的起义队伍，大概是最后一次带给他一派兴奋的欢呼雀跃。他的左腿越来越跛，脚踝部分还变青和变黑，医生说是动脉炎，须截肢以防进一步的坏死。这两个乡村的主角已经丧失了昔日的权威、温暖和热情，面临着凋落的局面。

与他们形成对照的是时代的"强者"们，他们跟白马湖经常聚会的群体拉开了距离，维持着若即若离的关系，他们几乎抛弃了这种伤疤式的集体仪式。比如从出生开始就不受父亲待见的贺亦民，

[①] 杨娟、李实：《下乡经历对知青收入的影响》，《世界经济文汇》2011 年第 5 期。文章通过回归法和匹配法剥离家庭背景和政策等影响因素后，发现下乡经历对知青收入的负作用不明显。国家对知青从下乡年份开始计算工龄的政策，在一定程度上提高了低收入知青群体的收入，使知青的平均收入高于同年龄组的非知青群体。

[②] 韩少功：《日夜书》，安徽文艺出版社 2015 年 5 月，第 291 页。

和唯一的兄弟郭又军感情淡薄，他喜欢偷窃，享受被一群小混混奉为中心的成就感，因为自己对电力技术的在行而成了一个野路子的发明家，专业训练明显不够，但他接地气敢于实践，直接从草根吸取生存经验获得了一种特殊生命活力，身上夹杂着革命时代的精神遗产，在网络空间里发泄爱国愤青情绪，最后成为公共利益的捍卫和守护者，向国有资产的私有化和精英化的现代技术官僚体系发起挑战。安燕和马涛身上更多那个时代的风格遗产，天分较高，性格里都有一股倔强和狠劲儿。安燕从来没有被家庭和国界所阻碍，她在全世界到处流浪，践行着年轻时代的梦想；马涛作为同辈人的启蒙者和精神领袖，持续地感时忧国，勇敢反抗，自大与自闭结合的人格，让他越来越活在自己的世界里，与全世界为敌。姚大甲是乱世游走，性格里多了几分放浪，不守规则，夸张和投机取巧，但正是这些让他在新世界里如鱼得水，引领潮流。他们尽管成长得有点畸形，但仍是蓬蓬勃勃的一片野草，不认同既有的秩序和命运，他们所需要警惕的是自我膨胀和自大症，这是新专制主义的一个幽灵，内里是一代人的悲壮以及无法超越的局限性。

叙事者陶小布是一个沟通者和黏合剂，他出入于各种人群中。他也是抱怨者、诉苦者，比如对马涛这种"精神领袖"的失望、不满，被迫要承担他的世俗责任，为他高蹈的理想买单，他又是知青经历的获益者，追慕理想与偶像，爱情、读书、提干一样都没落下，同时又是观察者、自我反思者、下一代灾难的制造者等等角色。陶小布的广阔视角把知青群体中各色人生、各种生活经验都揉捏进《日夜书》纪传体叙事的大框架中，让每个人都现身在时代的幕布上。纪传体的方式避开了大一统整体化的知青叙事，碎片化的记忆、各种人物的影子互相映衬，借着一个群体的生存现状，再现了革命历史及其正在进行中的历史回响和当代遗产。"失败者"和"强者"，都是在开拓一代人的生活空间，他们之间分层、差距甚大，但是在对待"前三十年"所曾经允诺的精神图景和历史遗产间题上回应不够，串味的感情和新"诉苦"是丢失掉主体性的表现，乱世游走的"自我派"和世俗的"成功派"徒留形式，几乎全盘放弃了当时的精神遗产。从八十年代写作中的那些有知识的青年到知青，到黄治先和《日夜书》中的知青群体，这一系列知青人物传，韩少功所寻索的可能是像贺亦民和陶小布这种时代可能的承担者，两人分别是实践者和记录者，他们没有回到个人的生活，而是在履行一个"巨大的我"的责任，他们观察记录时代，反思自我，参与到社会发展转型的进程中去。韩少功对寻找和理想有一段抒情，可以作为对知青群体中陶小布和贺亦民书写的注脚："一种理想的持久引力，激发出源源不断的感受、知识、思想、运动、制度、实践策略……如果这一切不能实现社会最优，但已成功地阻止了社会较坏——谁能说这就不是意义？"[①]

更重要的是，《日夜书》中出现了知青第二代"失败者"形象，郭又军和安燕的女儿丹丹，马涛的女儿笑月，两个女孩都在经历失败的人生，与父母感情疏离，她们自身生活的困境比如考试、攀比、爱的缺失等等在小说中并没有过多揭示，但从上一代人的人格和心态中，我们可以感受到第二代的价值混乱和缺少明确有力的精神指引，笑月的自杀是上一代人格缺陷不可避免的后果。上一代的历史不会结束于一代人的生命完结，无论是失意者还是强者，他们还需要接受下一代的挑剔和审视，下一代的"失败者"形象是知青一代生活无言的证词，也是这一代人历史终结的时间警钟。而实际上，这一代人的精神塑型尚未完成。

第四节　结语

八十年代前后大量涌现的知青文学，与官方主流媒体的叙述

---

① 韩少功：《革命后记》，牛津大学出版社 2013 年 12 月，第 239 页。

保持了高度一致："既有描写雄浑粗犷、斑斓驳杂的高原气势和草原景色，也有正面描述知青的严酷生存现状，还有全面地描述从集体签名、大卧轨、北上请愿、集体下跪、中央慰问团到胜利大返城全过程；有对生活小片段的描摹，有对爱情坚守的回味，也有对理想的高扬和英雄的礼赞，也有对知青'偷鸡摸狗'不良行为的揭露。"[1]八十年代末之后，知青文学中出现了一种具有反讽和颠覆性的书写，还原知青生活的庸常化，凸显农民主体，书写当时生活的阴暗和卑微，比如李晓的《屋顶上的青草》、老鬼的《血色黄昏》、李锐的《北京有个金太阳》，稍后还有王小波的《黄金时代》、刘醒龙的《大树还小》、韩东的《知青变形记》等作品，是知青文学不可忽略的一部分，颠覆性地解构了之前知青文学建构起来的群体身份特征。九十年代中期兴起了知青回忆录和纪实文学编写的高潮，是对八十年代知青精英小说的不满足，在市场机制的鼓励之下以纪事、访谈、口述形式自我言说和表达民间立场，从个体出发，情感真实，细节鲜活，带有强烈的知青群体感，是重要的历史资料和精神财富，但"无论思想深度与高度，恐怕都要大打折扣"[2]，没有知青作家对一代人自身、时代、历史的紧张的思考和求索。

严格来说，所有知青文学都来自知青生活和其他文学，不可避免地带有互文性，"逝去的历史永远不可能重现和复原，不可能真正'找到'；人们所发现的，只能是关于历史的叙述、记忆、复述、阐释，即对历史事件的主观重构"[3]。总体而言，具有知青身份的作家或者更为年轻但受到知青生活影响的写作者、口述者、导演，对这一群体进行了集体意义上的反复塑造，每十年，大概都会有一次知青文学热，在三到四次的反复叙述中，知青生活已经成为众多视角的辐射之地。

---

① 郭小东：《中国知青文学史稿》，北京十月文艺出版社 2012 年 10 月，第 466 页。

② 同上。

③ 朱刚编著：《二十世纪西方文论》，北京大学出版社 2006 年 8 月，第 387 页。

反复书写强烈地促进了他们的自我认同意识，恰如赵园所说，"五四时期过后，难以找出足以与之相比拟的生动地展示一代人文化姿态的表述行为"①，是一次社会学意义上的集体记忆构造。

韩少功的知青写作隶属于这个构造体系，又在不断挣脱这个体系的规约和文学分类，它最大的意义是提供了知青视角和叙事主体意识上的"知青文学"，知青生活、知青人事已经不是占据主导性位置的作品内容。潘天啸对知青一代有一个双重定义：既是失落的一代（或称迷惘的一代）又是思考的一代。韩少功的写作突出地代表了"思考的一代"之特征，对知青生活的反复叙事和持续书写，与各种知青叙事的对话和商榷，事实上是对当代中国社会结构中精神自由可能性的欲求。知青一代人远去的历史和现实的分化，渐渐使得这一代人带来的理想主义精神空间和共同体消解分散，但余音袅袅，问题的真实性和理想主义的余脉永存。对于这一代人经验的文学整理和再现，以及再现的方式，在当下的历史时刻，或可达成一种共识，继续开拓主体的自由空间和对历史的反复审视。知青的历史经验不仅仅是一个题材，它是情感结构和感知世界的方式，是可以创造出形式和精神空间的活着的历史。

韩少功有一篇短文《熟悉的陌生人》，称文学的功能之一是创造一种自由："自由是对制约的超越，特别是对利益制约的超越，是生物进化过程中高级群类的神圣标志。"无论在城市乡村的二元化文学空间中，还是前、后"三十年"的历史对话中，韩少功的知青叙事都在欲求一种暧昧、模糊、复杂、多义的表达方式和不囿于固化意识的中间状态。知青作为一个表现对象，既是内容又是方法，"他"跨越空间和时间、各类亲历者、方言和普通话，往返于各种对立的框架和解构中，营造了文学世界中不断延伸的外延和内涵。韩少功从《归去来》到《日夜书》开启重要的知青命题，又吸

---

① 赵园：《地之子》，北京大学出版社 2007 年 1 月，第 193 页。

纳、复制大量知青叙事、电视剧、电影之中的故事和情感，并以一代人的思想、精神空间探索为主要着力点，是一个重要的文化姿态，但也留下了未充分实体化的悬置空间，在城市乡村之间，在前、后"三十年"的历史中，寻索跋涉的知青思想者形象仍没有完成，历史的思想空间尚未被充分发掘。

野生动物与不在场的花朵

——评韩少功《修改过程》

一

不久前的历史总是很难书写的，更难书写的是仍在延续之中的当下历史。具有知青身份的作家韩少功，一直以来都执着于书写自己这一代人的生活和历史，给予他们的生活以表征、描述和重塑，在反复的叙事和延进中，一代人的自我变迁已经成为观察当代中国社会发展的便利门径。新作《修改过程》在这个意义上，是书写知青生活经历的《日夜书》之延续，作品中的主人公是中国当代历史上具有重要转折意义的1977级大学生。时势造人，"文革"十年高校停止招考，待全国乱局消停，拨乱反正之后，第一次面向不同年龄层次不同出身青年们的高考，造就了中国教育历史上特殊的一届大学生，他们是经历出身最为庞杂多样的一个群体，这种景观既空前又可能绝后。各路大龄青年带着各自的前历史拥入校园，在高考选拔机制的分界线和新时代的召唤下，一群"野生动物"走进了一个陌生、崭新和充满幻想的人生社会空间：

> 其中一些还有过红卫兵身份，当年玩过大串联，操过驳壳枪与手榴弹，不是什么省油的灯。相对于应届的娃娃生，他们有的已婚，有的带薪，有的胡子拉碴，有的甚

至牙齿和指尖已熏黄，都自居"师叔"或"师姑"，什么事没见过？照有些老师后来的说法，这些大龄生读过生活这本大书，进入中文系，其实再合适不过。让他们挖防空洞、值班扫地、食堂帮厨什么的，也总是高手如云手脚麻利。但在有些管理干部眼里，这些人则是来路不明，背景不清，思想复杂，毛深皮厚，相当于野生动物重新收归家养，让人不能不捏一把汗。

这个半昧半明面目模糊的人群在小说发生学的意义上是《修改过程》的开端或者起源，萨义德曾经别有洞天地使用了"开端"这个概念来探讨它在文学批评、方法论和历史分析方面的"意图与方法"："起源是神学的、神秘的和有特权的，而开端则是世俗的、人造的、不断得到检视的。"① 开端作为一种思想，是一种现代的创造性产物和主动的选择，它有意识地产生意义和区别，并为后来的文本提供依据与合法性。韩少功选择具有"野生动物"属性的 1977 级大学生作为主要叙述对象，能够在意义和区别上满足叙事的幻想和期待。这个人群几乎蕴含着时代发展和历史背囊中所有的秘密、忧伤、理智、傲慢与愚蠢，他们后续人生的跌宕起伏，风景的光怪陆离，他们聚合的短暂与分离的漫长，以至于看起来跟我们置身的时代波浪互相映衬相得益彰。这群人中的肖鹏在人生、事业的寂寂无聊中想要发言来完成自我救赎，他选择成为一个网络作家（新时代新潮和比较近便的身份）。作家是言成肉身的人，是把"野生"世界转化成言辞的人，他要把这个人群的前尘往事和在世言行张扬给世界——想象的读者们看。

网络小说与纯文学或者说 1977 级中文系这个班上人们所习惯的那种文学不同，它在无关紧要的社会地位上造反了，传播中发酵成

① ［美］爱德华·W.萨义德著，章乐天译：《开端：意图与方法》，生活·读书·新知三联书店 2014 年 11 月，第 10 页。

难以控制的公众反响，并且波及真实的生活，像搅动了一潭死水，打开了他们正在走向或沉默黯淡或烜赫热烈的人生厚重的幕布。肖鹏的作品以自己同学的真人真事为基础，那些几乎可以对号入座的故事，跟社会公共事件搅和在一起，没有人有闲情逸致去分析虚构与真实的关系，它激发了民众猜测和议论的热情，引起了生活中的具体困扰和再次发酵。比如任职报社高层的陆一尘因为这部小说，被网络暴民盯上了，领导来找他严肃谈话，把他当成了问题人物。连手下几个女记者、女编辑也开始议论他拍头、拍肩、拍背、拍膝盖等下流证据，看上去也蠢蠢欲动，要加入抹黑大潮。陆一尘被逼得要出去避风头，但是又怕越躲避越显得心虚，坐实了肖鹏在虚构中所加的恶名，反而会诱发一些前女友、前情敌落井下石的更大兴趣。总之，网络小说制造了一个困局，一个生活中的难题，也是这个复杂的撒播到世界各处的人群再次相遇的机会，是一个由于虚构而被迫产生的，被生硬地再造出来的"情感共同体"。

小说的第一部分是一个由此而刺激出来的噩梦，陆一尘和肖鹏为了虚构与真实的问题而争吵和辩诘，生活一下子变得鸡飞狗跳。网络小说是一个引爆点，韩少功把一部涉及真人真事的网络小说的写作作为引子，设置了一个虚构和现实掺杂相间的叙事氛围，自由穿插在两部小说中的人物虽然有部分的差异，但却是高度重合的。当下的现实既是失意落寞的大学教授肖鹏开始写作的时间，又是《修改过程》的叙事者开始写作的时间，在这个时间点上，1977级毕业生一部分功成名就，比如马湘南，即使个人生活不如意但一路通吃，赚得盆满钵满；社会名流陆一尘生活多姿多彩；辛苦恣睢的小人物楼开富移民国外做起了同胞们的生意；痴情的赵小娟，以及心中始终记着年轻时候许诺的林欣，她们中规中矩做着老师；或者如史纤这样从集体中跌落的同学，落魄遁入底层。曾经的青春火焰和自由梦想被现实定格，一切都尘埃落定，按照社会地位和资源重新排序，他们从各自的位置出发，再次聚集在叙事的空间（小说）

和真实的空间（同学聚会），回到 1977 年那种命运和情感的短暂共同体之中。

<h1 style="text-align:center">二</h1>

他们从社会的不同走向"校园的大同"，然后再走向五湖四海的分裂，再次在时间和小说的召唤中，走到一起来，怀旧质疑中带着期望、失望。架构这种大开大合生活经验和人生故事的小说是非常困难的，韩少功和小说中的肖鹏都选择了《日夜书》中曾经使用过的纪传体方式讲述人群中每一个被选中的人。呈现方式以人物为中心，围绕一个人的来处、现状和去处，以时间为中轴把 1977 级一班人的生活分为两个自我，从前和现在。

毕业是一个重大时刻："一个具体利益突然逼近的微妙时刻，也是有些人日后不堪回首的时刻"，他们在"故事"中成为被时间和时势塑造的人。跟突飞猛进的时代距离最近的是马湘南，出身厅长家庭，母亲是党校教师，阴差阳错按照母亲的意志进入中文系，他对于古板的家庭、信仰和教育都是反抗者，这些完全不能给他带来任何刺激，他对于商机和投机却有着天生的敏感和洞察，在学生时代已经嗅到时代剧变的气息，并在其他人还处于懵懂状态时已经开始他实利主义的实践。最早看透了社会发展路线的马湘南，成为了社会发展的最大获利者，利用一切机会钻营，敛财暴富。马湘南根本记不起肖鹏这个人，好半天才想起其绰号"邋遢拉夫斯基"，模模糊糊地想起一个经常提着棋袋子串门的黑胖子。马湘南完全不在意被写进网络小说这件事，被陆一尘架秧子起哄后，对付肖鹏他只想到用暴力解决问题，但是转念一想又怀疑陆一尘是给自己设置圈套，对一个机警的商人来说，双方都不值得信任，文学更是无足轻重——"这年头居然还有小说，还有神经病来读小说。那些臭烘烘酸掉牙的东西比数学还添堵，比条形码还花眼睛，拿来擦屁股也嫌糙"。马湘南的人生最没有悬念，胆子大脑子快，按照资本的逐利原则几乎可以为他的人生画出最贴切的线路，包含学生时代的考试舞弊、贩卖文学杂志，八十年代开始的"投机倒把"、偷梁换柱承包工程、投机房地产、假慈善真揩油等等关键词。个人生活却是极其不幸福，妻子偷偷录音觊觎财产，儿子不争气与他离心离德。同时他的血液里又无法祛除时代给予他的印记，无处排解的情绪都转化成对往昔的回忆和模仿，比如他带领员工跑步，唱革命歌曲《打靶归来》《沙家浜》，这个人物形象在《暗示》中多次出现，他突出的性格和形象已经超越了大路化的故事所给出的意涵。马湘南是小说中最早去世的同学，他赞助和支持了同学聚会，一个强力人物的死亡是宿命和生命的局限，也是一个充满活力、躁动、无序而又有天真和爱的时代结束的信息。

与马湘南相对的是史纤和毛小武，他们在学生时代因为偶然事件或者说是必然的命运被挤出了集体，从同学的平均水平中跌落。史纤是来自乡野的诗人，闻名四乡八里的大秀才，既懂新诗又通旧体，既能写祭文又能开偏方，还当过一年多生产队长，像一个闯入城市的怪物，带着口音和乡村世界的规则，尴尬地一步一步融入集体生活。他对知青们对乡村的描写大为不满，他要写乡下的好，乡下的乐，乡下的干净和自在，乡下的春种秋收和天高地广。他因此变得更加不愿说话，更愿一个人去忠烈祠独来独往。他用乡村的方式对待闹鬼事件，却遭到被指认封建迷信的批判，他成为无组织纪律者，把校园里搞得乌七八糟，成了一大笑话。他接二连三地卷入打人、偷窃事件，越来越格格不入，身心两亏，受伤又受气，活得更加悲壮。固然同学们也极力呵护他，但到最后他还是发了青藤疯——一种春天里瓜豆牵藤时节常见的疯癫，被带回乡下，从此消失在同学们的视野中。来自城市底层的毛小武是一介武夫，从来没有对中文系的知识感兴趣过，他绕哑铃，击沙袋，练少林拳、跆拳道、单手俯卧撑……靠一身肌肉保护了老妈，保护了姐妹，保护了众多小兄弟，直到在南门口打出一番声威。进大学后，他顺理成章当上体育委员，在追窃贼的时候，主动包揽了责任，作为主犯背上了处分，入狱劳教一年。他后来扛过包，贩过酒，卖过光碟，当过门卫，开过铲车，只差没去操刀打劫，一张马脸越拉越长，两颗死鱼眼珠越来越黯，目光总是往下沉。用他的话来说，他活得越来越"瘪"了，越来越"硌"了。史纤和毛小武都在寻求再次进入那个情感共同体的机会，但总是隔着层层屏障，不得其门而入。

楼开富居于中间阶层。小职员家庭出身的楼开富，小心谨慎，处心积虑地谋求政治上的升迁渠道，他获得了国家单位的身份，却并不舒心，娶了比自己门第高的妻子，但却得不到妻子家人的尊重。妻子的一场疾病和出国辞职，让一个社会精英遁入社会底层去做货车司机，他健身跑马拉松，以修饰自己的社会身份，他有时还递出一张名片，证明他是 M 社区中老年健身协会主任，党员 QQ 群召集人。见到老同学，去聚餐时必备上小礼品，比如笔记本、文件夹、手提包、旅游帽什么的，都印有某某会议纪念的字样，使他当下的身份更为莫测，似乎是在私企打工，又像是党政官员，或是业余兼职的党政官员，营造出仍出入于权力部门的假象。在被汽车撞翻之后，他肯定是下意识跳了出来"海阔天空我们在一同长大 / 普天下美好一家"的歌词。楼开富的故事在肖鹏的小说中还有另一种可能，他根本没有遭遇变故，而是顺利出国，妻子开了著名的律师行，成为国际精英，靠着处理国内移民生意大发其财。肖鹏的说法是他听说了这个版本："只是定稿时犹豫了，难以取舍。他现在的打算是，不妨把两稿都上挂，比较一下不同写法的效果，也是一乐。小说么，不是国家档案，再说档案也不一定真。管他呢，假作真时真亦假，无为有处有还无。"楼开富的两种生活故事，在空间上可上可下，就像岌岌可危的中间阶层的处境。

《修改过程》是《日夜书》之舒缓和从容的一个变体，行文瘦削而简练，有一种峻急的气势，去凿穿业已成形的社会的层叠褶皱，有一种独属的兴致去揭开一个个的人生包袱。从肖鹏、陆一尘、赵小娟、林欣、楼开富、马湘南到史纤，众人生活现状和人生变故的粗略线条一览无余，或者风急火燎、言辞闪烁地一瞥台前幕后的社会景深。人们的生活故事不是平铺直叙的，它们穿插绞合在一起，彼此有着疏淡的关系，没有严格的逻辑承接。《修改过程》以急促的语气、粗俗痞气的语言排除了此类四十年往事浮沉的回忆性小说温情主义讲述方式，营造了一种粗俗、混乱、浑浑噩噩的生活氛围。生活中或者说肖鹏的写作中都是一地鸡毛的凡俗生活，比如陆一尘预订自己外出的航班和旅馆，会为一个包不包早餐的事、价格折扣多少的事，喋喋不休，死缠烂打，一招不成再上一招，已说出了一头老汗。众人虽然性格各异，故事缠绕交织，但他们几乎都没有明确的自我意识和超越个人的追寻思索，公共性空间也是未及开启已经怅然关闭，比如陆一尘和肖鹏关于自由与自我的争执，史纤关于乡土自主性的努力，在揶揄性的叙事中，尘归尘，土归土，没有擢升任何不在场的花朵。

三

肖鹏的小说激怒同学的部分在于它的私人性、狗血和吸引眼球的社会热点。在现实的社会环境中，这可能根本不是通用概念中网络文学本身的功能，我们视域中的网络文学几乎很少跟现实对接，它们遁入的是另外的空间，而负载这些能够彼此交流的情感层云往往是新媒体和即时社交软件。网络文学所承担的功能，类似于八十年代文学与社会的甜蜜互动，带有想象的性质，是想象中的网络文学与现实再次发生关系的一种方式，一种奇怪地掀起私域风暴和共情空间的可能。

但非常遗憾的是，肖鹏对于同代人的人生故事，几乎没有付出共情的能力，也不愿意去寻求真相，更不会去掩饰、美化，他是为了克服自我生命凋零的危机，在这个世界上找到属于自己的才华和能力，所以在网络小说中出现的事件和人物都经过了变形处理，都是从庞大现实中摘取的狭窄长条。所以我们在这个两个叙事者缠绕并快速推进的故事中，看到的都是萧索的情愫。《修改过程》的叙事者在面对共同的现实时，又后撤一步，他融进了新的地平线和视野，包裹起了肖鹏叙事中的虚构与真实，但叙事者依然是一个冷淡的观察者，而不是任何一个参与者，他没有释放"不得体"的多余感情。《修改过程》几乎摒弃了描述式的语句和抒情话语，通篇是陈述式的叙述语言，这是作家失去热情精神状态的呈现，或者这次写作可能是一次好奇心过重的戏仿，一次文体和语言的实验。

《修改过程》采取了连环套的方式，小说中有小说，故事背后还有其他的故事，观察者背后还有另外的眼睛在注视，在这个意义上，书写行为与写作者是笼罩文本内外的催化器，也是把小说从市井烟火中拔擢出来的一个路径。小说不遗余力地呈现了具有书写能力的知识精英，比如网络小说作者肖鹏、自青年时代起就宣扬为自由血洒大地的陆一尘，当然还有其他几位以文字为生计的同学。小说随时穿插关于写作的种种知识见解，颇具反讽意味的是，写作、文学、虚构等等书写行为一直是常被奚落嘲讽的随手佐料，无论是肖鹏还是《修改过程》的叙事者都一边嘲笑"文学"一边用"文学"的方式漫步几十年的历程。

文学在八十年代的黄金记忆在小说中几乎没有特别涉及，小说整体上是以诙谐讽刺的语调来对待的，像一场随时随地吐槽文学的相声，比如叙事者大肆讥笑八十年代最对口味的现代派："是大乱天下的学术魔头，一时流行的尼采和柏格森。尼采的酒神精神太好了，简直就是捣乱精神。柏格森的直觉主义也太对了，简直就是不读书主义，是天才的浑不吝，是痛快的去他娘，是最最前卫的'怎么都行'"①。对于小说与生活之间的关系充满了怀疑和疑问，揣测很多人对生活的无知、失望、愤怒来自小说的误导；猎奇的故事和在大千生活中选择出的"一"，遮蔽了真正的生活；小说一旦开始就失去了控制，按照自己的惯性前进，不是它塑造了人物，而是被人物所塑造；小说与生活之间画等号是一个天大的错误，等等。肖鹏对作家们也极力嘲讽，他们好像更喜欢聊版税、评奖、文坛八卦，聊足球和古董，聊文学本身反而变得稀奇。从文学传统、写作技术、文学与现实的关系，到文学生态，做了一次远距离评判式的全方位检视。

林欣在聚会纪录片中有一个配音："在很多人看来，林欣的失望就是文学。不是吗？文学是人间的温暖，是遥远的惦念，是生活中突然冒出来的惊讶和感叹，是脚下寂寞的小道和众人都忘却了的一个微不足道的约定。三十年过去了。在纷纷扰扰的岁月中，我们来来往往，飘萍无迹，动如参商，任岁月改变我们的面容，我们的处境，我们的经验足迹，只是心中渐渐生长出更多的感怀——也许这就是最广义、最本质的文学？"②小说中还有一段肖鹏与惠子充满机锋的对话，文学作为一种把"事实"转化为"可知事实"的基本工具，文字以及文学——西方文学中广义的 literature，名是实的敞开，是实的到场，是其本身携带的硬度和温度的实。尽管是讽刺文学，但在现实面前，可能也只有文学能够制造这种共处同一个世界的机会了，这是叙事带来的情感力量，而文学对于他们来说曾经是人群的共同情感。

《修改过程》可以看作一个关于文学的隐喻，文学作为一个干扰性的突发事件，影响了生活的正常进程，被干扰到的人们借着文学的方式彼此观看，再次分享或者想象一次情感上的相逢。解构文学的过程发现了文学世俗的存在方式，温度和硬度。时间不可遏制

---

① 韩少功：《修改过程》，《花城》2018 年第 6 期。

② 同上。

地流逝，生命凋零离散，社会走向分层与疏离，小说或者文学性情感可能是为数不多的几种方式，再次制造悲欣和聚焦。《修改过程》的结尾附录了班会献礼视频提纲《1977：青春之约》，是对肖鹏的网络小说狭窄视域的补录，尽可能让那个集体中的未被言及者露面，模仿生活本来粗糙不经修剪的样子。附录也是《修改过程》的再次修正，公事公办的格式更加萧索和敛心默祷，被格式化的一个个非典型化的庸常面孔，再次被看见，提示着时代和经验的复杂，像是通向曾经"荒野"的小路。

附录二

韩少功：我是"半个"怀疑主义者

项静（以下简称"项"）： 我看过很多作家的创作谈和传记，追忆自己如何走向创作道路，尤其是知青作家们，读到了一些作家作品，记录下乡的生活见闻，抒发内心的不满，发现生活中的问题，等等。我看您的一些研究文章和传记，有一个印象是除了以上几点，您大概可以算是当时的地方文艺系统培养出来的一个作家，比如接受地方文化系统的培训，在一级一级的报纸杂志上发表文章，并且加入地方性的文艺团体，并最终靠着写作获得公家身份。而现在作家的成长路线，虽然还大量存在着各级文艺系统，但近年尤其是网络时代来临之后，几乎这些中间环节都消失了。您能谈谈这个曾经的文艺体系对作家的影响吗？

韩少功（以下简称"韩"）： 上个世纪的五十年代，各地有很多扫盲班、文化夜校。我父亲供职一个叫"省直机关干部文化教育委员会"的机构，专门去夜校给大老粗们讲语文、讲哲学。也有讲数理化的。文化馆也是那时的产物，无偿指导群众自编自演，相当于大批土剧团和土电台。一个穷国，文化起步大概也只能这样土法上马。很多年后，有一次参加笔会，我发现同辈作家大部分有过业余宣传队的经历，一唱歌就身份全暴露，都是"节目"。我就是从"节目"中混出来的，最后混进文化馆，最大的好处是能争来一些脱产的时间，可以读书，包括不少"禁书"。

项： 孔见老师谈到您的早期作品，说："他和当时许多中国作家一样，接受时代精神和观念的限制，1985 年以前的作品，尽管获得诸多高尚的荣誉，但现在看起来还像是习作。"您对自己早期"习作"也有自我批评，比如认为《西望茅草地》语言夹生，过于戏剧化，等等，但您对早期作品的认识是另一种说法：除了艺术质地的粗糙外，早期创作本身"作为一种政治行为，我对此并不后悔……作家首先是公民，其次才是作家，有时候作家有比文学更重要的东西"。文学作为"政治行为"您能解释一下吗？

韩：我去年对《文汇报》记者说过，八十年代那些文学都是一些可贵的探索，即便有不少简单化、标签化、道德脸谱化的写作旧习，但打破禁区纠正积弊，功不可没，而且造成了巨大的社会反响，助推了整个社会的思想解放。当时的某些应急之作，也许艺术生命不够长久，但后人应有一种同情的理解。天下事只能急事急办，先易后难，无法一口吃成个胖子。哪怕就是喊两句口号，喊一声皇帝没穿新衣，也都是当时迫切需要的诗和论文。

项：作为公民的写作和作为作家的写作，严格来说可能是不成立，毕竟最后都是作家写出来的。但作为一个粗略的说法我理解其中的意思，对比今天的状况，我们太多强调了"作家"，我反而认为"公民"的写作可能更需要，当然也会遭遇误解。您觉得在今天的环境中如何理解"公民"的写作和"作家"写作？

韩："公民写作"也算不上一个准确概念，只是少一点精英的优越感。就主流而言，文学从来就是（泛）中产阶级的精英游戏，不那么权贵，也不那么草根。翻几本西方的文学史教材看看，较为靠近"底层""人民""社会"的作家，像左拉、康拉德、莫泊桑、普希金、果戈理、契诃夫、马克·吐温，等等，更不用说高尔基和鲁迅，通常是榜上无名的。谈到狄更斯，《双城记》往往要被跳过去。谈到托尔斯泰和陀思妥耶夫斯基，《复活》和《穷人》往往也要被跳过去。这样的例子太多。这种西方主流的"政治正确"，精英化的标准和趣味，在很多时候锁定了"作家"这个身份的形象和意味。一旦有些精英混好了，在真实或想象中吃香喝辣香车宝马了，自大、自恋、自闭的倾向还相当危险。在这种情况下，强调"公民"，是提倡多一点地向下看。

项： 您在早期的写作中塑造了很多具有道德光芒的老革命人物形象，比如《同志时代》以王震将军为原型的老将军，《夜宿青江铺》的常青山，《七月洪峰》的邹玉峰，在一个写好人越来越难的时代，我们几乎无法令人信服地写一个好人，但又觉得文学应该写"好人"，而不是只有一种人物塑造的方法，追求内心的丰富与复杂，尤其是八十年代的各种文学实验以后，写好人变得非常少见和艰难。记得您在《熟悉的陌生人》里说，大家都"更愿意谈一谈好制度和好主义的问题，而不愿意谈好人的问题，力图把人的'性情'一类东西当作无谓小节给随意打发掉"。您觉得应该怎么谈"好人"，怎么写"好人"呢？

韩： 谈制度，谈主义，理论家们可以谈得更好，也更方便。至于人的性格、情感，乃至无意识，可以笼统称之为"人性"的这方面，作家可以更有作为。江山易改，本性难移。观念易改，人性难移。我曾说过，刚愎自用的左派，最容易成为刚愎自用的右派。我讨厌无聊的同道，敬仰优美的敌手，蔑视贫乏的正确，同情天真而热情的错误——这里就有一种超越政治站位的尺度。但人的"好"和"美"，不一定都表现为那种高纯度、高大上的造神。"文革"的样板戏在这方面已有不少教训。鲁迅也早就反感某些左翼小资的政治高调和道德高调。大英雄当然有，当然值得写，但把英雄还原人间，发现小人物、问题人物身上的英雄闪光，发现人性杂质中的温暖和动人，可能更考验写作人。

项： 看您的一些研究资料，发现您写过本地革命家传记《任弼时》，应该是接受的写作任务。2017年我去参加您在下放地的见面会，司机师傅还特地给我停了一下，让我从门口看了一下任弼时的故居，据他说长乐镇是杨开慧的家乡，可见当地人非常以他们为骄傲。您居住的地方八景峒离当年中共湘北特委的所在地不远，那个地方印发过《巴黎公社纪念宣传大纲》，那个乡出了一百多个烈士，1944年王震、王首道领导的八路军南下支队在那里设过司令部，您后来也写过《同志时代》，就是以王震为人物原型的。湖南有着丰富的革命历史传统，您后来的作品《马桥词典》《暗示》还有他们的影子，这种生活氛围和人物对您的世界观和写作有影响吗？

韩：为写《任弼时》那本传记，我跑了大半个中国，访问过一两百位前辈，翻了不少档案资料，既打破了脑子里不少固有的意识形态"造神"幻象，也对百年苦斗有了更多深切和同情的理解。按当时的口径，很多材料没法写进书里，但这些想必影响了我后来的认知。记得王夫之曾有感慨："谓井田、封建、肉刑之不可行者，不知（其）道也；谓其必可行者，不知（其）德也。"其实，一部中国现代史同样充满了类似的两难。只有书呆子才会相信，历史是在天使与魔鬼之间二里挑一。哪有那样轻巧的事，小儿科的事。历史通常充满着两害相权取其轻的无奈，充满着情非得已的煎熬，因此才既可歌，又可泣。

项：在您的知青生活中，一起插队的贺大田后来成为著名的画家，八十年代的代表画作有《根》（获得第六届全国美展银奖）、《老屋》等作品，文学的知识谱系我大概从各种资料中了解一些，画家跟作家是不是也分享了同样的知识谱系？他是不是《远方的树》的原型？

韩：我青年时代的朋友们一路走来聚散无常。像你说的贺大田，当然进入过我的小说。不过小说人物不是纪实，肯定是多个原型七拼八凑的合成品。

项：另外天井茶场附近还有很多在全国有影响力的写作者、学者，比如江永县住着写《最后一次握手》的张扬，后来成为哲学家的邓晓芒，写出《中国向何处去？》的经济学家杨小凯，您八十年代也与杨小凯建立了私人友谊。您能谈谈这些著名的知青吗，当时大家有没有互通声息？您当时去访友，主要是哪些朋友？

韩： 我同张扬不熟，同邓晓芒有过朋友圈的交叉。杨小凯出狱后，我同他交往不算少，有次还差一点合作写书。那时不光是湖南，各地都是地火运行，地下的文史哲十分活跃。这既是六十年代中苏官方大辩论的衍生现象，也有"文革"现实问题的倒逼。我在《革命后记》中提到的两个"民哲"群体，有些人后来浮出地表，更多的是自生自灭，没留下什么痕迹。那时候我们家兄弟姐妹朋友通信，常常是写上四五页讨论历史或美学。步行几十里，翻过几座山，吃几个烤红薯，有时只是去另一个知青点，讨论《九三年》什么的。九十年代的一天，一个美国人推荐我读南斯拉夫思想家吉拉斯的《新阶级》。我说这是二十多年前的地下热门书，好多中学仔都熟悉。他根本不相信。那也没办法。

项： 另外，有一个问题可能非常不恰当，您可能经历过见识过很多事情，但不一定必须写成作品，我非常认同作家是有所写有所不写。1979 年 3 月随"中国作家赴前线参观团"到广西和云南前线采访，这次经历对您的情感冲击也特别大，我好奇您之后的作品有没有写过和涉及过这段经历？

韩： 只有很多年后的一篇散文《能不忆边关》，有点悲凉和惶惑，发在 2009 年的《中国作家》杂志，不怎么引人注意。

项： 以前对您的了解是通过《飞过蓝天》《回望茅草地》《爸爸爸》《女女女》《马桥词典》《暗示》《日夜书》建立起来的，这次系统阅读您的作品，我发现了《回声》，应该是您的作品中被忽视的一篇小说，我认为这篇小说的内部有很多讨论空间，后来有评论家说丙崽有阿Q精神，我觉得这部小说里的农民刘根满才更接近生活中的阿Q，而红卫兵路大为也很丰满，他的理想主义、认真、一腔热情与他的行为带来的灾难形成反差，他有很多质疑，却又完不成自我超越，都非常真实。而且在这部作品中我也看到了《爸爸爸》的影子，生活氛围和精神气质特别像。您还记得这部作品写作和发表的情形吗？

韩：这是我的第一个中篇小说，遇冷也没办法。也许当时人们更习惯"伤痕文学"那种黑白两分的模式，比如《芙蓉镇》里的大奸大忠，不大接受较复杂的人物形象。你写得太复杂了，不鲜明、不解气呵。你不把"造反派"妖魔化，政治上不正确呵。至于具体写作过程，记不清了，好像是《青年文学》杂志上发表的。

项：您翻译昆德拉和佩索阿，您也翻译过毛姆、卡佛，作为一种翻译的实验。翻译是选择性的创造传统，在这种选择中您试图要给写作和当代文学的现场引进的是怎样一种文学气质？比如像昆德拉、佩索阿这种，在中国本土很难产生类似的写作者。

韩：中国有定居文明，有世俗化传统，因此总的来说，文学的烟火气重，到处都是饮食男女、你争我斗，好处是对世故人情的体会较细，《史记》和《红楼梦》是其代表作。相比较而言，欧洲另有宗教传统，容易往灵魂和上帝的高处看；另有游牧、航海、异国殖民的经验，容易往世界的远处看。一方水土养一方人。一方人养一方文学。欧洲这种文学"向高看"和"向远看"的精神气质，无论看得怎么样，值得中国作家取长补短。事实上，晚清以后，中国白话文学已在技术层面全面看齐西方，与旧体诗词、章回小说等拉开了很大距离。但在文化精神层面的深度融合和互相借鉴方面，事情没那么简单。就我翻译的这两本来说，比较一下昆德拉和中国的"伤痕小说"，比较一下佩索阿和中国的"鸡汤散文"，我们大概就能知道，文学另有天地。

项：孔见先生跟您的访谈中有一句话，让我印象深刻——"'文化大革命'可以说是我的一次思想解放，因为，只有到了'文化大革命'，我才明白秩序是可以打破的，不像以前认为的那样只能服从；另外，只是到了'文化大革命'，我才开始接触马克思主义和国际共产主义的各种思潮，视界才真正打开。"很少看到有人这样谈"文革"，但又觉得这是非常真实的个人想法，甚至是相当一部分人的实际情况。我看您的《革命后记》感觉非常过瘾，可是反过来又觉得很多小说、散文甚至诗歌对这个事件和时间段的表现，却没有那种感觉。您认可当代文学关于这一阶段的叙事吗？

韩：所谓"中国道路"，大约由三个"三十年"构成。人们对第一个争议不小，对第二个争议最多。其实，吃第三个馒头时饱了，不证明第二个、第一个馒头没有意义。哪怕馒头里带泥带沙，也不是没意义。这百年来既多苦难，也多奇迹，苦难和奇迹还纠缠在一起。这正如欧美小说《艰难时世》《悲惨世界》《镀金年代》——听听这些书名，一个个都堵心。但难道不是"艰难""悲惨""镀金"，承担甚至助推了他们高歌猛进的现代化？可惜的是，由于各种思想洗脑，不少国人脑子里不是"唯上"，就是"唯书"，不是只看奇迹，就是只看苦难。这就扯不清了，文学也就变得不坦诚、不开阔、不丰富了，只剩下一些单色标签贴来贴去。从总体上说，我当然不满意这些标签，不满意标签 PK 标签的低水平折腾。这一问题将来是得到解决，还是被遗忘，被避开，被含含糊糊混过去？我也不知道。我只是不甘心作家还不如老百姓。前不久我听一位企业家说：下放生活是我的人生财富，这就如同我爱自己的孩子，但并不意味着我怀念带来孩子的那一场错误婚姻。在这里，连老百姓都懂一点辩证法，知道事物的复杂性，为什么知识分子只会一根筋？

项：我看到李云雷写的一篇文章《大陆作家与陈映真》，谈大陆的作家对待陈映真不同的态度，非常值得琢磨。文章以张贤亮、查建英、阿城、王安忆、祝东力为例子，谈到大陆作家经过"文革"之后，与陈映真之间存在很大的错位感，无话可说，王安忆甚至说："我觉得他不仅是对我，还是对更多的人和事失望，虽然世界已经变得这样，这样地融为一体，切·格瓦拉的行头都进了时尚潮流，风行全球。二十年来，我一直追索着他，结果只染上了他的失望。我们要的东西似乎有了，却不是原先以为的东西；我们都不知道要什么了，只知道不要什么；我们越知道不要什么，就越不知道要什么。我总是，一直，希望能在他那里得到回应，可他总是不给我。或者说他给了我，而我听不见，等到听见，就又成了下一个问题。我从来没有赶上过他，而他已经被时代抛在身后，成了掉队者，就好像理想国乌托邦，我们从来没有看见过它，却已经熟极而腻。"那个时间点上，陈映真成为了大陆作家非常重要的一个参照系。我听说您办《海南纪实》受到过陈映真《人间》杂志的影响，您能谈谈跟陈映真的交往和印象吗？您应该是较早邀请他来大陆的作家。

韩：我邀过陈映真，但他没来成海南，只是与我交换过一些杂志。他一直生活在台湾，在前殖民地、资本主义、国民党威权统治的条件下，与大陆作家们的经验大大错位。双方的兴奋点不能重合，也大体正常。所谓夏虫不可语冰，什么山上开什么花，他的理想主义和批判资本强权的左翼立场，在九十年代前后的中国几乎是前后无援，无人喝彩，可能要到中国和世界的大势进一步深刻变化之后，才能被更多人理解。

项：假如有"中国期刊史"这种研究的话，我相信《海南纪实》的创刊、《天涯》的改刊都会进入史册，是非常有思想活力的文学事件。我参与了《思南文学选刊》的创刊过程，一开始筹划思路的时候，孙甘露老师、黄德海还有上海作协的几位青年朋友，大家不停地聊应该办成什么样子，怎样在既有的期刊格局中找出一条路来。后来我们杂志取得了一些影响，杂志的基本思路就是大文学的概念，不局限于纯文学，另外就是引入艺术的、历史的、思想界可资借鉴的部分。后来我看了一些关于《天涯》改刊的回忆文章，发现在主要思路上有不约而同的地方，这就说明大家对目前文学的认识有相同的地方，不同的是所处的环境已经大相径庭。在电子阅读和新媒体如此发达的时代，您觉得期刊杂志的未来还有竞争力吗？

韩：纸媒肯定要向网络让出一大块市场，但预言纸媒消失，看来也缺乏依据。纸媒阅读不需电能，没有辐射，不怕病毒，便于长期保存……也有一些好处。所以眼下是报纸出局最多，期刊其次，图书据说已稳定下来，有时还略有回升。放在这个大格局下来看，对期刊的前景大概也不必过于悲观。手机阅读容易碎片化。做深度内容可能是纸媒期刊的最好定位。

项：我个人挺喜欢《日夜书》的，对知青一代有非常全面的表现，尤其是对后知青时代这一代人的复杂性呈现，各种类型的知青都能看到，他们的个人生活也表现得非常鲜活。我写了一篇文章提到知青的"中间状态"，我们很容易站在城市或者乡村的角度说话，"前三十年"或者"后三十年"，但知青作家或者这一代人的有利位置是他们获得了跨越性的视野，经过那一段历史他们无法轻易地选择站队，从而获得了一种思想者的立场和思想的可能。在您的作品和其他有关知青的文学中我们看到了很多不同类型的知青，但我没有看到思想型的知青，比如像您和张承志这样经历和写作的知青作家形象，或者比如杨小凯这样的经济学家。

韩：《日夜书》里的马涛不就是这种知识型甚至领袖型的人物？这类人当然多种多样，我没法写全。以后有机会了，再写张涛或李涛，也有可能。

项：《修改过程》出来以后，看到很多评论和报道，小说里的人物写起了网络文学，这个蛮有趣的，您怎么想到设计这个细节的？另外，我有一点质疑，就是这个作家写的是现实主义作品，有点像"揭幕小说"的那种，而实际上我们所知道的网络文学中，这种门类的小说几乎是偏门，很难引起轰动效应。

韩：所谓类型小说是后来才成为网上主流的。早期的网站"榕树下"等等，大多作品也是写现实，没那么多"穿越"和"玄幻"，比如《成都，今夜请将我遗忘》那种，就很接近纸媒文学，接近"现实主义"，在某些读者圈里"轰动"过。

项：《修改过程》从二十世纪七十年代末一直写到了当下，主体对象是1977年高考恢复后第一批大学生——"七七级"这一代人的命运轨迹，他们是《日夜书》里的同一代人，是他们之中走进高校的一部分。他们的共同点在于都是"野生动物"，这也是写作者和我们读者都有期待的一代人，感觉他们有故事，有创造的可能性，生活有一股精气神儿。比如姚大甲、贺亦民、马涛、安燕，他们尽管成长得有点畸形，但仍是蓬蓬勃勃的一片野草，不认同既有的秩序和命运，他们所需要警惕的是自我膨胀和自大症，这是新专制主义的一个幽灵。跟后来越来越精致和狭窄的人生故事不一样了，比如《日夜书》里的陶小布，可能日常生活中更愿意跟他相处，但文学中会更喜欢那些野草一样的人物。您最喜欢这一代人的什么特质？不喜欢的地方呢？

韩：有一位评论家说得很妙：故事就是事故。从某种意义上说，一个精密管理的社会，大家都循规蹈矩、温文尔雅、一生平安，当然就会少了很多故事。所谓不平则鸣，悲愤出诗人，国家不幸诗人幸……都是社会管理受挫、失控、出漏洞、跟不上的时候，制度约束所造成的人格面具纷纷失效，人的大善大恶都在自由释放和剧烈激荡，接近各种"野生动物"的原形毕露。这当然容易出故事，满足人们的审美好奇心。没有人喜欢战争，但若无战争戏，中国四大古典小说至少会少去三部，这个世界会乏味太多。没有人愿意生活悲惨，但若无悲剧，整个文学史就差不多全部垮塌。这就是说，文学常常靠"事故"吃饭，与人们过日子的逻辑和指向不一样。

项：《修改过程》关于人生修改的问题，我在看早期作品的时候也发现了您作品的修改问题。您在上海文艺出版社出版的全集中解释了几个原因：一是恢复性的，跟出版制度和特殊年代有关。二是解释性的，为了方便代际沟通，对某些过时用语给予了适当的变更，或者在保留原文的前提下略加阐释性文字。三是修补性的。

"翻看自己旧作，我少有满意的时候，常有重写一遍的冲动。但真要这样做，精力与时间不允许，篡改历史轨迹是否正当和必要，也是一个疑问。因此在此次修订过程中，笔者大体保持旧作原貌，只是针对某些刺眼的缺失做一些适当修补。"我做了点简单的对比，发现不同的文学观念其实已经影响到了作品的书写。一些小细节，我看了印象特别深刻，比如一个风俗"闹茶"的描写，上海文艺出版社的版本在这一节就这一乡俗加入了二百五十字的解读，并且对待这一风俗的态度也发生了模糊化的倾向，不再认为它是一个封建的残忍的风俗，这一节的篇幅几乎扩展了一倍，用来呈现现场的对话和人们的议论。直接加进来的对于"闹茶"场面的描述也很多。如果不经过"寻根文学"，就完全不会是这个写法。开个玩笑，修改会给以后的版本研究留下活干，您是不是特别喜欢修改自己的作品？听花城出版社的李倩倩老师说，您到出版最后一刻还在修改，跟这个书名特别相符，尚未出版的作品主要修改什么？您能聊聊这本书的"修改过程"吗？我觉得作家真实的故事跟小说似乎是相得益彰，甚至是小说的延伸和补白。

韩：托尔斯泰就很喜欢修改作品，甚至把一个短篇修改成中篇，又把一个中篇修改成长篇。《三国演义》《水浒》等小说，不知被多少人传说过，演绎过，修改过。这可能是文学生产的正常现象。有了电脑后，不用誊抄稿件，修改特别方便，可能鼓励和诱发作者们更多修改，也不一定是坏事。落子不悔，这是指下棋，不是指写作。还原原貌，这是指考古，不是指阅读。有人说我是一个怀疑主义者。我可能算得上"半个"，包括经常怀疑自己。二十多年前，《修改过程》的前身，已写了一大半，八万字，就被自己怀疑了，觉得精英自恋的味道不对。这一次另起炉灶，基本构架和走向在写作过程中倒是相对稳定，后来加上一个马湘南的大儿子，加上一个两千年前的惠子，也算不上伤筋动骨。至于个别词语的调整，不过是跟着感觉走，看到不顺眼的，随时下手，数不胜数，也讲不出太多道理。我认识一个著名的曲艺演员。他说他的每部作品在大舞台正式演出之前，都要经过一百次以上的试演，去酒店、夜总会、联欢会练兵，每次都有增减，每次都有改进，根据现场反应事后再加打磨。我曾说过，文人不要老是把自己当天才，在很多地方要向艺人学习，指的就是他们那种一丝不苟、千锤百炼的职业传统。

项：《日夜书》《修改过程》中您都写到第二代，知青的后代和"七七级"的后代，他们的命运都很悲惨。郭又军和安燕的女儿丹丹，马涛的女儿笑月，两个女孩都在经历失败的人生，与父母感情疏离，她们自身生活的困境比如考试、攀比、爱的缺失等等在小说中并没有过多揭示，但从上一代人的人格和心态中，我们可以感受到第二代的价值混乱和缺少明确有力的精神指引，笑月的自杀是上一代人格缺陷不可避免的后果。《修改过程》中马湘南的两个儿子，大儿子是精致的利己主义者，冷淡生硬，小儿子变成了一个完全虚无的人，崩塌了他的全部价值体系。上一代的历史不会结束于一代人的生命完结，无论是失意者还是强者，他们还需要接受下一代的挑剔和审视，下一代的形象和命运是知青一代生活无言的证词，也是这一代人历史终结的时间警钟。您把知青的第二代作为重要的表现对象是基于什么考虑？您写这些人物的时候存不存在写作上的障碍？

韩：代际关系特别值得观察。佛教说一切皆有因果。在很多情况下，下一代常常是上一代的倒影，也是上一代的报应，比如儿女总是把父母当作自己价值观最早、最直接、最方便、最无忌惮的实验对象。你教他自私，他首先会对你自私。你鼓励他势利，他首先会对你势利。如此等等。当你狼狈地紧急自卫，捡回某种道德盾牌，通常已经晚了。求仁得仁，很多历史讽刺剧都是这样展开的。往大里看，当一个革命时代向市场时代转型，不少冲突不过是某些精神潜质遭遇了自己的遗传和变体。偏执的革命，会被市场的偏执报应。教条的革命，会被市场的教条报应。肤浅的革命，会被市场的肤浅报应……人们通常是同影子搏斗，只是不觉而已。我要说的是，如果人们想跳出这种困境，至少得首先看清这种困境，不要止于一味地怨天尤人怒气冲冲。

项：除了早期的《风吹唢呐声》，您的作品好像很少被改编成影视作品，熟悉您的作品之后发现的确比较困难，思辨性的东西很难演出来，除非是艺术电影，但也不是说没有可能，有很多作品还是挺适合影视改编的，比如《第四十三页》《日夜书》等。我知道很多作家都特别爱看电影，像余华、苏童等，有的还成为影视剧的创作者，您平时喜欢看国内国外的影视剧吗？看哪些？好多人认为电影和电视剧已经成为当代中国人最重要的精神产品，您认同吗？

韩：我看影视不多，没什么发言权。我只是相信，影像与文字各有功能优势，如果是用影视手段可以表现得更好的题材，像那些场面依赖型的、动作依赖型的，小说家最好躲开，不要去抢。

项：特列季亚科夫提过一个概念"行动的作家"，您去海南岛办《海南纪实》、"海南公社"，后来改刊《天涯》，包括再次回到湖南汨罗居住，讨论"三农"问题、生态问题、亚洲问题，等等，都有一种超越文学之外的"行动"，您目前对"作家"这个身份是怎么理解的？

韩：作家不是写作机器，首先是一个人。一个人在作家身份之外，其实还可以有其他身份，有很多有趣的生活、有意义的生活，不是吗？一个作家得胃病、票京剧、攒古玩、当股东不会引来惊讶，做点别的什么，应该也很正常。

项：我记得第一次看到《暗示》的时候，特别惊讶，后面附录了很多参考书目，像学者论文一样。看您的随笔也可以看到很多数据，我在一篇文章中看到"1983年全国竟然有57%的刊物发行量下跌"，有这个数据，我对八十年代的文学繁荣有了另外的印象。您这些数据都是从哪里看到的？您读书比较庞杂，除了文学类，大概哪些类型的书您比较喜欢？

韩：作家都是微观专家，感受总是从细节开始，从个别的人和事入手。不过，为了防止一孔之见的狭隘和自闭，注意数据——以及催生和倚重这些数据的理论，建立一些参照点，校正文学的大方位，也许不无好处。当然，数据也需要甄别和筛选，不都是可靠的。比如经济学大概是社会科学领域里运用数学最成熟的学科，在这个意义上也是最像"科学"的文科，不懂数学的根本没法在圈子里混，几乎开不了口。但讽刺的是，它居然成了近几十年来最失败的学科，对全球性经济危机既无预警，至今也无有力的对策，连一些诺奖得主也在股票期货那里栽得鼻青脸肿。正是有此疑惑，我可能更愿意读一读史学、社会学、生物学，其中一部分也是优秀的文学，比如刘易斯·托马斯的《细胞生命的礼赞》和《最年轻的科学》。

项：《爸爸爸》的语言我印象最深刻，句子非常短，有节奏，又有一种陌生感，您四十年的写作中，叙事语言大体发生过什么变化？

韩：有变化吗？这事自己还真说不清楚，没什么感觉。

韩少功文学年表

1953 年　一岁

元旦出生于湖南长沙的一个教师家庭，在家排行老四，故昵称"四毛"。父母均受过高等教育，韩父会要求他读古典小说，韩母教他写毛笔字。

1959 年　七岁

9 月，入学长沙市乐道古巷小学读书，表现不错。其时，正遭逢一场全国范围的大饥荒，令他印象深刻。就读小学期间，参加过声援古巴的游行。

1965 年　十三岁

9 月，考入长沙市第七中学。

1966 年　十四岁

6 月，与同学们一起奉令停课，开始参与"文化大革命"。9 月，父亲死于政治迫害。11 月，加入红卫兵造反派组织，参加步行串联和下厂劳动。

1967 年　十五岁

8 月，从母亲那儿要来十二元钱买入四卷本的《列宁选集》，通读并做了几本厚厚的笔记。因父亲的关系，厌恶红卫兵的武斗。

1968 年　十六岁

为了适应"革命形势"的需要，未到政策规定年龄即主动报名下乡，落户湖南省汨罗县天井公社（现汨罗市罗江镇）茶场。茶场秀丽的自然风光难掩生活的清贫与劳苦。在作为知青生活期间，与黄新心、胡锡龙、甘征文等人在相互激励、相互启发中走上文学之路。

1969 年　十七岁

5 月，一个知青读书小组在韩少功的倡导下成立，并办起了农民夜校。

1970 年　十八岁

4 月，因涉嫌进行违禁政治活动，被公社拘押审查。他认为这是莫须有的罪名，其中有一段时间，他对农民失去信心。

1971 年　十九岁

对知青生活最美好的回忆，是聚在树下或坡下工休时候的聊天和讲书，知青们相互交换图书阅读。

1972 年　二十岁

2 月，与另外五位知青奉命转点至天井公社长岭大队，任务是带动那里的农村文艺宣传活动，在这里认识了女知青梁预立并恋爱。这一年，他开始了真正意义上的文学创作，短篇小说《路》被创作出来，但未发表。另有一些文章发表在内部刊物上。创作上的初露锋芒，让他被点名参加省城的创作培训班。

1974 年　二十二岁

12 月，因创作实绩被汨罗文化馆录用，结束了六年的知青生活。这一年开始公开发表作品，有短篇小说《洪炉上山》(《湘江文艺》第 2 期）、《一条胖鲤鱼》(《湘江文艺》第 3 期）以及时论《"天马""独往"》(《湘江文艺·批林批孔增刊》3 月号）。

1975 年　二十三岁

发表短篇小说《稻草问题》(《湘江文艺》第 4 期）、时论《从三次排位看宋江投降主义的组织路线》(《湘江文艺》第 5 期）。

1976 年　二十四岁

发表文论《斥"雷同化"的根源》(与刘勇合作，《湘江文艺》第 2 期）、小说《对台戏》(《湘江文艺》第 4 期）。

1977 年　二十五岁

2 月，参加农村工作队，对农村的认识发生了很大的变化。这为写作《月兰》准备了生活素材。12 月，参加高考。年内还曾接受写作传记文学《任弼时》的任务，奔赴江西、四川、陕西、北京等地采访和调查。历时一年多。采访人物有王首道、王震、李维汉、胡乔木、萧三等革命先辈。

1978 年　二十六岁

3 月，入读湖南师范学院中文系。因短篇小说《七月洪峰》刊登在《人民文学》第 2 期上，名声大振。《笋妹》刊《少年文艺》第 2 期。《山路》刊《广东文艺》第 4 期，小说塑造了响应学习雷锋号召从市邮政局调到山村后一心要求进步、为人民服务的向春英形象。12 月，与梁预立结婚。《夜宿青江铺》刊《人民文学》第 12 期。

1979年　二十七岁

2月，小说《战俘》刊《湘江文艺》第1—2期合刊。3月，随"中国作家赴前线参观团"到广西和云南战争前线采访，这次参访对他刺激很大。4月，短篇小说《月兰》在《人民文学》第4期发表。5月，创作《调动》，后刊于1980年《文艺生活》。7月，创作《离婚》。8月，《"文艺是阶级斗争的工具说"质疑》刊《湖南学院学报》第4期。年内，与甘征文合著的传记文学《任弼时》由湖南人民出版社出版。

1980年　二十八岁

1月，女儿韩寒诞生。2月，小说《人人都有记忆》刊《湖南群众文艺》第2期，《吴四老倌》刊《湘江文艺》第2期。4月，创作短篇小说《申诉状》，短篇小说《起诉》刊《芙蓉》第2期。5月，中篇小说《回声》刊《小说季刊》第2期。6月，儿童题材短篇小说《火花亮在夜空》刊《上海文学》6月号。8月，《癌》刊《湘江文艺》第11期。10月，参加《芙蓉》编辑部召开的文学座谈会，《西望茅草地》刊《人民文学》第10期。

1981年　二十九岁

小说《晨笛》刊《芳草》第1期。5月，第一部中短篇小说集《月兰》由广东人民出版社出版。6月，短篇小说《同志交响曲》刊《芙蓉》第2期，后获《芙蓉》文学奖；文论《留给"茅草地"的思索》刊《小说选刊》第6期。7月，《飞过蓝天》刊《中国青年》第13期，后获"五四"青年文学奖、1981年全国优秀短篇小说奖。9月，短篇小说《风吹唢呐声》刊《人民文学》第9期，文论《用思想的光芒照亮生活》刊《中国青年》第18期。12月，小说《谷雨茶》刊《北京文学》第12期。

1982 年　三十岁

2 月，毕业离校。分配至湖南省总工会，并忙着筹办《主人翁》杂志。3 月，改编短篇小说《风吹唢呐声》为电影。年内有短篇小说《反光镜里》刊《青年文学》第 2 期，《那晨风，那柳岸》刊《芙蓉》第 6 期，文论《难在不诱于时利——致〈湘江文学〉编辑部》刊《湘江文学》第 4 期，《文学创作的"二律背反"》刊《上海文学》第 11 期等。

1983 年　三十一岁

1 月，文论《沧浪诗辩与某些当代小说》刊《长春》第 1 期，《克服小说语言中的"学生腔"》刊《北方文学》第 1 期，《谈作家的功底》刊《文艺研究》第 1 期。2 月，钱念孙作《文学创作中"二律背反"的出路——谈韩少功的文学沉思》刊《上海文学》第 2 期，质疑韩少功的文学命题；肖翔改编，博综、雨青绘画的《风吹唢呐声》刊《连环画报》第 2 期。3 月，小说《战俘》由高殿春改编，陈永远绘成连环画，在天津人民美术出版社出版。4 月，和谭谈采访王蒙的访谈录《生活养育作家——访王蒙》刊《湖南日报》；在刘斐章等前辈的推荐下，当选湖南省政协常委。5 月，小说《远方的树》刊《人民文学》第 5 期、《中篇小说选刊》第 5 期、《小说月报》第 7 期，后入选贺绍俊、杨瑞平编《知青小说选》。7 月，在《青春·青年文学丛刊》创刊号栏目"愿《青春》发出年轻人的心声"发表祝词《铸造博大的"自我"》，《复杂中见深，丰富中见美》刊《绿原》第 7 辑。8 月，文论《从创作论到认识方法》刊《上海文学》第 8 期。9 月，与肖建国到安仁县，给文学创作培训班讲课。11 月，随笔《戈壁听沙》刊《湖南日报》，钱念孙作《文学现象的复杂性与理论认识的科学性——再谈文学创作中"二律背反"的出路》刊《上海文学》第 11 期，刘杰英作《他的路——记文学青年韩少功》刊《文艺生活》第 11 期，《飞过蓝天："五四"青年文学奖征文小说选》由四川人民出版社出版。12 月，参加湖南省第三次青年文学作者代表会议，中短篇小说集《飞过蓝天》由湖南人民出版社出版，《京华盛会　气象万千——中国工会十大侧记》刊《主人翁》第 12 期，"本刊记者韩少功"从"你好！北京""辉煌的主席台""老一辈的期望""深夜灯光""首日封""都是龙的传人"六个方面报道此次大会。

1984 年　三十二岁

《欢迎爽直而有见地的批评——韩少功给陈达专的信》刊 2 月 23 日《光明日报》。4 月，翻译英国作家毛姆的《故乡》，刊《文学月报》第 4 期。任湖南省总工会《主人翁》（下半年更名为《朋友》）杂志副主编，工作至 1985 年 4 月。7 月，《命运的五公分》刊《文学月报》第 7 期。8 月，翻译毛姆作品《冉·达尔文》，刊《作家》第 8 期，署名"少功、少波"；参加"叶蔚林的成就与失误"座谈会，座谈纪要刊《文学月报》第 9 期。9 月，创作随笔《信息社会与文学前景》，后刊《新创作》1985 年 1—2 月号，收入《在后台的后台》（人民文学出版社出版）时标题为"信息社会与文学"，内容有所删减。11 月，文论《文学创作中的特殊规律和一般规律》刊《求索》第 6 期。12 月 10 日夜，与鲁枢元、李陀、黄子平、阿城、季红真、李庆西等人在上海申江饭店畅谈哲学与文学。12 月 12 日至 16 日，前往杭州，参加由《上海文学》、浙江文艺出版社、杭州市文联组织的"新时期文学的回顾与预测"研讨会，做关于文学"寻根"话题的发言，这次会议被视为文学"寻根"运动崛起的标志。12 月 29 日至 1985 年 1 月 5 日，在京西宾馆参加中国作家协会第四次全国代表大会，会议期间赶译《生命中不能承受之轻》，《解放军文艺》编辑刘立云向他约稿。

1985年　三十三岁

初春起，在武汉大学英文系进修英语和德语。1月，《信息社会与文学前景》刊《新创作》第1—2月号，总第16期。4月，文论《文学的"根"》刊《作家》第4期，后获《作家》理论奖。6月，小说《爸爸爸》刊《人民文学》第6期，作品同时反思传统文化的负面影响与现代化的弊端；小说《归去来》《蓝盖子》刊《上海文学》第6期；文论《〈文学的"根"〉补记》刊《作家》第6期。7月8日，致信严文井，感谢严文井支持朦胧诗的勇敢与睿智。11月，湖南省委组织部下文，韩少功、叶蔚林、张扬、孙建忠、萧育轩、古华、谭谈、石太端八位作家下基层兼职体验生活，挂职期间，韩少功发起"湘西之旅"；短篇小说《空城·雷祸》刊《文学月报》第11期。12月28日，省委、省政府嘉奖有突出贡献的作家、艺术家和文艺编辑，韩少功等十几位作家获奖。

1986年　三十四岁

1月，小说《诱惑（之一）》刊《文学月报》第1期。2月，《关于〈爸爸爸〉的对话》刊《作品与争鸣》第2期。4月下旬，参加《钟山》在南京举办的第五次"太湖笔会"；文论《实现文学的多元化格局》刊《文学报》第18期；小说《史遗三录》（包括《猎户》《秘书》《棋霸》）刊《青年文学》第4期，后获第二届（1984—1988）青年文学创作奖，《棋霸》被《小小说选刊》第8期转载，后获《小小说选刊》首届小小说优秀作品奖。5月，短篇小说《申诉状》刊《新创作》第3期，第一本文学评论集《面对空阔而神秘的世界》由浙江文艺出版社出版，短篇小说《女女女》刊《上海文学》第5期，短篇小说《老梦》刊《天津文学》第5期。6月，论文《寻找东方文化的思维和审美优势》刊《文学月报》第6期。7月，精装本中短篇小说集《诱惑》由湖南文艺出版社出版。8月23日至9月23日，应邀参加美国新闻署"国际访问者计划"，第一次出访国外。9月，《女女女》被《小说选刊》第9期转载，同时刊发韩少功的创作谈《好作品主义》；中篇小说《火宅》刊《芙蓉》第5期，后改名为《暂行条例》。10月，《也说美不可译》刊上海市作家协会内刊，1993年刊《椰城》。11月，接受《北美华侨日报》采访，后以《胡思乱想》为题刊于1987年《北美华侨日报》，又刊《钟山》1987年第5期；翻译英国作家罗德·戴尔作品《通天之路》，后收入《精神的白天与夜晚》。《公刘、韩少功各抒己见，探讨"寻根"的得与失》刊12月11日《文学报》。本年创作纪实性散文《美国佬彼尔》与《重逢》。

1987年 三十五岁

1月，创作散文《我家养鸡》，后刊于《小作家选刊》2003年第12期、《课外阅读》2004年第4期；16日，给《生命中不能承受之轻》作序。3月，《黄母鸡》刊《少年作文辅导》第3期，《棋霸》《猎户》刊《新创作》第2—3月号。4月，参加《钟山》杂志和南海舰队在海南岛联合举办的"南海笔会"。5月，韩刚、韩少功译《命运五部曲》由上海文化出版社出版。7月，创作散文《布珠寨一日》。9月，《美国佬彼尔》刊《湖南文学》第9期"域外风情"栏目，小说《短篇二题：故人 人迹》《答美洲〈华侨日报〉记者问（代创作谈）》刊《钟山》第5期"作家之窗"栏目。11月，《文学散步》刊《天津文学》第11期。12月，创作《记曹进》（原题《无学历档案》），后刊于《湖南文学》。散文《仍有人仰望星空》刊本年的《新创作》。

1988年 三十六岁

1月，散文《老同学梁恒》刊《湖南文学》第1期"域外风情"栏目；21日，致信文艺批评家吴亮。2月，《谋杀》刊《作家》第2期。3月，《不谈文学》刊《钟山》第2期，《自由者路上的摇滚——

访美手记》刊《小说界》第 2 期。4 月，《无学历档案》刊《湖南文学》第 4 期。本年中短篇小说集《空城》由台湾林白出版社出版。

1989 年　三十七岁

3 月，小说《鼻血》刊《天津文学》第 3 期。4 月，《归去来》刊《中国文学》（英文版）第 2 期。12 月，中短篇小说集《谋杀》被列入"远景文学丛书"，由台湾远景出版公司出版。本年，《生命中不能承受之轻》由时报出版公司（台湾）出版。

1990 年　三十八岁

1 月 1 日，台湾《联合报》第十一届小说奖揭晓，《谋杀》获大陆地区推荐奖。6 月，散文《记忆的价值》刊《文学自由谈》第 3 期。10 月，创作散文《陆苏州》，后刊于 1991 年《海南日报》，又刊《中华活页文选（高一年级）》2011 年第 5 期。本年，法国普罗旺斯大学中文系的诺埃尔·杜莱特与中国留学生户思社合译的《爸爸爸》由阿利内阿出版社出版，这是韩少功作品的首个法译单行本。

1991 年　三十九岁

1 月，为英文版《方方中短篇小说集》（中国文学出版社 1993 年版）作序《无我之我》，后刊于 1994 年 9 月 4 日《新民晚报》；10 日，撰文《然后》纪念莫应丰，刊《湖南文学》第 1 期；随笔《比喻的传说》刊《文学自由谈》第 1 期。3 月，与韩刚合译的《生命中不能承受之轻》由作家出版社再版。5 月，修改《比喻的传说》，为法文版《女女女》作序。9 月，小说《会心一笑》刊《收获》第 5 期，后改名为《梦案》。10 月，《鞋癖》刊《上海文学》第 10 期；14 日至 20 日，赴巴黎参加国际作家会议。11 月，《灵魂的声音》刊《海南日报》，后刊《小说界》1992 年第 1 期，《新华文摘》1992 年第 4 期转载。

1992 年　四十岁

2 月，《生之旅》刊《青年博览》第 2 期。《也说"文学的困扰"——致周介人》刊 4 月 27 日《文汇报》。5 月，创作《词语新解》，初刊散文集《夜行者梦语》，又刊 2009 年 5 月 12 日《羊城晚报》；创作散文《走亲戚》，后刊《福建文学》1993 年第 12 期，获同年《福建文学》奖，又刊 1997 年香港《明报月刊》；创作散文《收水费》，后刊《家庭》第 12 期。9 月，小说《永远的怀念》（后改名为《领袖之死》）刊《花城》第 5 期；散文《笑的遗产》刊《中国作家》第 5 期，获《中国作家》"力象杯"1991—1992 年度优秀散文奖。10 月，开始电脑写作，创作《夜行者梦语》，后刊《读书》1993 年第 5 期；《小说似乎在逐渐死亡》刊《四川文学》第 10 期。11 月，《近观三录》刊《绿洲》第 6 期。12 月，创作《作者自白》，为散文集《夜行者梦语》自序，后改名为《多嘴多舌的沉默》发表，再改后收入《为语言招魂：韩少功序跋选编》。

1993 年　四十一岁

1 月，《语言的流浪》刊《文学自由谈》第 1 期，《韩少功访谈录》刊《世界文学》第 1 期。2 月，《真要出事》刊《作家》第 2 期。3 月，《访法散记》刊《湖南文学》第 3 期。5 月，随笔《无价之人》刊《文学评论》第 3 期；创作《人之四种》，后刊于《东方养生》1995 年第 1 期；创作散文《那年的高墙》，后刊于 8 月 7 日《光明日报》。8 月，《作揖的好处》刊《青年文学》第 8 期；创作散文《性而上的迷失》，后刊于《读书》1994 年第 1 期、《北方文学》1994 年第 7 期、《中国妇女（上半月）》2001 年第 4 期、《东方艺术》2002 年第 2 期等。9 月，小说《昨天再会》刊《小说界》第 5 期，《中华文学选刊》1994 年第 3 期转载。10 月，创作散文《个狗主义》。11 月，小说集《爸爸爸》由作家出版社出版，《关于〈超越语言〉的通信》

刊《作家》第 11 期。同年,《空屋的秘密》法文版由中国文学出版社出版。

1994 年　四十二岁

1 月,《夜行者梦语:韩少功随笔》由上海知识出版社出版,《即此即彼》刊《海南师院学报》第 1 期。2 月,新闻小说《一位中国作家在美国》刊《春风》第 4 期。3 月,翻译美国作家雷蒙德·卡佛的《他们不是你丈夫》,收入《精神的白天与夜晚》;8 日,与作家何立伟通信,该信以《致友人书》为题刊《文艺争鸣》第 5 期。4 月,创作《四月二十九日》,后以法文发表于 1995 年法国《观察家》;14日,为黄茵散文集《咸淡人生》作的序言《平常心,平常文学》刊《海南日报》,又刊《文学自由谈》第 3 期。5 月,《最后的看》刊《家庭》第 5 期,《在小说的后台》刊《海南师院学报》第 2 期,《佛魔一念间》刊《宗教》第 3 期、《读书》第 5 期。6 月,《伪小人》刊《青年心理咨询》第 6 期,散文《南方的自由》刊《今日名流》第 6期,散文集《海念》由海南出版社出版。7 月,散文《记忆的价值》《作揖的好处》《海念》《南方的自由》刊《绿洲》第 4 期,小说选集《韩少功》由人民文学出版社出版。8 月,创作散文《心想》,作品集《鞋癖》由长江文艺出版社出版。10 月,创作《圣战与游戏》,为繁体中文版《圣战与游戏》自序。11 月,散文《世界》刊《花城》第 6 期,《处贫贱易,处富贵难》刊《书摘》第 11 期。12 月,创作《岁末扔书》,后刊于 1995 年《海南日报》。本年随笔集《圣战与游戏》由牛津大学出版社(中国)有限公司出版。

1995 年　四十三岁

1 月,短篇小说《余烬》刊《上海文学》第 1 期,散文《心想》刊《读书》第 1 期,小说《山上的声音》刊《作家》第 1 期,小说《红苹果例外》刊《芙蓉》第 1 期,《为什么写作》《远行者的回望》

《圣战与游戏》刊《书屋》第 1 期，《从人身上可以读出书，从书里也可以读出人》刊《社科信息文荟》第 2 期。2 月，《真要出事》由中共中央党校出版社出版。3 月，短篇小说《暗香》刊《作家》第 3 期。4 月，创作《母亲的看》，刊于 1996 年《家庭》；中短篇小说集《北门口预言》由海南出版公司出版。5 月，创作散文《阳台上的遗憾》，刊当年《海南日报》；《富贵者的厌倦》刊《青年博览》第 5 期。6 月，小说《马桥人物（两题）》(《烂杆子》《乞丐富农》) 刊《湖南文学》第 6 期。7 月，散文《听舒伯特的歌》刊《作家》第 7 期。9 月，《乞丐富农》刊《中国文学》第 5 期。10 月，《第一本书之后——致友人书简》刊《扬子晚报》。11 月，创作散文《爱的歧义》，刊当年《海南日报》。

1996 年　四十四岁

2 月，《记忆的价值》刊《萌芽》第 2 期，《韩少功小说精选》由太白文艺出版社出版。3 月，《中西各有其"甜"》刊《天涯》第 2 期，《马桥词典》刊《小说界》第 2 期，散文集《心想》由天津人民出版社出版，《灵魂的声音》由吉林人民出版社出版。《马桥词典》后记《我的词典》刊 5 月 28 日《中华读书报》。6 月，创作散文《母语纪事》，后刊于 1997 年《海南日报》。7 月，为《刘舰平小说选》作跋《美丽的眼睛》，后刊于《芙蓉》第 5 期。8 月 29 日，海南大学社会科学研究中心举办《马桥词典》座谈会，会议纪要以《语言的追问》为题刊《文学报》。9 月，《马桥词典》单行本由作家出版社出版，《韩少功谈〈马桥词典〉》刊《当代作家评论》第 5 期。10 月，《完美的假定》《归去来》《爸爸爸》由作家出版社出版，散文集《世界》由湖南文艺出版社出版。11 月，翻译葡萄牙诗人费尔南多·佩索阿作品《惶然录》的部分章节，首发《天涯》第 6 期；散文集《佛魔一念间》由北岳文艺出版社出版。12 月，散文集《海念》由海南出版社出版；翻译美国小说家约翰·斯坦培克作品《谋杀》，后收入《精神的白天与夜晚》。

1997年 四十五岁

1月，《批评者的"本土"》刊《上海文学》第1期，《我们的残疾》刊《鸭绿江》第1期。2月，《哪一种"大众"?》刊《读书》第2期。3月，为林河作品《古傩寻踪》作序《傩：另一个中国》，《语言的节日》刊《新创作》第2期。4月，《岁末恒河》刊《作家》第4期，《韩少功作品自选集》由漓江出版社出版。5月，《收水费》刊《中外文摘》第3期。6月，接受《芙蓉》主编萧元采访，以《九十年代的文化追寻》为题刊《书屋》第3期，收入文集时改名为《世俗化及其他——答〈芙蓉〉杂志主编、评论家萧元》。7月，随笔《遥远的自然》刊《天涯》第4期；随笔《主义向人的还原》刊《天涯》第4期，署名郭浩。9月，创作《一九七七的运算》，后刊当年《人民日报》。11月，《强奸的学术》刊《青年文学》第11期。年内《马桥词典》繁体版分别由时报出版公司（台湾）和三联书店（香港）有限公司出版。

1998年 四十六岁

1月，《亚洲经济泡沫的破灭》刊《天涯》第1期。2月，请辞海南省政协常委与省政协文史委员会主任，获准；《第二级危机："酷"的文化现代之一》刊《读书》第2期。3月，《第二级危机："酷"的文化现代之二》刊《读书》第3期；《海口讳莫如深》刊《文艺报》；日文版《爸爸爸》（加藤三由纪译）收入藤井省三编《现代中国短篇集》，由日本平凡社出版。5月，《熟悉的陌生人》刊《天涯》第3期。6月，《公因数、临时建筑以及兔子》刊《读书》第6期。8月，译作《惶然录》（十四则）刊《书屋》第5期，《读梦者——序〈黑狼笔记〉》刊《书屋》第5期。9月，对话《文学的追问与修养——韩少功访谈录》（与蓝白、黄丹）刊《东方艺术》第

5 期；9 日，上海第四届"长中篇小说优秀作品大奖"宣布评选结果，《马桥词典》获长篇一等奖。11 月，《工具，有时也是价值》刊《琼州大学学报》第 4 期。年内，《韩少功散文》（两卷）由中国广播电视出版社出版，《真要出事》由中共中央党校出版社出版，《故人》由湖南师范大学出版社出版，散文小说集《精神的白天与黑夜》由泰山出版社出版。

1999 年　四十七岁

3 月，《大题小作——韩少功散文新则》（《自我机会高估》《乏味的真理》《饿他三天以后》）刊《芙蓉》第 2 期。6 月，《韩少功新译作能否再火》刊《中华读书报》，《感觉跟着什么走？》刊《读书》第 6 期。10 月下旬，在海南省三亚南山主持召开"生态与文学"国际研讨会。11 月，《国境的这边和那边》刊《天涯》第 6 期。年内，译作《惶然录》由上海文艺出版社出版，中短篇小说集《韩少功》繁体版由明报出版社出版。

2000 年　四十八岁

1 月，请辞海南省作协主席与《天涯》杂志社社长，获准；散文《人在江湖》入选《散文选刊》评选的 1999 年中国散文排行榜。2 月，创作《文学传统的现代再生》，最初以法文和英文发表。4 月，《关于〈马桥词典〉的对话》（与崔卫平）刊《作家》第 4 期，《时间的作品》刊《视野》第 4 期。5 月，辞去《天涯》社长职务。6 月，散文集《心想》由西苑出版社出版；《韩少功访谈录》（与许风海）刊《博览群书》第 6 期，谈及"新左派"与自由主义论争。7 月，散文《依附与独立》刊《中国新闻周刊》第 27 期。9 月，短篇小说《老李醉酒》刊《民间故事选刊》第 9 期。年内，法文版《山上的声音》在网上被评为该年度十本法国文学好书之一，《马桥词典》被海内外各方专家推荐为"中国二十世纪小说百部经典"之一。

2001年 四十九岁

1月，《语言的长征》刊《新闻天地》第1期，对话《返归乡村 坚守自己——韩少功近况访谈录》（与黄灯）刊《理论与创作》第1期。2月，《杭州会议前后》刊《海南日报》，同时刊《上海文学》第2期。3月，《你好，加藤》刊《天涯》第2期。5月，中篇小说《兄弟》刊《山花》第3期，《好"自我"而知其恶》刊《上海文学》第5期，《流动的解说》刊《小说选刊》第5期。6月，《后革命的中国》刊《上海文学》第6期。10月，《经济全球化：国家化的放大？》刊《金融经济》第10期。12月，《人情超级大国（一）》刊《读书》第12期。年内，《爸爸爸》由时代文艺出版社出版，中短篇小说集《领袖之死》由北岳文艺出版社出版，《韩少功小说精选》由太白文艺出版社出版，《韩少功文库》（十卷）由山东文艺出版社出版，译作《惶然录》繁体版由时报出版公司（台湾）出版。

2002年 五十岁

1月，《进步的回退》刊《天涯》第1期，《人情超级大国（二）》刊《读书》第1期。4月，获得法国文化部颁发的"法兰西文艺骑士勋章"；《知识分子的突围者》刊《中国经济时报》，又刊《东方杂志》第5期。9月，长篇笔记体小说《暗示》刊《钟山》第5期，《政治家的行为艺术》刊《领导文萃》第9期。10月，散文《山之想（三题）》刊《天涯》第5期。11月，《草原长调》刊《天涯》第6期。年内，演讲集《进步的回退》由春风文艺出版社出版，中短篇小说集《韩少功读本》由花山文艺出版社出版，《蓝盖子：韩少功代表作》由春风文艺出版社出版，《暗示》由人民文学出版社出版并获该年度"华语传媒文学大奖"小说奖。另出版荷兰文版《马桥词典》，日文版《你好，加藤》发表于《蓝·BLUE》第6号。

2003 年　五十一岁

1 月，散文《货殖两题》刊《当代》第 1 期，《〈进步的回退〉自序》刊《当代作家评论》第 1 期。2 月，《论白开水》刊《南风窗》第 3 期，《民主的高烧与冷冻》刊《南风窗》第 4 期。3 月，《知青爱情》刊《东西南北》第 3 期。4 月，《韩少功访谈：选择隐居的先锋作家》刊《南方都市报》。5 月，创作谈《论困境》刊《青年文学》第 5 期，《万泉河雨季》刊《当代》第 3 期，《文体与精神分裂主义》刊《天涯》第 3 期，《岁月》刊 5 月 15 日《遵义晚报》，对话《在妖化与美化之外的历史》（与王尧）刊《当代作家评论》第 3 期并获该刊理论作品奖，《冷战后：文学写作新的处境——在苏州大学"小说家讲坛"上的讲演》刊《当代作家评论》第 3 期。6 月，《坚持公民写作》（与杨柳）刊 6 月 4 日《中国国土资源报》。9 月，对话《文化的游击战或游乐场》（与王尧）刊《天涯》第 5 期。11 月，对话《八十年代：个人的解放与茫然》（与王尧）刊《当代》第 6 期。12月，《我家养鸡》刊《小作家选刊》第 12 期。年内，理论集《韩少功王尧对话录》由苏州大学出版社出版，中短篇小说集《北门口预言》由江苏文艺出版社出版，随笔集《完美的假定》由昆仑出版社出版，《暗示》繁体版由台湾联合文学出版社出版。另出版英文版《马桥词典》、匈牙利文版《爸爸爸》，日文版《归去来》（山本佳子译）发表于《螺旋》第 9 号。

2004 年　五十二岁

1 月，对话《历史：现在与过去的双向激活》（与王尧）刊《小说界》第 1 期，《再启蒙：社会的破碎与重建》（与王尧）刊《当代》第 1 期，《语言：展开工具性与文化性的双翼》（与王尧）刊《钟山》第 1 期，《个性》刊《小说选刊》第 1 期。2 月，《韩少功撰文批评当前小说》刊《中华读书报》，《错误》刊《小说选刊》第 2 期。3 月，对话《文学：文体开放的远望与近观》（与王尧）刊《当代》第 2

期,《技术》刊《小说选刊》第 3 期。4 月,《传统》刊《小说选刊》第 4 期,《一个作家眼中的全球化——韩少功在汨罗市乡镇干部会上的演讲》刊《散文百家》第 8 期。6 月,《廿年前的刺,廿年后的根》(与鲁意)刊 6 月 25 日《中国图书商报》。7 月,短篇小说《月下桨声》刊 7 月 14 日《文汇报》。8 月,对话《小说,太多的叙事空转与失禁》(与王尧)刊 8 月 9 日《解放日报》。9 月,《月光二题》刊《天涯》第 5 期,《生态的压力》刊 9 月 7 日《羊城晚报》,小说《是吗?》《801 室故事》刊《上海文学》第 9 期。10 月,中篇小说《山歌天上来》刊《人民文学》第 10 期。11 月,《小说评论》第 6 期"小说家档案"栏目推出"韩少功专辑",包括《用语言挑战语言——韩少功访谈录》(与张均)。12 月,请辞中国作家协会全委会委员、主席团委员,未获批准。年内,随笔集《阅读的年轮:〈米兰·昆德拉之轻〉及其他》由九州出版社出版,《韩少功中篇小说选》由上海社会科学院出版社出版,《韩少功自选集》由海南出版社出版,《中国当代作家面面观:灵魂与灵魂的对话》由浙江文艺出版社出版,小说集《空院残月》由云南人民出版社出版,《马桥词典》由人民文学出版社出版,译作《惶然录》由上海文艺出版社再版,《韩少功中篇小说集》繁体版由台湾正中书局出版。另出版法文版《暗香》。

2005 年　五十三岁

1 月 28 日,随笔《笑容》刊《湖南日报》,《杂文选刊(下半月版)》第 3 期选载;对话《思想的声音——韩少功谈话录》(与何羽、郑菁华、陈博夫)刊《新作文(高中版)》第 1—2 期。5 月,《关于文学……》《生活选择了我》《土地》刊《文学界》第 5 期。7 月,小说《报告政府》刊《当代》第 4 期;为陈益南作品《青春无痕:一个造反派工人的十年"文革"》作序《"文革"为何结束?》,后刊 2006 年《开放时代》及《今天》;小说集《暗香》由中国社会出版社出版。8 月，短评《小说中的诗眼》刊《天涯》第 4 期。11 月，访谈《韩少功：写小说是重新生活的一种方式》刊《中华读书报》，何言宏、杨霞所著评传《坚持与抵抗：韩少功》由上海人民出版社出版。12 月，"《天涯》十年：中国的思想与文学"座谈会在海口召开，做《我们傻故我们在》的发言，后刊《天涯》2006 年第 2 期。

2006 年　五十四岁

1 月，《山居心情》刊《天涯》第 1 期，《"文革"为何结束？》刊《开放时代》第 1 期，《归去来》《湖面》刊《小说选刊》第 1 期，《马桥词典》与短篇小说集《归去来》由春风文艺出版社出版。《韩少功："扛着锄头"写作》刊 2 月 24 日《钱江晚报》。3 月，《小说写作的特权》刊《青年文学》第 5 期，《青砖》刊《文学教育》第 6 期。5 月，《山居心情》刊《小说界》第 3 期，访谈《有一种身份是不能忘记的，那就是公民身份》刊 5 月 25 日《南方周末》。6 月 1 日出席海南省文学艺术工作者第四次代表大会与海南省作家协会第四次代表大会，当选省文联主席；6 月底，参加首届上海大学文学周，做主题为"文学：梦游与苏醒"的演讲，后刊《上海文学》第 10 期。《写作经验寄生于报纸或影碟，是可耻的》刊 7 月 17 日《中国青年报》。8 月，小小说《母亲的力量》刊 8 月 26 日《今晚报》，《小小说选刊》第 21 期转载；《作家的创作个性正在湮没》刊《探索与争鸣》第 8 期，这是韩少功在首届上海大学文学周活动中就如何评价当下的文学创作等问题的发言记录，指出作家创作的"同质化"是因为生活资源、艺术感觉和文化修养方面的欠缺；《光荣的孤独者》刊《新文学史料》第 3 期、《上海文学》第 8 期；为敬文东作品《随"贝格尔号"出游》作序，后以《语言之外还有什么》为题刊《书城》2015 年第 11 期；《开荒》刊《出版参考》第 23 期，后又刊《思维与智慧》2007 年第 10 期。9 月，在四川音乐学院做题为《情感的飞行》的演讲，后刊《天涯》第 6 期；《山居笔记（下）》

刊《钟山》第 5 期；《养鸡》刊《青年博览》第 9 期。10 月，长篇散文《山南水北》由作家出版社出版，《生离死别》《向死而生》刊《山花》第 10 期，《笑大爷》刊《文学与人生》第 19 期，《每步见药》刊《金融经济（市场版）》第 10 期，《山居心情·夜晚》刊《北方音乐》第 10 期，《儒家的鸟巢》刊《小品文选刊》第 19 期，专访《韩少功：没有人可以挽留昨天的长辫子》刊 10 月 26 日《新京报》，访谈《韩少功：文人最忌圈子里的同性繁殖》刊 10 月 30 日《北京青年报》。11 月，《文学的一个旧梦》刊《文化艺术报》，《韩少功新作讲述隐居生活》刊 11 月 6 日《京华时报》，访谈《韩少功：乡村里的灵魂之思》刊 11 月 20 日《北京晚报》，访谈《韩少功：我从未离开——韩少功与他的〈山南水北〉》刊 11 月 23 日《南国都市报》，访谈《韩少功：当个"文字帝国的暴君"》刊 11 月 25 日《晶报》，《韩少功谈"大写作—小文学"》刊 11 月 26 日《深圳特区报》，《韩少功书写乡村体认》刊 11 月 28 日《光明日报》，《韩少功畅谈文学"梦"的复苏》刊 11 月 30 日《文学报》，《公平正义：和谐文化的核心价值》刊《今日海南》第 11 期。12 月，散文《耳醒之地》刊《湖南日报》，访谈《韩少功：恢复同情和理解就是文学的大政治》刊《中国青年报》，《当代文学病得不轻》刊《科学时报》，《李家兄弟》刊《金融经济（市场版）》第 12 期，《非典时期》刊《法制博览（下半月）》第 12 期。

2007 年　五十五岁

1 月，《一个人本主义者的生态观》刊《天涯》第 1 期，《中国式礼拜（外一篇）》刊《书摘》第 1 期，《行动者的启示录》刊《绿叶》第 1 期，《怀旧的成本》刊《意林》第 1 期，《小红点的故事》刊《意林》第 2 期，《树苗也能看懂脸色》刊《视野》第 2 期，《三毛的来去》刊《青年文摘（绿版）》第 1 期，访谈《文学韩少功："次优主义"生活》刊 1 月 25 日《南方周末》，《最后的握手》刊 1

月26日《湖南日报》。2月，《时尚女魔头与韩少功》刊2月5日《杭州日报》，《回归本源韩少功》刊2月18日《杭州日报》，《老地主》刊《三峡文学》第2期，《八溪峒笔记》刊《小品文选刊》第3期，《蛮师傅》刊《小小说选刊》第4期，《那山那水那人民》刊《乡镇论坛（中旬刊）》第2期，《隐者之城》刊《视野》第3期，《月夜》刊《都市文萃》第2期。4月，访谈《文学要走出小圈子》刊4月13日《南方日报》，《农痴》刊4月20日《湖南日报》，访谈《韩少功：中国文人是半个牧师》刊《南都周刊·生活报道》第112期。5月，《多"我"之界》刊《南方文坛》第3期，《文学的四个旧梦》刊《上海采风》第5期，《山里人的面子》刊《剑南文学》第5期，《守秋斗野猪》刊《语文教学与研究：读写天地》第5期。6月，《道的无名与专名》刊《广东技术师范学院学报》第6期；《非法之法》刊《文化博览》第6期，《杂文月刊（选刊版）》第8期转载；《中国式礼拜》刊《杂文选刊》第11期。7月，《环保从心灵开始》刊《语文教学与研究：读写天地》第7期。8月，《山南水北的幸福生活》刊《共鸣》第8期，《人生"杂食"比较好》刊《新周刊》第15期。9月，《在一片落叶前流连忘返》《老人》分别刊《意林》第17、18期，《自家的斧子》刊《三峡文学》第9期，《九袋》刊《儿童文学》第9期。10月，访谈《韩少功：扛锄头写作的人》刊《初中生世界》第29期，《智蛙》刊《意林》第19期，小说《末日》刊《山花》第10期，《三百里外骂知县》刊《文化博览》第10期。11月，访谈《韩少功：我的归乡是与现实重新对接》刊11月26日《华商晨报》，《聂子其人》刊《时代文学》第6期，《石太瑞与湘西神话》刊《文学自由谈》第6期，《打雷了》刊《视野》第22期。12月，《老人》刊《金色年华》第12期，《家》刊《语文教学与研究：读写天地》第12期，《不要过高估计自己》刊《做人与处世》第12期。年内《韩少功散文》由人民文学出版社出版。

2008年　五十六岁

1月，《穿行在海岛和山乡之间——答记者、评论家王樽》刊《时代文学》第1期，《民主：抒情诗与施工图》刊《天涯》第1期，《山南水北》中《扑进画框》《地图上的微点》《月夜》《中国式礼拜》《意见领袖》《窗前一轴山水》《青龙偃月刀》选登于《北京文学·中篇小说月报》第1期，《中国的社会风气需要第二次转变》刊《绿叶》第1期，插图珍藏版《韩少功散文》由人民文学出版社出版，《山南水北》由作家出版社再版。2月，《西江月》刊《西部》第3期，《诱惑》刊《北方文学（上旬刊）》第1—2期合刊，《不畏谎言遮望眼》刊《做人与处世》第2期，《穷溯其远，仰止其山》刊2月7日《文学报》。3月，《葛亮的感觉》刊《天涯》第2期"葛亮小说专辑"中；《山中异犬》刊《视野》第6期；16日，接受马国川采访，谈《文学的"根"》。3月至8月，《株洲日报》设"韩少功专栏"，先后刊发《最后的战士》（3月12日）、《月下狂欢》（4月2日）、《非典时期》（4月23日）、《哲学》（5月28日）、《空山》（6月4日）、《带着丈夫出嫁》（7月16日）、《豪华仓库》（7月23日）、《认识了华子》（8月6日）、《口碑之疑》（8月13日）。4月，《利欲食"智"》刊《领导科学》第8期，《乡长贺麻子》刊《民间故事选刊》第7期。5月，《中国当代作家·韩少功系列》（九卷）由人民文学出版社出版；创作散文《漫长的假期》，后刊于《钟山》第6期；随笔《山居心情》收入由江苏文艺出版社出版的"天涯文丛"。6月，《山中异犬》刊《青年博览》第11期，《真实而生动的历史》刊《沈阳晚报》。8月，小说《第四十三页》刊《北京文学·精彩阅读》第8—9期合刊；19日，接受《海南日报》记者蔡葩就"海南省十大文化名镇（村）"评选活动采访。9月，随笔《战士回到故乡》刊《羊城晚报》，散文《笛鸣香港》刊《天涯》第5期，《韩少功、孔见对话录》刊《钟山》第5期。10月，访谈《作家韩少功：海南文化遗产抢救迫在眉睫》刊《海南日报》，《教书》刊《学习博览》

第 10 期。11 月,《方今之世,几人醉书尚如斯?》刊《学习博览》第 11 期。12 月,《贯彻以人为本精神　提高公共文艺活动质量和效益》刊《今日海南》第 12 期,《事故之后》刊《语文世界：教师之窗》第 12 期,《香港的紧凑》刊《杂文选刊（中旬版）》第 12 期,《笑容》刊《金色年华》第 12 期,《资深换客》刊《可乐》第 12 期,《书事》刊《文学教育》第 23 期。

2009 年　五十七岁

1 月,文论《文艺应对世道人心有所补益》刊中国文联网,散文《怀念那些读书的日子》刊《中国青年报》,散文《蠢树》刊《少年说》第 1 期,《醉书》刊《社区》第 2 期,《韩少功为当下的文学阅读担忧》刊《语文教学与研究：读写天地》第 1 期,《重现：韩少功的读史笔记》由江苏文艺出版社出版,绘画评点本《马桥词典》由中国工人出版社出版,《山川入梦》由中国青年出版社出版。2 月,小说《蛮师傅》获《小说选刊》举办的中国首届"蒲松龄微型小说文学奖",散文《夜晚》刊《文苑》第 2 期。3 月,《另一片天空》刊《广州日报》,《真切而生动的历史》刊《语文教学与研究：读写天地》第 3 期,《有幸中的不幸》刊《视野》第 6 期。4 月,《作家与读书》刊《新民晚报》;《马桥词典》《山南水北》被列入"共和国作家文库",由作家出版社出版。6 月,《重访旧楼》刊《湖南日报》,《爸爸爸：韩少功名篇珍藏本》由作家出版社出版。7 月,《张家与李家的故事》刊《天涯》第 4 期。8 月,《生气》《天数使然,可遇而不可求——读〈骑兵军〉随感》刊《山花（上半月）》第 8 期,访谈《韩少功：推"大师"是"文化大跃进"》刊 8 月 18 日《南方日报》。9 月,《城市之魂》刊《湖南日报》,《寻根群体的条件》刊《上海文化》第 5 期,散文《能不忆边关》刊《中国作家》第 17 期。10 月,《偏僻的历史测点》刊《新周刊》第 19 期,《蛇贩子黑皮》刊《阅读与鉴赏（中旬）》第 10 期。11 月,《心灵之门》

刊《海南日报》；《扁平时代的写作》刊《扬子江评论》第6期；短篇小说《怒目金刚》刊《北京文学·精彩阅读》第11期；《难忘那偷书读的时代》刊《中学生》第33期；《赶马的老三》刊《人民文学》第11期；创作《历史终究是生活史》，为繁体版《历史现场》自序。12月，散文《文学何为？》刊《人民日报》，《文学能赚钱吗？遗憾的答案：不能》刊《株洲日报》，《扑进画框》《地图上的微点》《回到从前》《耳醒之地》刊《椰城》第12期。

2010年　五十八岁

1月，散文《月夜》《智蛙》《太阳神》《蠢树》《再说草木》刊《椰城》第1期，论文《文化复兴与循实求名》刊《绿叶》第1—2期合刊，《文学的作用》刊《语文新圃》第1期，《海念（节选）》刊《同学少年》第1期，《成蛹待变的年代》刊《法制博览》第2期，《寻找语言的灵魂》刊1月12日《人民日报》，散文选集《韩少功散文》由浙江文艺出版社出版。2月，《关于海南文艺事业科学发展的思考》刊《今日海南》第2期，散文《村口疯树》《守灵人》《中国式礼拜》《塌鼻子》刊《椰城》第2期，《相术及认识论》刊2月22日《今晚报》，《历史现场：韩少功读史笔记》由三联书店（香港）有限公司出版。3月，《窗前一轴山水》《怀旧的成本》《忆飞飞》刊《椰城》第3期，《慎用洋词说好事》刊《天涯》第2期，《鸟》刊《初中生》第8期。4月，《韩少功：文学创作与现实脱节》刊《重庆日报》，《韩少功：抓节庆不等于抓文化》刊《重庆晨报》。5月，散文《邻家有女》《一师教》《无形来客》刊《椰城》第5期，《写出自己真实的感受》刊《语文教学与研究：读写天地》第5期，《草木之情》刊《青苹果（高中版）》第5期。6月22日起，连续在《今晚报》刊发随笔，包括《"书同文"的意义》（6月22日）、《白话文革命的两大动力》（6月26日）、《地图的演变》（7月7日）、《英语故事》（7月11日）、《科举制的得与失》（7月17日）、《中国人的实惠》（7 月 28 日）、《古希腊的公理化传统》（7 月 31 日）、《农耕定居的文化》（8 月 2 日）、《服装与礼仪》（8 月 3 日）、《夷俗》（8 月 4 日）、《传统文化的差异》（8 月 5 日）、《象征在历史中的作用》（8 月 6 日）、《傩：另一个中国》（8 月 7 日）、《跨国共同体之梦》（8 月 8 日）、《礼乐之治》（9 月 12 日）、《文以载道另解》（10 月 27 日）、《古人货殖》（10 月 31 日）、《喝水与历史》（11 月 8—9 日）、《重说南洋》（12 月 8 日）等。7 月，散文《雷击》《感激》《哲学》《空山》刊《椰城》第 7 期，《心灵之学》刊 7 月 16 日《新华日报》。8 月，散文《神医续传》《老地主》《卫星佬》刊《椰城》第 8 期，访谈《韩少功：世界上没有一成不变的东西》刊 8 月 28 日《北京晚报》。9 月，散文《隐者之城》《笑大爷》《垃圾户》刊《椰城》第 9 期，《"去道德化"大潮之后》刊《济南日报》，《韩少功和乡村教师聊育人》刊《海南日报》，《上帝之死与人民之死》刊《上海文化》第 5 期，小说集《西望茅草地》由新华出版社出版。10 月，散文《最后的战士》《老逃同志》《一块钱一摇》《寻找主人的船》刊《椰城》第 10 期，《科举制的得与失》刊 10 月 28 日《甘肃日报》。11 月，散文《农痴》《青龙偃月刀》《苗婆婆》刊《椰城》第 11 期，《重说道德》刊《天涯》第 6 期，《文以载道另解》刊 11 月 2 日《淮北晨刊》。12 月，散文《守秋》《气死屈原》《时间》《你来了》刊《椰城》第 12 期。

2011 年　五十九岁

1 月，《孩子，妈妈死了你为什么不哭》刊《文苑·经典美文》第 1 期；1 日，《楚天都市报》报道《著名作家史铁生魂归地坛　作品感动鼓励无数读者》中，韩少功称"他是一个生命的奇迹"。1 月 17 日起，连续在《今晚报》刊出随笔，包括《墨子》（1 月 17 日）、《"民族"的建构》（1 月 19 日）、《理想者》（3 月 15 日）等。2 月，《让温暖弥散》刊《青年博览》第 3 期。3 月，《喝了四千年开水》

刊《法制博览·经典杂文》第 3 期;《天上的爱情》刊《青年博览》第 5 期;《母亲的看》选入《让我陪你一辈子》,由新世界出版社出版;《他是中国文学的幸运》刊《天涯》第 2 期。4 月,《时间的作品》刊《青年作家》第 4 期。5 月,访谈《重建乡土中国的文学践行者》刊《上海文学》第 5 期,《换书》刊《老年健康》第 5 期,《理想者》刊《银行家》第 5 期,为《琼崖红色记忆》作序《回答一个世纪之问》,《葛亮的感觉》刊 5 月 3 日《深圳晚报》,《文学两议》刊 5 月 10 日《文汇报》。6 月,《历史角落里的微光》刊《大阅读》第 6 期,《爱没那么复杂》刊《中外文摘》第 6 期,《韩少功:左眼看城右眼看乡》刊 6 月 11 日《深圳晚报》,《由"砖家"和"教兽"想到的》刊 6 月 17 日《济南日报》,《和合之制》刊 6 月 27 日《今晚报》。7 月,《古希腊的公理化传统》刊《心理咨询师》第 4 期,《随笔七篇》刊《散文(海外版)》第 4 期,访谈《韩少功:一半是泥土,一半是绅士》刊 7 月 3 日《羊城晚报》,《财富与精神并非简单对立》刊 7 月 28 日《解放日报》。8 月,《韩少功随笔集》由台湾社会研究杂志社出版。9 月,《地图的演变》刊《阅读与作文(初中版)》第 9 期,《游牧造就欧洲》刊《视野》第 17 期。10 月,访谈《韩少功:精神世界的山南水北》收入邱晓雨编著的《用文字呐喊》,由北京联合出版公司出版。11 月,《清苦的日本》刊《文苑·经典美文》第 11 期。12 月,散文《乡村英文——乡村纪事之一》刊 12 月 2 日《新民晚报》,《夜生活——乡村纪事之二》刊 12 月 26 日《新民晚报》。

2012 年 六十岁

1 月,《山那边的事》刊《青海湖》第 1 期,《咆哮体——乡村纪事之三》刊 1 月 29 日《新民晚报》。2 月,散文《一个伪成年人》、访谈《韩少功:中国文学及东亚文学的可能性》(与白池云)刊《文学界·湖南文学》第 2 期。4 月,《文学不是奥运会——专访德国汉学家顾彬》刊《瞭望东方周刊》第 15 期,《时装》刊《语文教学与研究：读写天地》第4期，《遮盖》刊4月10日《作家文摘》，《月下狂欢》刊4月16日《中国科学报》。《照壁》刊5月16日《甘肃日报》。6月，《韩少功作品系列》（十卷）由上海文艺出版社出版。7月，《时间的作品》刊《语文教学与研究：读写天地》第7期，《韩少功汉语探索读本》（三卷）由四川文艺出版社出版。韩少功与刘亮程对话《植根于大地的写作》刊9月12日《文艺报》。11月，《关于压力》刊《语文教学与研究：教研天地》第11期，文论《再提陌生化》刊11月26日《文艺报》。

2013年　六十一岁

1月，《对抗文学的扁平化》《山上的声音》《生离死别》刊《长江文艺》第1期；《日夜书（节选）》《文学之惑》刊《创作与评论》第1期；6日下午，与星云大师对话"幸福生活与中华文化复兴"，后以《对中国文化"一定要有坚定的信心"》为题刊1月9日《光明日报》。2月，《月亮是别在乡村的一枚徽章》刊《视野》第3期，《一只爱表现的猫》刊《天天爱学习（三年级）》第4期。3月，《日夜书》刊《收获》第2期，《文学寻根与文化苏醒——在华中师范大学的演讲》刊《新文学评论》第1期，《日夜书》由上海文艺出版社出版，随笔《养鸡》《太阳神》《再说草木》刊《江南》第2期，访谈《文学，敏感于那些多义性疑难》刊3月18日《文汇报》，对话《韩少功：好小说都是"放血"之作》刊3月29日《人民日报》。4月，访谈《韩少功：经验资源之后，需要精神上的沉淀、消化以及回应》刊4月17日《中华读书报》；19日，接受新华网记者访谈，题为《寻根文学主将韩少功：我是被"寻根"了》；典藏版《山南水北》由湖南文艺出版社出版；《革命与游戏：2012秋讲·韩少功格非卷》由长江文艺出版社出版。5月，《韩少功："晴耕三亩，雨读千年"》刊5月21日《楚天都市报》；《一线作家被指集体靠回忆吃饭》刊5月22日《深圳晚报》；23日，访谈《韩少功新作〈日夜书〉

描写知青一代的当下命运:"我写了一些可能让人难堪的东西"》刊《时代周报》第 19 期;《笑脸》刊 5 月 27 日《楚天都市报》;《韩少功:"我写了一些可能让人难堪的东西"》刊 5 月 30 日《汕头特区晚报》。6 月,《韩少功:当代文化中的"农夫"》刊《西江月》第 6 期,《汨罗江日记》刊《湖南日报》,访谈《韩少功:以出世之心做入世之事》刊 6 月 9 日《羊城晚报》。7 月,翻译费尔南多·佩索阿的《旅行者本身就是旅行》,刊《中国国家旅游》第 7 期;《农耕定居的胎记》刊 7 月 16 日《中国剪报》。8 月,访谈《韩少功:展示一代人的精神史》刊 8 月 4 日《燕赵都市报》,《经典的加减法》刊8 月 13 日《南方都市报》《清远日报》,《作家韩少功:书评作家是作品强有力的参与者》刊 8 月 14 日《新民晚报》,《韩少功:不要给我扣上"寻根文学"的帽子》刊 8 月 15 日《重庆晚报》,《文学寻根与文化苏醒》刊 8 月 15 日《文汇报》,《作家韩少功:中国的文化需要反思和重建》刊 8 月 16 日《深圳商报》,《韩少功要将"寻根"进行到底》刊 8 月 16 日《解放日报》,《韩少功:作家戴同一顶帽子不合适》刊 8 月 16 日《齐鲁晚报》,访谈《知青运动是一种"高仿"现象》刊 8 月 16 日《东方早报》,《作家韩少功:复制其他文明的想法是守成 走不通》刊 8 月 19 日《光明日报》,《生活在自己与自己的抗争中》刊 8 月 22 日《第一财经日报》,对话《韩少功:躲在文学角落里称王称霸》刊 8 月 24 日《广州日报》。《对话韩少功:到处都有"体制",要靠警觉争取人格的独立》刊 10 月 13 日《三湘都市报·都市周末》。11 月,《韩少功〈日夜书〉:讲述"50 后"的故事》刊 11 月 15 日《人民日报(海外版)》,创作谈《同辈人的身影》《日夜书(节选)》刊 11 月 20 日《人民日报》,《牛桥故事》刊《读书》第 11 期。12 月,长篇随笔《革命后记》由牛津大学出版社(中国)有限公司出版,《地图上的微点》刊《中华活页文选(高二、高三年级)》第 12 期。

2014 年　六十二岁

1月，《那渐行渐远的自然》刊《讲刊》第1期，《口头图书馆》刊《特别健康》第1期。2月，《你看出了一只狗的寒冷》刊《嘉定报》，《刘舰平的诗歌修辞法》刊《文艺报》，随笔《平等是否还重要》刊《书城》第2期，《共产主义就是不分你我》刊《视野》第3期，《猫狗之缘》刊《中国校园文学（小学读本）》第2期，《在心灵与心灵相互靠近之际》刊《语文教学与研究：读写天地》第2期。3月，长篇散文《革命后记》刊《钟山》第2期，《圣徒化与警察化的交汇》刊《天涯》第2期，《关于……》刊《长江文艺》第3期，《韩少功作品精选》由长江文艺出版社出版。4月，《秀鸭婆》刊《南海潮》创刊号，《大毒草变身护书符》刊《特别健康》第4期。5月，访谈《韩少功：成功的教育不是复制知识》刊《第一财经周刊》第18期，对话《关住权力的笼子》刊《文化纵横》第3期，《唐朝·视频》刊《学习之友》第5期，《罗江》刊《作文新天地（高中版）》第5期。6月，《清晨听鸟》刊《新读写》第6期，《唐朝如果有视频》刊《天天爱学习（二年级）》第16期。7月，《韩少功致青春》刊《河北法制报》，《随笔二则》刊《天津日报》，散文《他鸡即地狱》刊《文苑·经典美文》第7期，作品集《很久以前》由武汉大学出版社出版。8月，《"文革学"的三大泡沫》刊《参阅文稿》（电子期刊）第37期，《"文革"疑症及其前置条件》刊《参阅文稿》（电子期刊）第41期，《关于革命》刊《雨花》第8期，《家》刊《同学少年：作文（高中版）》第8期，小说选集《中国好小说·韩少功》由中国青年出版社出版。9月，《催化"文革"的社会心理势能》刊《参阅文稿》（电子期刊）第44期，《"文革"狂乱中的利益理性》刊《参阅文稿》（电子期刊）第45期。10月，《镜头够不着的地方》刊10月15日《文艺报》，访谈《韩少功：并不是文学消失了，是文学在发生变化》刊10月31日《嘉兴日报》，《"文革"反思所相关的几个问题》刊《参阅文稿》（电子期刊）第49期。11月，创作《萤火虫的故事》，为自选集《夜深人静》的"前言"；《希大杆子》刊《文苑》第 31 期；《在幽怨与愤怒之外——读孔见新作〈谁来承担我们的不幸〉》刊 11 月 28 日《文艺报》。12 月，"中国作家走向世界丛书"《马桥词典》由湖南文艺出版社出版，《韩少功：从人性开始的苏醒》刊《芒果画报》第 12 期，《甜》刊《高中生之友（青春版）》第 12 期，《韩少功：多重的文学全球化》刊 12 月 17 日《江南时报》，《韩少功：财富不能作为作家的成功标准》刊 12 月 25 日《宿迁晚报》，《顺变守恒，再造文学》刊 12 月 30 日《文汇报》。

2015 年　六十三岁

1 月，《草木》刊《作文》第 1 期，《对于电视剧的"两喜一忧"》刊《文艺理论与批评》第 1 期，《生命的回归》刊 1 月 8 日《中老年时报》。2 月，《文学还能做什么？》刊《视野》第 4 期。3 月，《文字仍然是人类的立身之本》刊《新读写》第 3 期，《太阳神》刊《语文教学与研究：读写天地》第 3 期。4 月，《余烬（外一篇）》《文学是一种心灵之学》刊《长江文艺·好小说》第 4 期，《空间》刊《精神文明导刊》第 4 期，《别再抱怨自己生不逢时》刊《党的生活（河南）》第 8 期。5 月，《当代文学叙事中的代际差异》刊《天涯》第 3 期，《逆袭与重续》刊《经济导报》第 5 期，《灵魂拼图的七巧板》刊 5 月 24 日《新民晚报》。6 月，访谈《韩少功：以出世之心做入世之事》刊 6 月 2 日《山东商报》，访谈《韩少功：晴耕雨读　扎根乡村》刊 6 月 4 日《天津日报》，《对话韩少功——追梦美丽乡村》刊 6 月 5 日《湖南日报》。7 月，《老逃同志》刊 7 月 23 日《南京日报》，《空山》刊 7 月 30 日《南京日报》。8 月，《天上的爱情》刊 8 月 6 日《南京日报》，小说集《爸爸爸》由人民文学出版社出版，《天下风雨落茅庐——韩少功的文学创作及其影响》刊 8 月 19 日《常德日报》。9 月，访谈《三十年后说"寻根"——韩少功访谈录》刊《创作与评论》第 18 期，《农痴》刊《语文教学与研究：读写天地》

第9期，《事故之后》刊《微型小说月报（原创版）》第9期，《为语言招魂：韩少功序跋选编》由河南文艺出版社出版。访谈《对话韩少功：文学肯定比我们活得长久》刊10月16日《湖南日报》。11月，翻译佩索阿的《你不喜欢的每一天不是你的》，刊《祝你幸福（午后版）》第11期；《感激》刊11月5日《蚌埠日报》。12月，《空山（节选）》刊《芳草·经典阅读》第11—12期，《玛雅球场》刊12月24日《南方周末》。

2016年 六十四岁

1月，"鲁迅文学奖获得者散文丛书"《草原长调》由江苏文艺出版社出版。3月，散文《守住秘密的舞蹈》刊《十月》第2期、《散文（海外版）》第3期，《"只有差异、多样、竞争乃至对抗才是生命力之源"——作家韩少功访谈录》刊《中国翻译》第2期。6月，《孤独中有无尽繁华》由百花洲文艺出版社出版，《村官如何为人处事》刊6月17日《湖南日报》。10月，"韩少功自选集系列"《西江月》《红苹果例外》《感觉跟着什么走》由四川文艺出版社出版，《枪手》刊《中华文学选刊》第10期。12月，于华中科技大学的演讲稿《文学的变与不变》刊《名作欣赏》第34期，《再说找回南洋》刊《文艺报》。

2017年 六十五岁

1月，《第一张书桌》《月兰》刊《小说界》第1期，"短篇经典文库"《少功六短篇》由海豚出版社出版。2月，散文《土地》刊《中国农村科技》第2期，在香港浸会大学校庆六十周年纪念会上的演讲稿《文学与时代》刊《华文文学》第1期。3月，"路标石丛书"《韩少功自选集》由天地出版社出版，访谈《韩少功：关心了解新科技，是应对新挑战时的功课》刊3月23日《文学报》。4月，《第一张书桌》刊《中华文学选刊》第4期，"小文艺·口袋文库·小说系列"《报告政府》由上海文艺出版社出版。5 月,《渡口以及波西米亚》刊《钟山》第 3 期,《回首四十年的道路——在北师大驻校仪式上的发言》刊《小说评论》第 3 期。6 月,《在文学这场马拉松里,我不曾"跟风赶潮"——专访作家韩少功》刊《小康》第 16 期,《当机器人成立作家协会》刊《读书》第 6 期。7 月,接受评论家王雪瑛专访,《访问韩少功》刊《收获》长篇专号(夏卷);"本色文丛"《四面八方:韩少功散文精选》由海天出版社出版;《马桥词典》由北京十月文艺出版社出版;4 月 2 日于北京师范大学国际写作中心的演讲稿《文学经典的形成与阅读》刊《名作欣赏》第 19 期;访谈《韩少功:强者是把不如意的生活过得有滋有味》刊《凤凰湖南人物专访:TA 说》第 18 期(电子网站);3 月 31 日于北京大学网文论坛的演讲稿《高科技时代里文学的处境与可能》刊《南方文坛》第 4 期。8 月,4 月 2 日于北京师范大学国际写作中心的演讲稿部分节选《信息爆炸时代,如何辨认出真正的经典》刊 8 月 10 日《文汇报》,《韩少功作品系列》(十二卷)由上海文艺出版社出版。9 月,4 月 2 日于北京师范大学国际写作中心的演讲稿部分节选《经典难读?只是缺少方法》刊《文汇报》。10 月,散文《守住秘密的舞蹈》获第十七届"百花文学奖";15 日,"韩少功文学创作四十周年汨罗乡亲见面会"在湖南汨罗举办。11 月,《一块钱一摇》刊《文苑·经典美文》第 11 期。12 月,8 日,出席第十七届"百花文学奖"颁奖典礼;《"阶级"长成了啥模样?》刊《文化纵横》第 6 期;《文学写作与"伟大的心灵"——"文学阅读与通识教育"研讨会发言节选(上)》刊《名作欣赏》第 34 期。

2018 年　六十六岁

1 月,散文集《山南水北》由长江文艺出版社出版。3 月,《在金砖国家文学论坛开幕式上的致辞》刊《当代作家评论》第 2 期。4 月,专访《韩少功:有些深的东西写进文学倒可能变浅》刊《文艺争鸣》第 4 期。6 月，《再说草木》刊《文苑·经典美文》第 6 期。7 月，随笔合集《态度》由四川人民出版社出版，《韩少功：作为思想者的作家——答〈文汇报〉》刊 7 月 15 日《文汇报》。10 月，"精典名家小说文库"《报告政府》由作家出版社出版。11 月，小说《修改过程》刊《花城》第 6 期，由花城出版社同时出版。

2019 年　六十七岁

1 月，5 日，出席《修改过程》海口读者见面会暨签售会；《韩少功谈新著〈修改过程〉：人之"自我"是可修改的》刊 1 月 6 日《海南日报》；2018 年 11 月 5 日于"韩少功创作四十年与改革开放以来的中国文学"全国学术研讨会的发言稿《大道至简　不忘初心》刊《云梦学刊》第 1 期。专访《韩少功：文学是一种必要的危险品》刊 2 月 27 日《中华读书报》。3 月，"知青小说代表作"丛书《归去来》由中国青年出版社出版，"大作家·小时候"系列丛书《湘水谣》由湖南少年儿童出版社出版。4 月，访谈《完成一个对自我的许诺》刊《长江文艺评论》第 2 期；20 日，《修改过程》获"2019博库·钱江晚报春风悦读榜"最高奖"白金图书奖"，访谈《韩少功：道路千万条，坚持到最后第一条》刊 4 月 21 日《钱江晚报》；26 日，出席华东师范大学第五届"思勉人文思想节"主题论坛及研讨会活动，接受《上海书评》专访，《韩少功谈〈修改过程〉：我对八十年代既有怀念，也有怀疑》刊《上海书评》（公众号）。5 月，"双峰文丛"《归去来》由山东画报出版社出版。6 月，出席"人生的活力与定力——韩少功长篇新作《修改过程》读者见面会暨文学对话"活动。7 月，《专访作家韩少功：为那些不可命名的东西书写》刊 7 月 6 日《上观》（电子报），《"自我学"与"人民学"》刊 7 月 22 日《文艺报》，访谈《韩少功：文学的冷眼与热肠》刊 7 月 25 日《文学报》。8 月，专访《韩少功：写作是一种诚实的对话》刊 8 月 13 日《中国青年作家报》"壮丽 70 年·红色传承"栏目；19 日，出席"回顾与展望——《花城》创刊四十周年编者与作者恳谈会",同日,小说《修改过程》获第七届"花城文学奖"长篇小说奖。9月12日,受邀讲授汨罗市"政协讲堂"金秋第一课,主讲文学与湖湘文化。

（年表写作参考了孔见、廖述务、武新军、王松锋等研究成果,特此致谢。）

图书在版编目（CIP）数据

韩少功论 / 项静著 . -- 北京：作家出版社，2021.3
（中国当代作家论）
ISBN 978 - 7 - 5212 - 1238 - 9

Ⅰ.①韩…　Ⅱ.①项…　Ⅲ.①韩少功 - 作家评论
Ⅳ.①I206.7

中国版本图书馆 CIP 数据核字（2020）第 265092 号

韩少功论

总 策 划：吴义勤
主　　 编：谢有顺
作　　 者：项　静
出版统筹：李宏伟
责任编辑：杨新月
装帧设计：合和工作室
出版发行：作家出版社有限公司
社　　 址：北京农展馆南里 10 号　　邮　　编：100125
电话传真：86 - 10 - 65067186（发行中心及邮购部）
　　　　　 86 - 10 - 65004079（总编室）
E - mail: zuojia@zuojia. net. cn
http: // www. zuojiachubanshe. com
印　　 刷：中煤（北京）印务有限公司
成品尺寸：152 × 230
字　　 数：202 千
印　　 张：14.25
版　　 次：2021 年 3 月第 1 版
印　　 次：2021 年 3 月第 1 次印刷
ISBN 978 - 7 - 5212 - 1238 - 9
定　　 价：48.00 元

中国当代作家论

第一辑

阿城论　　　杨　肖　著　　　定价：39.00 元

昌耀论　　　张光昕　著　　　定价：46.00 元

格非论　　　陈斯拉　著　　　定价：45.00 元

贾平凹论　　苏沙丽　著　　　定价：45.00 元

路遥论　　　杨晓帆　著　　　定价：45.00 元

王蒙论　　　王春林　著　　　定价：48.00 元

王小波论　　房　伟　著　　　定价：45.00 元

严歌苓论　　刘　艳　著　　　定价：45.00 元

余华论　　　刘　旭　著　　　定价：46.00 元

第二辑

陈映真论　任相梅　著　　定价：58.00 元

二月河论　郝敬波　著　　定价：45.00 元

韩东论　张元珂　著　　定价：50.00 元

刘恒论　李　莉　著　　定价：45.00 元

苏童论　张学昕　著　　定价：46.00 元

于坚论　霍俊明　著　　定价：55.00 元

张炜论　赵月斌　著　　定价：46.00 元

北村论　马　兵　著　　定价：48.00 元

陈忠实论　王金胜　著　　定价：68.00 元

韩少功论　项　静　著　　定价：48.00 元

莫言论　张　闳　著　　定价：52.00 元